講談社文庫

十二宮12幻想

津原泰水 監修

D1734861

講談社

十二宮12幻想——目次

扉イラスト／フレデリック・ボワレ
扉レイアウト／松木美紀

序文——12の迷宮——

鏡リュウジ

キリストが生まれたころに活躍していたローマの詩人マニリウスは、こんなふうに歌う。

「まずは、斜めの帯で宇宙の真ん中を取り巻くもろもろの星座のことを語ろう……私たちが運命の告知を受けるのは、これらの星々を通じてのことであり、ゆえに宇宙の最も強力な部分から話を始めるのは当然だからだ」。宇宙の最も強力な部分。そう、これが星空と占星術の知識を歌いこんだ古典『アストロノミカ』における、黄道十二宮《こうどうじゅうにきゅう》の理解なのだ。それから２０００年。天文学と占星術が分離し、強力な望遠鏡がビッグバンの残響を聞き取る時代になってもなお、12宮のイメージは人々の心を捕らえ離さない。極東の地の日本にあってなお、人々は恋をするたびに西洋占星術の星座の運命に祈りを寄せ、星の暗示に耳を傾けようとする。古代の神官やルネサンスの占星術家よりも、現代の「星占い」はずっとポップになっているかもしれないけれど、それでも、人々が星に運命を託し、希望と不安を投影していることには変わりはない。地球をとりまく、12の星座はずっと、人々の思いを受け止めて来たのである。

占星術でいう12の星座宮（サイン）は、太陽のみかけの通り道（これを黄道という）にそって並ぶ12の星座（コンステレーション）にちなんで名づけられている。12の星座がいつ確定されたのかは今なお定かではないが、紀元前5世紀にはすでに今の12の星座が文献に現れている。

始めは、実際に目に見える星座が占星術でも用いられていたが、現実の星々からなる星座は大きさもばらばらで宇宙の座標としては使いづらいため、360度の円をきっかり30度ずつに区切る、より数学的な方法が用いられるようになった。こうして生まれたのが12星座宮（サイン）である。

いわゆる「誕生星座」とは、ある人が生まれたときに太陽が位置していた星座宮のことを指す。太陽は占星術で用いる惑星のなかでも最も重要なものだとされているので、その人物を代表する星座と考えられているのだ。しかし、正式な占星術では、太陽のほかに月、金星、火星など多くの惑星をこの12星座宮のなかに書き込んで詳しく分析して行く。それぞれの惑星は、別々の速度で天球を動いているので、理論的には同じ星の配置が生まれることは二度とない。そこで、出生時刻、場所まで考慮する個人のホロスコープは、まさしくその人一人だけのものであり、ほかに同じものは存在しないのである。

12の星座は、だれのなかにも同じようにあるが、それがどのように作用するか、それは個別のものとなる。普遍性と個別性が、12の星座宮のなかでは一致しているのだ。

この12の星座宮は、それぞれが独自の象徴的な意味をもっている。それは、単なる星占いに始まって、宇宙の森羅万象《しんらばんしょう》をとりこむ大いなるマンダラとしても機能している。12星座のめぐりは、この世界で起こることをすべて見守っているともいえるのである。そのごく一端はそれぞれの作品の扉にいれておいた。

作家が汲み上げるイマジネーションとても例外ではない。失礼を承知でいえば、創造力は宇宙の元型的な流れが個人の意識に接触したときにこそ誘発される。この競作集に収められた小説群は、ここに小さなマンダラを形成し、12の星座の像を1冊のかたちに結んでいるのだ。

もちろん、そこには「偶然」の要素も少なからず入り込んでいるだろう。

が、その偶然ですら作り手の意図すら越えた宇宙のイメージのなかに付置されていたのだとしたら……

生みだされた、12の奇妙な物語。幻想の世界。その一つ一つは、宇宙のマンダラへの扉である。12の星に守られた、それぞれの書き手の筆を通して、夢と現実が交錯する迷宮の扉が開かれる。その扉は、どこにあなたを導くのだろうか。

鏡リュウジ（かがみ・りゅうじ）
一九六八年三月二日、京都府に生まれる。心理占星術研究家、翻訳家。占星術、ユング心理学、神話、神秘学などに通じ、各種メディアで活躍。著書に『奇跡の言葉』（学研）、『恋するワイン』（講談社）など。訳書に『魂のコード』（河出書房新社）、『ユングと占星術』（青土社）『占いはなぜ当たるのですか』（講談社）他多数。

共有される女王——小中千昭

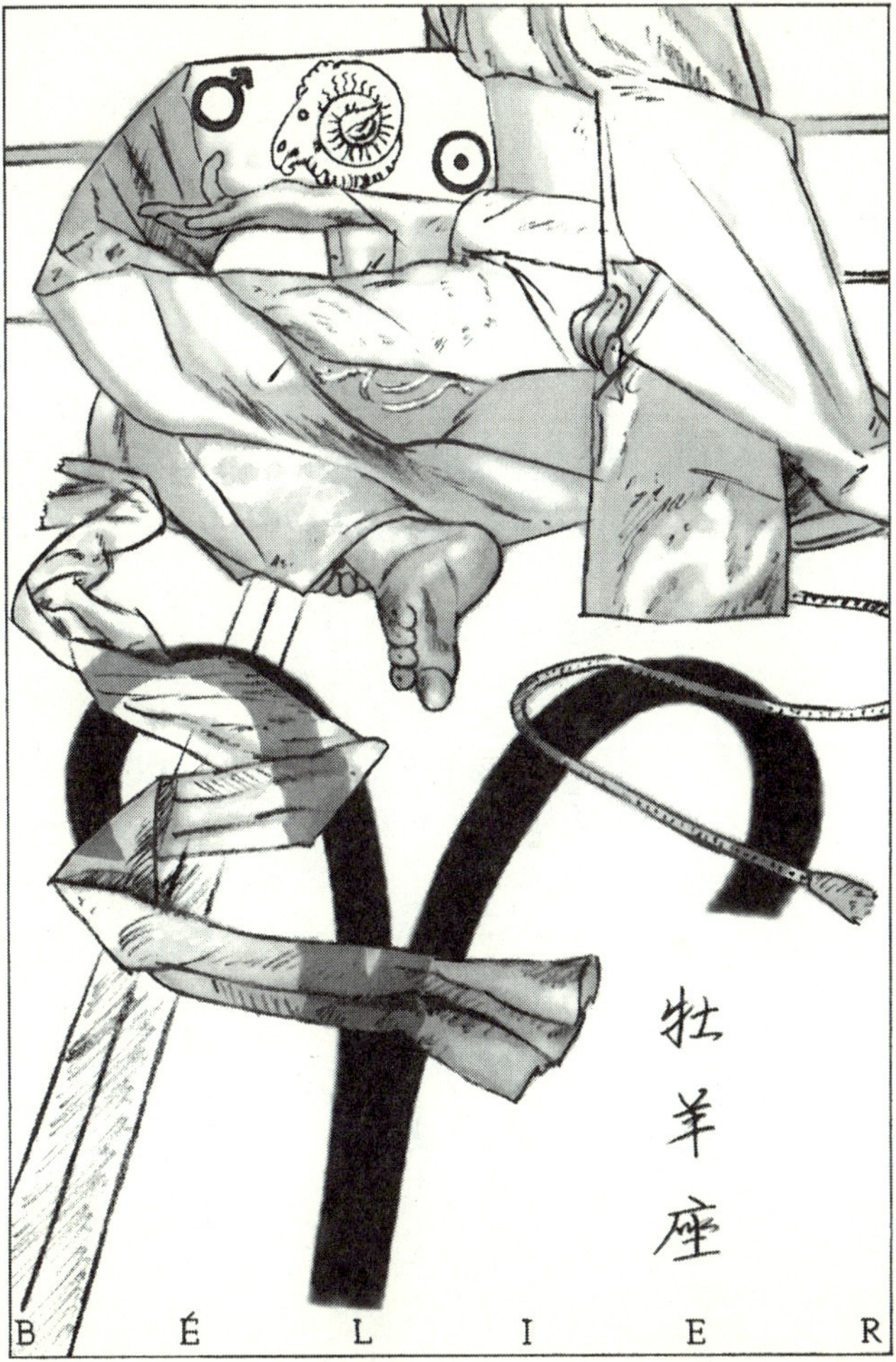

小中千昭（こなか・ちあき）
一九六一年四月四日、東京都に生まれる。
成城大学時代、自主制作映画制作と共に特殊映像専門のライターとして執筆活動を開始。その後演出家から、ホラー／SF／ファンタジー系専門の脚本家、作家として幅広く活躍。TVアニメ『serial experiments lain』（PIONEER LDC 一九九八年）、『ウルトラマンガイア』（円谷プロ／毎日放送　一九九八年）他作品多数。ホームページ「Alice 6」http://www.konaka.com/

白羊宮《はくようきゅう》

毎年の太陽通過　3月21日頃から4月20日頃
活動の火の宮
支配星　戦いの星・火星
鍵言葉　我有り（I am）
色彩　赤

人体対応　頭部
記号　雄羊の頭
長所　パイオニア精神
短所　短気、闘争的

白羊宮は黄道十二星座《こうどうじゅうにせいざ》の先頭を切って走る星座である。神話世界では、人々が求めて止まない黄金の毛皮をもつ羊が、天にかかげられてこの星座となったとされている。

太陽がその力を増し始める春分点を代表するこの星座は、あらゆる物事を始める強いイニシアチブをもつ。一見何もないように見える大地から芽が吹き、花が咲き始める新しい春。地球に春をもたらすような、荒々しくも鮮烈なエネルギーこそ、白羊宮の力なのだ。

白羊宮の下に生まれた人は、それゆえに常に新しいことを起動させること、前人未踏の領域に踏み出していくことに喜びを感じるだろう。衝動的で、これと思ったことには迷う間もなく挑戦する。それこそが白羊宮の特徴であり、強みでもあるのだ。

激しいエネルギー。白羊宮の課題はその力をいかに統制するかであろう。


（鏡リュウジ）

——インターネットを新しいベンチャー・ビジネスの舞台として活躍されている方に、お話をうかがっているのですが、今回は、ワード・オブ・スター社の上級マネージャー、谷川《たにがわ》理恵《え》さんを訪ねています。

「よろしくお願いします」

——こちらの会社は、占星術をオンライン・サービスとして提供しているそうですが。

「(笑) 運勢を占うだけではないのです。一人一人、生まれた時間、場所までも含めてホロスコープを作成し、それを日常の生活に適切なアドバイスとして役立てていただこうというものです」

——どんな人が主に利用しているのですか。

「やはり二十代から三十代の女性が過半数です。でも意外と御年配の男性も結構多いですよ」

——これは有料サービスなんですね。

「はい。インターネットはもともと、互いに情報をシェアしあう場として生まれたものですけれど、これだけ日常に浸透してきた現在は、そのあり方も変わってきて当然だと思います」

――支払い方法は。

「クレジットカードでも決済できます。セキュリティは、現在最高レヴェルのシステムを導入していますので、安心して御利用いただけます」

――純粋にオンラインだけでやりとりをする。だから東京から離れたここでもビジネスとして成立できるのですね。

「ええ。この会社は経営スタッフが私を含め六人、技術スタッフが五人で運営しています」

谷川さんは、タイトな濃いグリーンのスーツ姿。ナチュラルメイクなのにとても華やかな印象の人。落ち着いたトーンの声は、ビジネス・ウーマンとしてのキャリアを感じさせる。

――谷川さんの毎日のお仕事の内容を聞かせてください。

「わたくしは、普通の会社で言えば広報といったところでしょう。部署ではなく、わたくし一人でやっていますけれど（笑）。ウェッブ（インターネット）内での宣伝は勿論ですけれど、このようにマスコミの方とお会いして、わたくし共が提供しているサービスを御紹介させていただくというのも大事な仕事です」

――では東京への出張も多いんですね。

「そうですね。新しいシステムを常に取り入れていく姿勢ですので、アメリカへもよく参ります。でも、月の半分はこちらで生活しています」

——ここは本当に静かでいいところですね。

「田舎ですけれど（笑）、生活するにはとても落ち着けます」

——でも、車がないと不便ですね（笑）。

「そうですね（笑）」

谷川さんの愛車は真っ赤なアルファロメオ。毎朝オペラを聴きながら通勤しているそう。そんな派手な姿は、この街の人たちの羨望の的だろう。

——谷川さんは未だ独身ですよね。

「はい、そうです」

——御結婚は考えられていないんですか。

「そうですね。したい時がくればすると思います。今は、仕事の方が楽しいですから」

谷川さんは、デジタル・ビジネスのオピニオン・リーダーとしても知られている。雑誌やテレビなどで谷川さんの顔を見たことのある人は多いはず。

――谷川さんのお顔は、このところいろんなところでお見かけします。何か困ったことはありませんか。

「(暫く考えてる様子)――そうですね……。雑誌などは別にいいんですけれど、わたくしが仕事の場としているウェッブで、わたくしのことを扱っている、個人のサイトが最近増えているらしいのです」

――個人のホームページでですか。

「ええ。プライバシーのこととか、結構調べられてしまって、ちょっと困っています」

――いつも誰かに見られているような感じですか。

「……、そう、ですね」

情報時代、ネットワーク時代の〝顔〟となっている谷川さんとしては、被っても仕方のない現象かもしれない。それも谷川さんの魅力がなすものだろうから。

――話は変わりまして、谷川さんはどうしてこういった業界にお入りになったんですか。

「そうですね……。色々な出会い、がありました。こういったネットワークやコンピュータのことなんて、全く縁がなかったのですけれど」

――それは意外です。今のお仕事に入られる前は、どんなことをされていたんでしょう。

谷川さんは、ちょっと考える時間をおいて答えた。

「わたくしは――」、

この質問部分は削除してもらおう。

理恵は、Eメールで送られてきたインタヴュー原稿に、チェックを入れている。

どうしても隠したい、という程ではないが、モデル事務所に所属していた、という過去を公表するのは、今は避けた方が賢明だと思っているからだ。

さして成功したわけではない。モデル時代の理恵の顔など覚えている人は少ないだろう。それでも、芸能界のような世界にいた女が、ベンチャー・ビジネスに転身――という構図は、男性にはアピールしても、女性からは反感を抱かれかねない可能性がある。

今、理恵が進めているビジネスは、明らかに女性向けのサービスなのだ。

それなのに、理恵がレースクイーンをしていた時の画像が、ネットワーク内を一人歩きしている。いったいどこから見つけてくるのか、理恵自身にも記憶にないような写真まである。

画像だけではない。テレビから録画したものや、素人が撮影したビデオ映像まで、ネットでは流れているのだ。

知人からそうしたページのアドレスを知らされることもあれば、自分で見つけてしまうこともあった。

ふいにモニタに映る自分自身――、今ではない、過去の自分を見るのは、嫌悪以外の何者でもない。

作り笑いを浮かべ、決まりきったポーズで映る自分。

でも、まだ膚の張りがあった、あの時のあたし――。


煙草を一本灰にして、理恵は女性誌に載る、インタヴュー原稿のチェックを続けようとすると、モニタの一角にメールの着信を報せるアイコンが明滅した。

社内からのメール。

理恵はそれを開く。

「今夜からロス。留守よろしく」

社長の臼井直《うすいただし》からだった。

社内は当然として、業界の中で理恵と臼井の関係を知らない者はいない。

そもそも理恵が今の仕事に入ったのは、企業コンベンションのブースでナレーター・コンパニオンをしていた時に、未だ大ソフトメーカーのエンジニアだった臼井に声を掛けられたのが始まりだったのだ。

臼井は独立し、起業しようとしていた。そのビジネス以前に、理恵はプライベートなパートナー――恋人となったのだ。

ワード・オブ・スター社は思いのほか、順調に滑り出した。理恵という存在が看板として大きく作用したのは事実であり、理恵自身もそれを認識している。

臼井は結婚の話を幾度も持ち出したが、理恵の方が返事を濁していた。

理恵は、今のままでいるつもりはなかったのだ。

近い内には、自分自身の会社、自分自身のブランドで勝負に出る。早い時期に、理恵はその考えを固めていたのだ。

だから臼井との私生活での関係も自然と冷たいものになっていた。

臼井は決して男として魅力がないわけではない。

野心で脂ぎったところもなく、歳には不似合いな子どもじみた格好をしていても、許せてしまえる。

以前は卑猥なジョーク交じりの社内メールが日に何度も来たものだ。

そんな稚戯じみたことすら、臼井の邪気のない笑みを思い浮かべると許せた。

その臼井のメッセージも、最近は用件だけの冷たいものになっている。それも自然なこと。

臼井自身も、十分に理恵を利用してきたのだ。お互いさま。

社員たちが帰り、一人残ってインタヴュー原稿の朱入れをやっと終えた理恵は、メールでそれを編集者に送り、ゴミを集めてから会社のビルを出た。

真新しい社屋だが、この地方なら建てるのにそう苦労はしない。風景に馴染まない、モダンなデザインのビルを建てる勇気、だったら必要だが。

アルファロメオのシートに座り、ＪＲの駅がある街の中心部へ車を向けた。

まっすぐ部屋に帰りたくない気分。とは言え、買い物ができるような、遅くまで開いている店はここにはない。

またいつものあそこへ行くのか……。

灯火もまばらな県道を車で走らせる時に、オペラは理恵にとって必要な音楽だった。

流行りのカラオケで歌うような曲はこの車には似合わない。

洋服の傾向が立ち振る舞いを決めるように、車には、そこに流れる音楽を決める力がある。

星が今日も綺麗に見えている。

自分は恵まれた星のもとに生まれた。

理恵は苦笑する。

ホロスコープ・サービスのシステムを稼働させた当初、理恵は当然のように自分自身の星周りを確認している。

理恵は、自分に都合の良いことしか記憶に残していない。

そういう生き方をしてきたのだ。

——いつも誰かに見られているような感じですか。

え……？

弛緩していた脳に緊張が走るのを感じた。

ステアリングを握る手に、力が無意識に入る。

誰かが、見ている……。

そんな気がしてならない。

まさかこの車の後部席に、誰かが——？

小さく深呼吸し、バックミラーに目を向けた。

狭い視界だが、そこに人が隠れられる程の場所ではない。それは確認できた。

誰も、いない。

少しだけ理恵は落ち着いた。気のせいだ。

ネットのことが、現実に自分を苛《さいな》むなんて——。

理恵は苦笑した。

理恵の仕事は、まさにネットからの託宣を、現実生活に反映させようというものだから。

カーステレオをＣＤチェンジャーからＦＭに変えた。

流れ出る流行り歌に合わせ、理恵は声を出して歌った。


店の前に、見慣れない車が停まっているのに、理恵は気づいた。

いつも止めている場所が、塞がれている。

仕方なく、やや離れた路地にアルファロメオを置いた。

重い木製のドアを開けると、聴き覚えのある曲が理恵を迎えた。

ジャズの知識はないものの、それがビル・エヴァンスという白人ピアニストの曲だと判るくらいには、この店で学習をしていた。

女が一人で酒を飲んでいても奇異に思われない店は、そうあるものではない。

場違いに迷い込んだ地元の男が絡んできても、かつて堅気ではなかったらしい、店のマスターがやんわりと追い出してくれる。

そんな店がこの土地にあることひとつとっても、理恵自身の幸運は確かだと言える。

しかし、今夜の店内は、やや様子が違っていた。

見知らぬ男達が、互いに離れて座っている。知り合い同士ではないのか。

普段理恵は、奥のコーナーに座るのだが、そこも、気弱そうな、しかしイタリア製と思えるシルエットのスーツを着た男が座っていた。

理恵はここでも仕方なく、一番手前のスツールに座った。今夜は星が悪いらしい。ダイキリを一杯飲んで帰ろう。

グラスに口をつけた途端、それを待っていたかのように、奥のカウンターに座っていた男が近づいてきた。自分に自信のあるタイプ。表のBMWはこの男のものに違いない。

「隣、いいですか」

答えない内に、男は座った。

「ふうん……、ロッコ・バロッコとは意外です」

理恵は眉を顰《ひそ》め、男を凝視《ぎょうし》した。

香水に詳しいというだけでもどうかというのに、意外とはどういうこと？　初めて会った女を口説く台詞ではない。

「アナイス・アナイスだと思っていた。はずれました」

理恵よりも二つほど若い男は、不自然に白い歯を見せて笑った。

「──前にお会いしてます？」

声に刺を込めて、理恵は訊いた。

「そう、ですね。見方によっては」

理恵はグラスを持ってスツールから立ち、空いている席に向かった。

座る時、チラとカウンターを見ると、男は屈辱を感じているような顔をしていた。

苛立たせるようなことを口にする男は、遊ぶ相手にもならない。

しかし、今度は気弱そうに俯いていた男が、理恵の席の隣へやってきた。

その席には、やはり見知らぬ、四十代の紳士——コロンの匂いがきつい——が座っていたのだが、構わず若い男は理恵に喋りかけてきた。

「ここ、お好きなんですね。ここへ来ると、気分が解放された感じになるですね」

おかしな言葉づかい。他者との折り合いがつけられない、普段の内向性を無理やりねじ伏せて、理恵に向かってくる。

「あ、あのですね。僕はあなたを崇拝しているです。僕じゃ駄目、ですか」

何を言っているのか。

流石《さすが》に気分が悪くなり、理恵は店を出ようとグラスを置くと——、それまで黙っていた中年の紳士が、その若い男の腕を強い力で引っ張り、床へ転がした。

「なっ、なんだよっ！」

コロナ・ビールの瓶と共に床に倒れ込んだ男はわめいた。

「失礼なんだよ。君のような子どもを、この人は相手になんかしない」

どういうこと？　この男は私を庇《かば》っているつもり？

「そっ、そんなことっ、ないぞ！　先月の十四日、理恵様とここで知り会ったのは二三歳の奴だったんだ！」

顔が冷たくなっていく。血が昇っているのに、躰が一瞬にして冷えた、気がした。

何故そんなことをこの男は知っているの。

確かに先月、この店で若い男と知り合い、一晩だけ遊んだ。

それきりの付き合い。それきりの関係。

「ちょっとあんたたち。この店で変な真似せんといてくれ」

カウンターの奥から、マスターの低い声が店内を威圧した。

「すまない。だがこれは、儀式なんだ。彼女が誰を選ぶかの」

不可解な事を口にした中年紳士は、理恵の方を見つめた。

「——私は、あなたに喚《よ》ばれてここに来ている」

「何を言っているのか判らないわよ！」

「あなたが誘ったんだ」

「そんなことをあたしが、どうしてするのよ！」

カウンターにいた男が立ち上がった。

「だって、今日はそんな明るい色の服を着て、一人だけ遅くまで会社に残って、そして車を走らせてここへ来たんじゃない」

だから、だから何⁉

「だっ、だから僕は来たですよ！　今夜は僕の番なんだ！」

床から起き上がった若い男も立ち上がった。

ビル・エヴァンスのピアノが止んだ。

マスターがカウンターから出てくる。

「出て行ってくれ。じゃないと——」

「うるさぁぁぁぁぁい！」

気弱そうな若い男が、いきなり振り向いてマスターの顔に、コロナ・ビールの瓶を闇雲にぶつけた。

マスターは声も出さず、顔を覆ったまま倒れた。眼窩《がんか》の中に瓶の口が入ったようだ。

理恵は、現実感を失い始めていた。こんなこと、現実であるはずがない——。

「あなたの微笑みは、いつも私に向けられていると思っていた。そうでしょう？」

最も常識がありそうな中年紳士が、最もおかしなことを口にする。

コロンの匂いが鼻につく程に近づき、中年紳士は理恵に囁《ささや》いた。

「あなたの歌声、とても素敵だった。ああいう音楽もお好きなんですね」

——いつも誰かに見られているような感じですか。

理恵がどう店を出たか、それは既に記憶にない。

離れた路地に止めたアルファロメオに走り戻った理恵は、ドアを開けると、身を屈めて後部席を見探した。

普段、荷物を置く程度にしか使わない後部座席の隅々、シートの隙間に手を入れ、リア・ウィンドウ周りを手さぐりで探し——、そして見つけた。

これが〝目〟。そして、〝耳〟。

二センチ四方の黒い箱にレンズと超小型マイクがついている。

それはワイヤレスで映像を飛ばすビデオカメラだった。

自分でも覚えていないような映像、写真——。それらがどうしてネットに流れているのか。

最初から気づくべきだった。

理恵は自分を呪い、そしてその相手を呪った。

車は県道を再び逆へ走る。

こんなことができる、こんなことをしようとする人間は他にはいない。
周囲の景色に馴染まないコンクリート打ちっ放しのビルが見えてきた。
理恵自身が戸締りをしたはずだが、最上階には誰かがいる。
ビルの駐車場には、国産の四駆車が止まっていた。
今夜からロスというのは嘘だったのだ。

告訴したっていい。
自分の恥を晒《さら》すことよりも、罰を与える方がいい。
いや、その前に、まず何と言ってやろう。
理性？　今そんなものは必要ない。
怒りは爆発ではない。静かに理恵の血液を溶岩のように滾《たぎ》らせている。

社長室は無人だった。
理恵が普段いる、マネージメント室から、蒼い明かりが廊下に漏れている。
第一声を何と発するか決めないまま、理恵は薄く開いたドアに近づいた。

マシンの音が低く響くだけ。

何をしているの――? 大体こんな夜に――。

理恵は、ドアを荒々しく開けるのを止め、そっと隙間から中を覗き込んだ。

理恵の席のモニタだけが、部屋をほの明るく照らしている。

モニタには、理恵が映っていた。

企業コンベンションで、ナレーター・コンパニオンとして作り笑いをしながらマイクで喋っている理恵。でもその音声は、今は出ていない。

ひたすらアップに写したその画面――。

大きく映し出された理恵の唇に、臼井は口づけをしていた。

涙を流しながら、臼井はみっともない格好でモニタを抱き、画面の中の理恵に口づけをしていた。長い、長い時間。

理恵はそれを、じっと見続けていた。

見つめることが、この男に対する罰になるだろうか。

そうか――。

そこに映っているのは、臼井と初めて出会ったコンベンションの映像であることに、やっと気がついた。

話しかけてくる前、理恵は既にずっと臼井に見つめられていたのだ。ビデオカメラの液晶モニタを通して——。

その時のあたしが、そこにいる——。

いや、違う。

そこに映っているのは、今の理恵ではない。

今よりも膚も髪も艶《つや》やかだった、あの時の、自分。

そして、その理恵は臼井によって、ネットワークの中に放たれ、見知らぬ無数の男たちに共有されている。

そんな存在が、あたし自身であるはずが、ない。

躰を流れる怒りの熱さは、どんどん冷えていった。

もう、この男と会うことはない。

二度と会話をすることもない。

したことを許すつもりもない。

それでも——、このみすぼらしい姿の男が、それがどんなに醜く歪んだ形ではあっても、それがどんなに卑劣な行為を伴っていても——

理恵を本気で愛していた、というその事実だけは、この目と記憶に焼きつき、一生消えることはないだろう。

再び弛緩し始めた脳に、理恵はそのことを刻んでいた。

そして、自分の星周りが、本当にシステムの言う通りであるのかは疑問だな、ともぼんやりと思っていた。

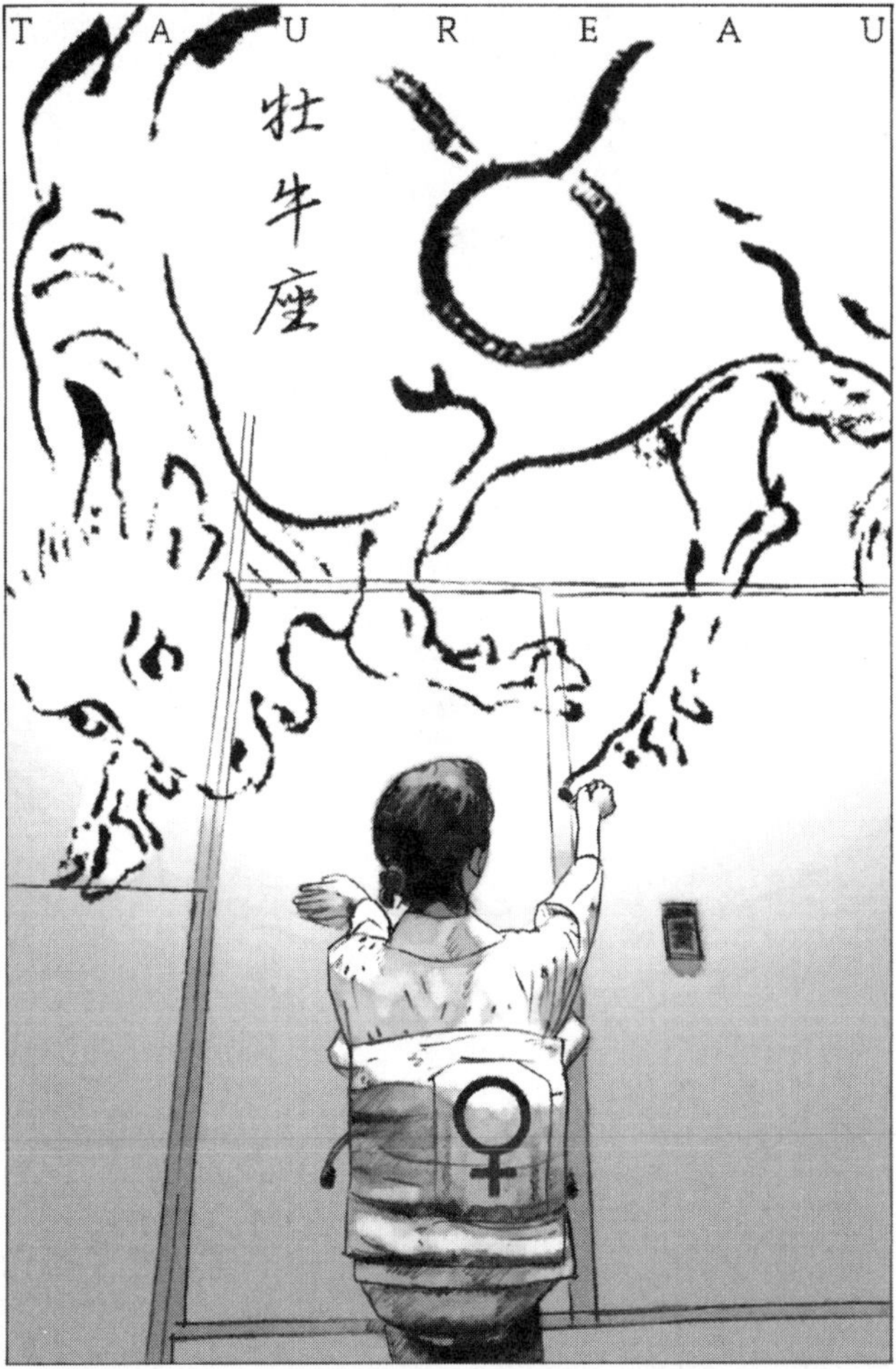

アリアドネ――図子 慧

図子慧（ずし・けい）

一九六〇年五月九日、愛媛県に生まれる。

律儀で怠け者の小物ゲーマー。コバルトノベル大賞に入賞してデビュー。「人によればしゃべり方に特徴があるそうですが、自分ではわかりません。」一九九八年『ラザロ・ラザロ』（集英社）を出版。

金牛宮《きんぎゅうきゅう》

毎年の太陽通過　4月21日頃から5月21日頃
不動の地の宮
支配星　快楽の星・金星
鍵言葉　我所有する（I have）
色彩　緑

人体対応　首・喉
記号　雄牛の頭
長所　温厚、発達した五感
短所　頑固、独占欲が強い

大地が緑に覆われる春の盛りのころ、毎年太陽は金牛宮を通過していく。のどかな草原で、草を食《は》む家畜たち。咲き乱れる花、穏やかな風。いつまでもこのような美しい季節が続けばいいのに……。人は金牛宮の季節にみなそう思う。そして、その楽園的なイメージこそ、金牛宮の基盤をなす感覚なのである。一般に五感に優れ感覚的な喜びを享受しようとする性向が強いのもここから来ている。

金牛宮は基本的には温厚で穏やかな性格である。ものごとにたいして鷹揚《おうよう》に構え、つまらぬことで怒ることはない。新しいことのために攻めていくよりは、現状を維持していこうという姿勢の持ち主だ。しかし、逆にそれは目の前の現実にしがみつこうとする態度にも通じる。マイナス面である頑固さや保守性は、まさしく長所と表裏一体なのだ。「変化」をどのように受け入れるか、それが金牛宮の課題。

（鏡リュウジ）

1

わたしは、荷造りが苦手である。必要なものはわかっているのだが、不要なものがわからない。そんなわけで、旅行のときなど、普段持ち歩いているバッグに入っている荷物の整理からはじめないと、身動きとれないことになる。

ハンカチとティッシュ、ストッキングの替え、新品の下着、汗止めスプレー、カットバン、裁縫セット、チョコレート、折り畳み傘。これが基本セットで、旅行のときは予備をもう一組持ってゆく。

生理用品は、ちょっと迷ったけど、結局そのままにしておいた。当分、使用しないとわかっていても、持ち歩いてないと不安なのだ。折り畳み傘も。

「まるでドラえもんのバッグだな」

桜井は、さっきからわたしの荷造りを呆れ顔でながめている。

「普段からそんなに、いろんなものを持ち歩いてるわけ?」

「まとめて持ってる方が、便利なんだもん」

ドラえもんのバッグといわれて、わたしは傷ついた。たとえバッグの話だとしても、ドラえもんといわれて嬉しい女がいるはずがない。

「桜井さんのほうこそ、支度はできたの?」

「着替えだけだからね、ぼくは」

それにしても、と桜井は、わたしの大荷物をみやって形のいい眉をよせた。

「いっとくけど、二泊三日だぜ? 持ち歩きだけで大変だろ。せめて鞄二ツに減らせよ」

桜井のいうとおりだったから、わたしは、着そうもない衣類をしぶしぶ取りのけた。

桜井は、窓にもたれて本を読んでいる。事務機械のメーカーに勤務している彼は、技術職らしく淡泊で理性的な人間だった。硬質に整った顔立ちとあいまって、集中しているときなど、ドキッとするほど冷たい表情をみせることがある。

それでもいざというときは頼りになる人だったから、少々冷たいことをいわれても、わたしは気にしないようにしていた。坊ちゃん育ちの気弱な部分を隠している点も、好ましかった。

ようするに、わたしは桜井に夢中だったのである。

自分には手の届かない相手だと思っていたから、結婚が決った今でも、目が醒めたら消えてしまう夢の中にいるようで、心もとない気分がつきまとっている。

しかし、手元にある新幹線のチケットは幻ではないし、式場の予約にいったのはつい昨日のこと。これは夢じゃない。来週は、彼とはじめて旅行にでかけるのだ。

桜井の出張にあわせた安上がりの国内旅行だったけれど、わたしはうれしかった。

「まだ、大きいなあ」

桜井は荷物をみてぼやいている。

「天気予報は晴れだぜ？　傘なんていらないだろ。きみは、入念に準備するわりに、計画性がないんだな」

「計画の部分は、桜井さんがたててくれるじゃない」

「それはそうだけど。せめて、あのマスコットのキーホルダーはなんとかしてほしいよ。今時、アニメのキャラなんて」

彼はバッグにぶら下げた、白地に赤い模様の入ったモンスターボール風マスコットを指で弾いた。

「これは、アニメが好きだから買ったんじゃないの。実用品」

説明しようとしたとき、桜井がいった。

「幼稚すぎるよ」

他人をみくだすのは、桜井のわるい癖とわかっていたが、ときどき本気で腹がたつ。わたしが黙りこむと、桜井は素知らぬ顔で本を読みはじめた。それでも、ちらちらと、こちらの様子をうかがっている。

やっと、いった。

「ごめん」

「べつに」

「だから、謝るって」

「そんなに気になる？　あのキーホルダー」

桜井は、考えこむ表情になった。

「これみよがしにつけるのは、あんまりね。小物につけてるのは意外性があって、かわいいけど」

わたしはキーホルダーをバッグから外した。

桜井の言葉のなにかが引っかかっていたが、どこが気になるのかはわからなかった。

しかし、話を蒸し返すと、本当にケンカになるかもしれない。それ以上、考えるのをやめて、桜井のために夕食をこしらえた。しかし、食事のあいだも抱きあっているときも、小さな諍いの一件は、魚の骨のように、ずっとわたしのノドでチクチクしていた。

『小物につけてるのは意外性があって、かわいいけど』

これはいったい、だれのことなのだろう？

2

翌週、わたしは予定通り岡山駅で桜井と落ち合った。

た。桜井は、出張で一足早く現地に到着していたから、レンタカーで駅まで迎えにきてくれ

この旅行のために、わたしは連休中に休日出勤して、振り替え休日をとった。チケットや宿は希望どおりの日程でとれた。新幹線はがら空きだったし、どこの店も空いていた。

よかったというべきなのだろうけど、わたしはなんとなく物足りなかった。

人が観光地に集まるのは、きれいな風景やアトラクションに惹《ひ》かれてではなく、そこに大勢の人たちがくるとわかっているからではないだろうか。祭りや縁日、盛り場も、幾ら面白くたって、だれもいないのでは興ざめである。大勢の人と、空間と時間を共有しているという実感がほしいのだ。

ひとけのない観光地を回りながら、わたしはそんなことを考えていた。

売店は閉まり、展示室の照明は落とされて、案内ガイドのボックスは空っぽ。絶景の名所も、ひとけがなければ、強盗でもでてきそうで、不安になってくる。

歩くうちに、わたしは気持ちがずんずん沈んでいったのだが、桜井は、気にならないらしく、がら空きの資料館や、遺跡をじつに楽しそうにながめている。

「ゆっくりみられてよかったね」

「うん……」

「次は洞窟見物だよ」

鬼がすむという洞窟の探検は、今回の旅行の目玉だった。

本音をいえば、わたしはもう帰りたい気分でいっぱいだった。宿に入って、温泉にゆっくりつかりたいのだが、洞窟見物を楽しみにしている桜井には、とてもそんなことはいえない。

「ぼくは洞窟が好きでさあ。洞窟研究会に入ってたこともあるんだ」

「そうなんだ」

わたしは無理にニッコリすると、今朝、指にはめてもらった指輪をお守りがわりに撫でて、気持ちをふるいたたせた。

遅れてもらった誕生日のプレゼント。彼は、そのエメラルドの小さな石がついた指輪を、当然のように左手の薬指にはめてくれた。はじめて桜井がみせた、婚約者らしい誠意だった。小さな石が今にも落ちてなくなってしまいそうで、わたしは五分おきに指で石がまだそこにあることを確かめた。

鬼の洞窟の洞口は、山中の崖下に、ぽっかりとひらいていた。

管理事務所はなく、入り口には、派手な観光用の立て看板が置かれている。その場にいたのは、わたしたちだけだった。

「なんか気味悪いね」

「そりゃあ、鬼の洞窟だからね。鬼っていうのは、ほんとうは山賊のことで、ここを根城にして、旅人をおそってたんだよ」

桜井は手回しよく、懐中電灯をふたつ用意していた。どこで手にいれたのか、洞窟の略図が印されたパンフレットまで持参していた。

生まれてはじめて入る洞窟を、わたしが楽しまなかったというつもりはない。実際には、かなり面白かった。

入り口に飾られた、古ぼけた鬼の人形や、山賊が住んでいたという広間。鉄分をふくんだ赤い滝。その先にあった天井の高い空間は、無数の鍾乳石で彩られて、思わずわたしは声をあげた。

すごい、すごい、と連発しながら、地下の流れにそって急傾斜をのぼり、いくつかの支洞の分岐点を通りすぎた。岩陰では、人がこないのをいいことに、かなり大胆な真似もした。屋外という状況の目新しさを、ふたりで楽しんだ。

衣服をなおして、きた道をもどりはじめたときだった。

巡回ルートの矢印に従っていくら歩いても、入り口にもどれないのだ。おかしい、と思った。ルートの表示に従って進んできたのだから、迷うはずがないのに。

しかし、歩いても歩いても一向に出口にたどりつけない。表示板すら、いつのまにか消えてしまい、引き返して、心当たりのある分岐点を探そうとしたが、余計に迷うばかりだった。

たぶん、どこかの分岐点で、わたしたちはしくじったのだろう。これだと思って入った支洞は、行き止まりだった。あわてて引き返したが、通路は身を屈めても通れないほど、低くなっていった。

わたしはパニック寸前だった。桜井の手にしがみついて必死に鍾乳洞を歩きつづけた。洞窟に入ったばかりのときは、面白くみえた石筍《せきじゅん》や石柱も、どれも同じ形、似たような繰り返しにしかみえなかった。甘い気分は吹っ飛んでいた。こんな洞窟、入るんじゃなかった、と、わたしは口走った。

あとから考えれば、懐中電灯が使えた時点で、支洞ごとに印をつけて、規則的にルートを試してみればよかったのだ。そう深い洞窟ではないのだから、じきに正しいルートがみつかったはずだった。

そのことに気がついたときには、わたしたちは、引き返す道もわからない奥に迷いこんでいたのである。

どのくらい歩き回ったのか、ついにわたしは一歩も動けなくなって、その場に座りこんだ。

「ここで助けがくるのを待とう」

桜井が握りしめた手に、力をこめた。腕と腕が触れあっていたが、わたしは彼の輪郭を見分けることすらできなかった。

ただ、漆黒の闇。

背中を押しあてた岩肌は、じめじめと濡れて冷たかった。暗闇は黴くさく湿って、コウモリのフンの臭気に満ちていた。

「車があるからね。ここで待っていれば、きっとだれかが気づいて助けにきてくれるよ」

「ええ、きっと。レンタカーだし」

そういいながら、わたしは、最悪の可能性を考えていた。

橋の手前に車が放置されていれば、洞窟へ入ったドライブ客がいたことはだれでも気づくだろう。しかし、連休の賑わいが終わった今、観光客は少なく、一軒だけの県道沿いの売店は店を閉じている。

乗り捨てられた車に警察が気づいて、捜索をはじめるのは、いつになるのか。

もし、何日も発見されなかったら……。

ゾッとして、その可能性をうち消した。

「でも、どこで迷ったのかしら。ちゃんと主洞だけを通っていたのに」

「どこかで支洞に入りこんだんだろう。標識を見落としたか、あるいは壊れてみえなかったのかもね」

「洞窟なんて、入らなきゃよかった……」

つい愚痴をこぼすと、肩を叩かれた。

「それはいわない約束。とにかく気を落ちつけて。待っていようよ」

わたしはうん、といって、彼の肩に頭を寄せた。

桜井はこんなときでさえ冷静だった。頭が切れて、頼りになる。

「お腹、すいた？」

「ううん。まだ大丈夫」

緊張で、空腹を感じる余裕はまだ、ない。

けれど、暗闇に座りこんでいると、あのとき帰っていれば、という後悔がひっきりなしにわいてくる。

午前中で切りあげて、まっすぐ東京にもどっていれば。あるいは宿に引き上げていれば。

今ごろ、のんびりくつろいでいられたのだ。

「誕生日のプレゼントがとんでもないことになって、悪かったよ」

「そんなことない」

わたしは、一層彼の腕にしがみついた。暗闇の中でも、左手の薬指にちゃんと指輪がはまっている感覚があった。旅行よりも、この小さな指輪ひとつのほうが、どんなにかうれしかったことか。

とにかく今の状況を悪化させてはいけない。せっかく婚約したというのに、この旅行のあとで別れるようなハメにはなりたくない。桜井は、わたしの理想の男なのだ。頭が切れて、きれいで、頼りになって。

わたしは冷静になろうとした。

どこからか、水の音が聞こえてくる。大量の水が流れおちる、低い轟き。水の匂いというのだろうか、空気のなかに一筋、清涼とした気配がかぎ取れた。

「何時間、たったの？」

桜井が、腕時計のバックライトをつけた。

「三時半。たった二時間だよ。落ちつけよ」

「二時間だなんて。半日ぐらい歩いた気がする」

わたしは乾いた唇を舌で湿した。ノドがからからだった。たえず水流の音が聞こえてくるというのに、あたりには泥水しか見あたらず、ノドを潤すことすらできないのだ。

わたしは、いつも持ち歩いている悪阻用のアメを、桜井と分け合った。糖分のおかげで、すこし元気がでてきた。

「もしかしたら、だれかが帰りの表示板にイタズラしたのかもしれない。だって、表示板の反対側にも、矢印がついていたでしょ。あれ、なんだかおかしかった」

「そういえば、マジック描きだったね」

「そうなの。殴り書きされたみたいな字。何度か同じようなところを通ったでしょう。きっと、洞窟がつながってたのよ。たぶん、どこかの分岐を左にいけばでられたんだ」

桜井は、くそ、といった。

「そういや、おれも、おんなじ石筍があるから、あれっと思ったんだよ。つながってたのか」

「早く気づけばよかった……」

つい、涙声になってしまった。

わたしには、冒険心なんてない。慎重すぎるほど慎重な人間なのだ。桜井も、そうだ。好んで危険な場所にでかけたことなんてないし、安全の表示はちゃんと守ってきた。

それなのに、だれかの悪意で、身動きがとれなくなっている。死ぬかもしれない。

たぶん、イタズラをした人間は、たとえだれかが迷ったとしても、自分が捕まることはないと踏んだにちがいない。憎かった。殺してやりたいと思った。

「でられたら、イタズラしたやつ、絶対突き止めてやる。殺してやるんだから」

「きみは怖いことをいうね」

「あなたは腹がたたないの？」

彼は、また腕時計のバックライトをつけた。ぼうっと、青白くて骨っぽい横顔が浮かびあがった。

「四時。ノド、渇かないか？」

ててよ」


「すこし」

「ほら、これを呑むといい」

桜井が手探りで、ドリンクのような瓶をよこした。

「元気がでるよ」

「でも、あなたは？」

「ぼくは水を探すことにするよ。きみの身体のほうが大事だから」

わたしは、彼の優しさに感激した。いざというときは、優しくなれる人なのだと見直した。薬くさい栄養ドリンクを、一息に飲み干した。

「たぶん、水場はこの近くだと思うんだ。きみの懐中電灯、貸してくれないか」

わたしの懐中電灯は、早い時期に消したから、電源は充分のこっている。探しにいく彼が、持ってゆくのは当然だろう。しかし、なぜかわたしは気がすすまなかった。

――もし、あなたが帰ってこなかったら？

こんな事態でも、わたしは、自分のことしか考えられない女なのだろうか。

やましさを振り払って、わたしはいった。

「いっしょにいきたい。ひとりで残るの、怖いし」

「でも、きみという目印がなかったら、もっと迷ってしまうかもしれないから。ここで待っ

「でも」

「水がみつからなかったら、すぐ戻るから」

わたしは、しぶしぶ桜井の提案を受けいれて、懐中電灯を交換した。

「水の入れ物はどうするの？」

「ビニール袋があるから」

「そうだ。ちょっと待って」

わたしはバッグのなかをかき回した。あった。裁縫セット。いつもバッグの中に必ずいれてある。といっても、ほとんど使ったことはないのだけど。

「これ、持っていって」

懐中電灯の光を頼りに、急いで彼の手のなかに、あるだけの糸を押しこみ、自分は、糸の端を持って左の手首にまきつけた。

「もし、途中で懐中電灯が切れたときのために」

「ドラえもんバッグか」

くすっ、と桜井が笑った。

「役にたつね。ありがとう」

ゆっくりと立ちあがると、彼は水音の轟く方向に歩きだした。黄色い光がゆらゆらと揺れる。角をまがったかと思うと、視界から消えた。あたりはまた闇に閉ざされた。

だが、恐怖感はない。

この糸を握っているかぎり、彼は帰ってくるのだから。

わたしは、手元に意識を置いたまま、暗闇のなかで彼の帰りを待った。黄色い光はなかなかあらわれない。

待ちながら、これから先のことを考えた。上司への報告や、新居の場所のこと。不安がすこし薄らいだ。

じきに彼が戻ってくる。助けもくるだろう……。

なにも心配することはない。

頭がガクン、と落ちて、目が醒めた。

だが、みえるのは闇、闇、闇。

一瞬どこにいるのかわからなかった。停電かと考えて、思いだした。わたしは洞窟の中にいるのだった。

どのくらい眠っていたのだろう?

手のなかには、あいかわらず細い糸の感触があった。切れてはない。ぴんと張りつめている。

「桜井さん?」

思いきって呼んでみた。

返事はなかった。どこからも。

わたしは座りなおした。

ほんの一瞬、うとうとしていたにちがいない。だが、ずいぶん眠っていた気もする。

いったい、今は何時だろう?

どうして、彼はもどってこないのか。

目を凝らしても、のしかかるような闇ばかりで、どこになにがあるのか、上下の感覚さえあやふやになってくる。

懐中電灯を一瞬つけて、腕時計をみた。驚いたことに午後の六時だった。いつのまにか二時間も眠っていたのだ。

自分が信じられなかった。桜井を待ちながら眠ってしまうなんて。

それにしても、あの人はどうしてここにいないのか。どうして戻ってないのか。

思いきって声を張り上げた。

「桜井さん、さーくーらーいーさぁぁん」

声が洞窟内に木霊する。

むなしい反響のなかに、わたしは彼の返事を聞き取ろうとした。

だが、何度叫んで待っても、応答はなかった。

──どうしよう。

必死に考えた。探しにいきたい。じっとしているのは、おそろしすぎた。だが、懐中電灯の電池は残りすくないし、もし、探しあてるまえに、切れてしまったら？

今度こそ、途方もない暗闇に取りのこされてしまうのだ。

かといって、このまま待ちつづけることはできない。

わたしは震えながら、立ちあがった。手の中のたった一本の糸を頼りに。

彼の名前を呼び、耳を澄ませ、一歩ずつ暗闇に踏みだしていった。うなじに落ちた、水の滴りに跳びあがった。耐えきれなくなって懐中電灯をつけたが、五秒もたたないうちに、すうっと暗くなって光は消えてしまった。

真の闇に、わたしは取りのこされた。

暗闇がおそろしいのは、これが目の醒めることのない悪夢だからだった。すぐそばに、だれかがいる気がして、気が狂いそうな恐怖に襲われた。悲鳴をあげたかった。自分がまっすぐ立っているのかどうかもわからない。

──神様、たすけて。

桜井のことを思い、腹部をかばいながら、糸に力をかけないよう、そろそろと進んでいった。

ノドの渇きは耐えがたかった。しばらく歩いて、岩肌から地下水がしみだしている場所に手が触れた。苦い水を舐めて渇きをいやし、また歩きだした。

桜井は、もどってこない。

なにか起きたにちがいない。

じきに、わたしは、目をつむって行動したほうが、ずっと動きやすいことに気がついた。視覚に頼りきっていると、なにもみえないという事実に混乱して、ほかの感覚に集中することができないのだ。だから、最初から目をふさいでしまえば、臭いや音、それに皮膚の感覚で、ある程度の情報を得られるとわかった。

洞窟の壁と、自分の位置関係が把握できるようになった。

一歩ずつ、転ばないように慎重に、歩きつづけた。糸はつづく。

歩くうちに、わたしは奇妙なことに気がついた。水の音が段々と小さくなってゆくのだ。桜井は、水場にむかったはずである。なぜ、水音から離れていくのだろうか。

「桜井さん、桜井さん、どこ？」

わたしは暗黒の洞内を、はいずるように進んでいた。手も足も泥だらけにちがいない。声はひび割れて、疲労と絶望からその場に倒れそうだった。

そして、糸は終わった。

なにもない、洞窟の行き止まりで。

どんなに手探りしても、そこは岩肌しかなかった。糸を結びつけた石ころが、コロンと転がっていただけ。

——う、そ……。

では、桜井はどこにいったのだろう？

いったいどこに。

「いやぁぁぁぁ」

わたしのノドを悲鳴がついてあふれた。その場にうずくまったきり、もはや一歩も動くこともできなかった。

……アリアドネ。

岩肌にもたれかかり、しゃくり上げながらわたしは思いだしていた。

クレタの王女アリアドネ。勇者テセウスに糸球を授けて、ミノタウロスの迷宮から救い、そのあげく捨てられた女。

哀れな王女。哀れなわたし。

疑惑が、岩のようにわたしを押しつぶした。

水場を探しにいく前に、桜井が呑ませたドリンク、あの中にはなにが入っていたのか。

いくらなんでも、わずか数分で、眠りに落ちるなんておかしい。確かに疲れていたけれど、眠気はなかったのだ。直前まで。

彼は、わたしを、暗闇の中に置き去りにするつもりなのだ。いや、生きていてほしくないのかもしれない。

わたしはすすり泣き、腹部を押さえた。四ヵ月にまで育った赤ん坊が、いとおしく哀れでならなかった。

彼が本当は、わたしとの結婚を望んでなかったことは知っていた。妊娠したと告げたときの、絶句した表情はいまだに脳裏に焼き付いている。

あのとき、桜井の双眸に閃《ひらめ》いたのは怒りだった。それから、憎悪。彼はこれまで、わたしを結婚相手として考えたことはなかったのだ。あの瞬間、わたしはそれがわかった。

彼の本心。

忘れようとして、記憶から消そうとして、それでも知っていたのだ。

彼にとって、自分が数のうちに入らない女のひとりだということを。

彼は、わたしと結婚したいとは思ってない。職場で小耳にはさんだ、見合の噂は本当だったのだ。その相手とも、ときどき会っているのだろう。

『小物につけてるのは意外性があって、かわいいけど』

どんな女なのか。わたしのように、重いバッグを持ち歩いたりしない、しゃれて垢抜けた女にちがいない。

——バカだ。

自分の愚かさに、また涙があふれた。本当は知っていた。わかっていたけれど、わたしは、あの人と結婚したかった。あの人と家庭を作りたかったのだ。

わたしと、彼と、子どもの、平凡で安定した家庭。あの人が逃げても、逃がすつもりはなかった。そんな女であることを、桜井は知っていたのだ。

だから、わたしを闇の中に置き去りにした。

案内板の裏のニセの矢印。あれは、彼が自分で細工したのかもしれない。彼は三日前に岡山にきていたのだ。時間はあったはずだ。それに、道に迷ったときの桜井の行動もおかしかった。日頃は冷静なあの人が、わたしの静止を振り切るように、奥へ奥へとすすんでいったのだから。

彼は、わたしを置きざりにするのだ。

わたしは泣きつづけた。涙があふれて衿《えり》を濡らし、耳から髪へと伝わっていった。

アリアドネはどうしたのだろう?

愛していた男に裏切られたと知ったとき、彼女は泣いただろうか。それとも憎んだのか。

地の底で、男を殺したいと焦がれるほど、願ったのではないか。

……アノ男ハ、オマエヲ捨テタ。

暗闇が囁いた。

眼を凝らせば、真の闇の中で、あるはずのない光が凝固して、おぼろな金色の輪郭をつくりだす。ふわふわと鬼火のように揺れながら、ケダモノの顔へと変化した。額にのびた角、裂けた眼と奇怪な顔。洞窟にすむという鬼か、それともミノタウロスか。どちらでもいい。闇には魔物が付き物なのだから。

……オマエハココデ死ヌ。

わたしは、涙の涸れた焼けた眼で、その顔をみつめた。迷宮に潜む、魔獣を。わたしをそそのかしているのか。狂えというのか。

それとも、正気を失えば、すこしはラクになるのかもしれない。

「あっちへいって」

わたしは、歯を食いしばり、涙の固まりを呑み込んだ。

こんなところで死にたくない。狂いたくもない。

立ちあがるのだ。立ち上がって、考えなければ。助かる方法を。

まず光。なによりも、光がいる。それから、水と、休息と、栄養がわたしには必要だった。流産なんかするものか。必ず生きてでてやると決めた。

……助ケハコナイ。

「わかってるわよ」

壁を背にはい上がり、ぬかるみに両足を踏みしめて立った。

助けはこない。

冷酷な現実を、わたしは受けいれた。

救助は、洞窟前に、車があるという前提ゆえだった。桜井のことだから、きっと車は早々に移動させたろう。だから、外からの援助はのぞめない。

自力で抜けださなくてはならないのだ。

だが、どうやって抜けだせばいいのだろう?

わたしは洞窟のことなど、なにも知らない。どうやって脱出すればいいかもわからない。

必死に考えた。

ポケットを探り、バッグをあけて、中身をひとつひとつ手探りした。そして思いだした。

簡単なことを。

わたしは、ライトを持っていたのだ。

桜井にいわれて外したキーホルダーを、どうしても捨てる気になれずに、バッグにいれておいた。ミニ懐中電灯。いつも最悪の事態ばかり考えてるわたし。真っ暗な玄関で困らないよう、懐中電灯型のキーホルダーを探して買ったのだ。

それは、バッグのサイドポケットに入っていた。

スイッチをいれると、たちまち視界がもどった。

今しがたの幻影の立っていた場所に光をむけたが、そこにはだれもいなかった。

わたしは糸を拾いながら、できるかぎりのスピードで、最初にいた位置に引き返した。

途中、大きな縦穴のそばを通って、ゾッとした。すぐ横に糸がのびている。くるとき、よくこの穴に落ちなかったものだ。底を照らしてみたが、闇ばかりでなにもみえなかった。冷たい風に震えあがり、その支洞を退散した。

入ってきたとき、洞窟が、ゆるいのぼり坂になっていたことは、おぼえていた。だから、下っていけばでられるはずだった。

糸を目印にして、支洞を試し、ようやく主洞をみつけた。地底の川が激しい流れとなって壁の穴から吹きだしていた。

わたしは、ライトを消して、いっときその場で休憩したあと、足元を確認しながら、ゆっくりとおりていった。

洞内は広がり、天井は高くなった。黴くさい空気に、ほのかな外の風が感じられた。出口とはまったくちがう方向の矢印が書かれた案内表示も、いくつかみつけた。巧妙に、洞窟の迷路に誘いこむよう、印はつけられていた。

わたしは歩きつづけた。コウモリの広間と、血の色の滝をぬけて。ぬかるみの洞内をひとりで、ゆっくりと。

……ブァア、

どのくらい歩いたのか、かすかに音が聞こえてきた。まぎれもない車の音、外の世界の音だった。わたしはわあっ、と声をあげ、無我夢中でそちらに走りだした。

ふいに、視界いっぱいに星空が広がった。

地面がほのかに白い。星明かりに照らされて、道路と山道がはっきりみえた。でられたのだ。わたしはその場にうずくまって泣きじゃくった。

気がすむまで泣いて、正気にもどり、車をとめた橋の横をみた。

やはり、レンタカーはなくなっていた。

泥だらけの手で受話器をつかむと、わたしはテレフォンカードを公衆電話機に差しこんだ。

彼の携帯電話の番号を押す。慎重に。

「もしもし、桜井さん……?」

桜井の返事は、しばらく遅れた。

「きみ? まさか」

わたしは泣きじゃくりながらいった。

「ねえ、どこにいるのよ。探しまわったんだから。車は?」

桜井は、ようやく「よかった」といった。心から喜んでいるように聞こえた。

「よかった。今どこにいるの? みつからないから、おれ、地元の警察に捜索願をだしにきたとこなんだよ。どこ?」

「洞窟の前。泥だらけなの」

「じゃあ、すぐに迎えにいくから」

電話を切ったあと、わたしは、ウソツキ、とつぶやいた。警察に捜索願をだしたなんて、ウソばっかり。どこかに隠れて、わたしが死ぬのを待ってたくせに。

実際、桜井の車は五分とたたないうちにあらわれた。

運転席のドアがひらいて、すらりとした彼の身体がおりてくる。

「ケガはない？」

わたしは売店の前に座りこんだまま、彼に笑顔をむけた。街灯に照らされて、あたりはかなり明るかった。

「だいじょうぶ」

「よかった」

桜井のハンサムな顔が、青白くこわばっている。

「どうやって、外にでたんだい？」

「キーホルダーよ。あれ、懐中電灯だったの。だから、なんとか出口をみつけられたの」

「きみらしいな」

桜井は乾いた声で笑った。わたしを立たせると、肩を抱いて車のほうへ連れていった。ちょっと待って、と断って車のトランクをあけた。

「着替えたほうがいいよ。バッグのなかに着替えは入ってるんだろ」

「ええ」

わたしはトランクの前に立った。自分の旅行鞄が、暗いトランクの中に置かれている。桜井はわたしのすぐ背後にいた。外灯の明かりを受けて、影が動く。黒い腕がのびてくる。彼がためらっているのがわかる。殺そうか、それともやめようか。影の腕は、中途半端な位置で止まったまま、動きだす気配がない。

そこまで見極めてから、わたしは小声でいった。

「やめたほうがいいわよ。すぐ近くに警官がいるから。手をだしたとたん、殺人未遂の現行犯逮捕よ」

しゃべりながら、自分のバッグをあけて、中からタオルを取りだした。それに着替えも。

「どうせ殺すのなら、わたしが眠ってたときに、やればよかったの。暗闇をうろうろして縦穴に落ちるのを期待してたんでしょ? でも、そうはならなかった。警察の人に話したから、あなた、事情聴取されるわよ」

わたしは、ゆっくり彼にむきなおった。ベルトに腕を回すふりをして、てのひらに握った石をそっともぎとった。桜井は呆然としている。

「こんなもの、いつまでも持ってたら、だめ」

桜井の目が見開かれた。空洞のように虚ろだった。

「……どうして」

「刑務所にいきたいの？」

桜井はかすかに首をふった。口元がふるえている。

頭が切れて冷静で、冷たい人……、彼のことをそんなふうに感じていたときもあった。しかし、結局は、弱い人間にすぎなかった。自分の手で人を殺すほどの度胸はないのだ。せいぜい洞窟に置き去りにして、勝手に死んでくれることを期待するだけ。

わたしのテセウス、裏切りものの恋人。あなたには人は殺せない。

「だったら、わたしのいうとおりにするのよ。ケンカして、わたしを置き去りにして飛びだしちゃったって。でも、もし、将来、わたしや子どもの身になにかあったら、そのときはおしまいだからね。わかった？」

わたしはそれだけいうと、自分の着替えとタオルを持って、車から離れた。

合図すると、警察官がふたり売店の裏手からあらわれた。桜井を両側からはさんで、道路へ歩きだした。下の道ではパトカーが待っている。

連行されるあいだも、彼はわたしの顔をみつめていた。なぜ、と問いつづけていた。なぜ。殺そうとした自分を告発しないのかと。

許したわけではない。

わたしは、わたしなりの罰を彼に与えることにしただけだった。

一生、わたしと子どもを養い保護する義務を、彼に課したのだ。

いつか、この日の選択を悔いる日がくるかもしれない。しかし、今は、この男を捨てる気はない。少くとも今はまだ、彼はわたしにとって必要な人間なのだから。

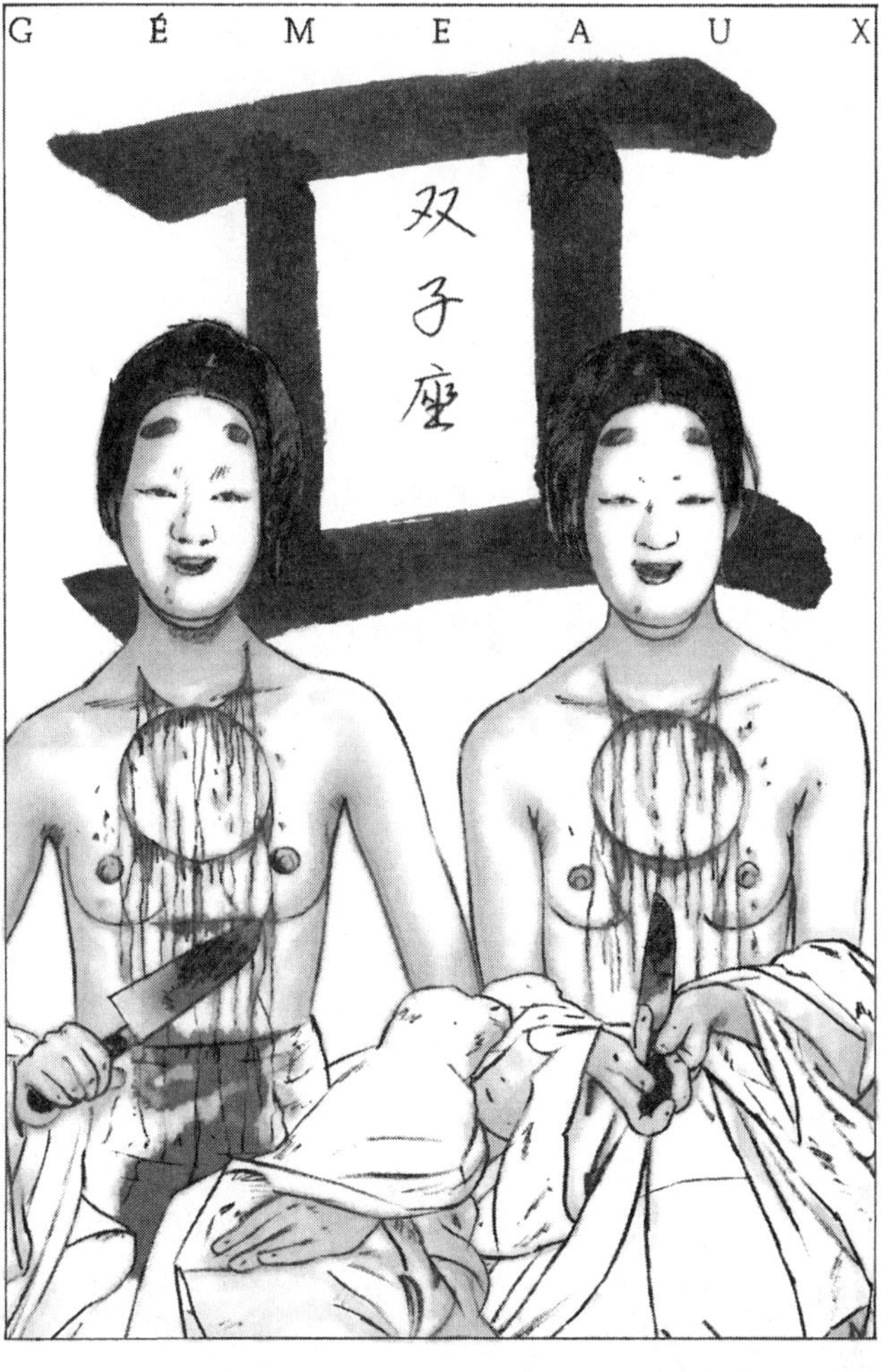

さみだれ——飯野文彦

飯野文彦（いいの・ふみひこ）
一九六一年六月十六日、山梨県に生まれる。
一九八四年『新作ゴジラ』ノベライズにてデビュー。主なノベライズ作『オネアミスの翼』『トップをねらえ』『下級生』『アークザラッド』。オリジナル作品『邪教伝説』『アルコォルノヰズ』『惑わしの森』シリーズなど。近年『異形コレクション』などにホラー短編を鋭意執筆中。

双子宮《そうじきゅう》

毎年の太陽通過　5月22日頃から6月21日頃
柔軟の風の宮
支配星　伝達の星・水星
鍵言葉　我思考する（I think）
色彩　薄い黄色

人体対応　肩・腕・手
記号　二元性を表す二本の柱
長所　知性、順応性
短所　移り気、浅薄

春から夏へと季節が移行していくその変わり目に、太陽は双子宮を通過していく。神話世界では、この双子は一方が神、もう一方が人間の性質を色濃く受け継いだ仲のよい双子が天に上げられて星座になったものだといわれている。双子宮は、その名のとおり二元性を基本的な原理としている。あれとこれ、わたしとあなたをすばやく往復し、つなぎながら、軽快なリズムを刻んでいく。ひとつところに止まることなく、何にでも興味をもち、少しかかわってはまた次の標的へと移動していく。幅広く、何にでもかかわってゆけるが、しかし、けっして一つのことに深くコミットしすぎることがないのは、双子宮の強みでもあり、弱みでもあるといえるだろう。機敏な知性、幅広い好奇心、ユニークな言語能力、反射神経。これらの能力は、変転の早い現代社会を生き延びていくための、何にも代えがたい武器ともなるだろう。

（鏡リュウジ）

それらのものが消え去ったのち
山々は青空にそびえ
星々は夜ごとにかがやくだろう
双子座、カシオペア、大熊座
それらはゆうゆうと運行をくりかえす。

ヘルマン・ヘッセ『閑な思想』(高橋健二訳)より

好きな花ときかれたら、わずかに溜めていた吐息を、ふっ、と吐くよりも気軽に、紫陽花と答えてしまう。

紫陽花は、たくさんの花が咲いたときのそのすがたのみ見たのならば、おおぎょうでにぎやかな印象をあたえるかもしれないが、それでもけっして派手な花とは思えない。日本古来の品種であり、そのルーツは草の種類に属するユキノシタ科だという、古風な植物なのである。もっともうろ覚えの知識なので定かではないのだが、その野菜のような葉っぱを見ると、たしかに花というよりも草というほうが、ぴんと来る。

それでも、なぜかわたしは、紫陽花が好きであった。

他人に言うと、意外だとおどろかれることが多い。

『祥子《しょうこ》って、薔薇とか蘭とか、派手な、目立つ花が好きかと思ってた』

わたしは自分自身では、とくに派手だとは思っていないのだが、自惚れではなく目鼻だちのはっきりしたほうである。性格もたぶんに快活で他人より目立つタイプであるために、とうぜん好きな花ともなると薔薇であったり、蘭であったりという安直な発想をする輩が多いのであった。

そういった物事をシンプルに考える人々をこころのなかで軽蔑していたものの、だからといって薔薇や蘭が嫌いというわけでもなかった。それなのに、なぜ、近代化された現代にひと足、乗り遅れでもしたかのような古めかしい印象の紫陽花が好き、などと答えるのか、自分のことながら不思議ですらあった。

ほんの思いつきではあるが、紫陽花が他の花を圧倒しているのは、花びらの色が変わってゆくという、その一点、唯一といえるのではないだろうか。

一色では終わらずに、あるときは薄紅色に、赤に、またあるときは藍に、蒼に、紫にと、変化してゆく。

ひとつの花なのに、いろんな顔をもっている神秘な一面が、わたしのこころの琴線を爪弾くからなのか。それともわたしの生まれが六月であり、その季節に咲く花という意味合いだけでなく、星座が双子座であって、その名前が示すとおりの二面性を紫陽花が兼ね備えているからかもしれない。

そんな風に考えてみると、赤い薔薇は赤のまま、黄色い蘭は黄色のまま終わっていくことに、なぜだか理不尽で、決められたレールを歩かざるをえない窮屈さを感じてしまう。それから逃れられる花が、唯一、紫陽花なのかもしれないとも思う。

もうひとつ、ただし他人には決して言わない理由ではあるのだけれど、それを密かに語るのなら、紫陽花の匂いに引かれるのである。といってもわたしは紫陽花がどんな匂いなのか、実際には知らない。ただ紫陽花を思うと、じっとりと湿った空気のかび臭さと青臭さの混じった匂いを感じ、そのような美しさのかけらも感じられない匂いに、なぜかこころ魅せられるのである。

それが好きだという理由にはならないことは、自分でもよくわかっているから、人には言わなかったが……。

ふう、と、呼吸して、わたしはシートにもたれた。そうやって一息ついてみると、なぜ紫陽花のことなど、くどくどと考えていたのだろうと、われながら不可解ですらあった。

よどんだ密室の空気のせいであろうか。車内の空気は、封を開けて一ヵ月もすぎた後のポテトチップみたいに湿気《しけ》っている。カーエアコンも、いつ機嫌を損ねたのか、スイッチを押してもお昼寝中の猫のごとく、ぜんぜん反応しない。

　これでまだ外に太陽でも顔をのぞかせていたのなら、ウインドウをいっぱいに開けて、吹き込む風に額や首筋、脇の下や背中にまとわりつくべとべとを、すこしは拭いさることができただろう。

「南クンって、毎晩のように電話してくるんだから」

　不快感を忘れるつもりで、わたしは携帯電話での会話に気持ちを集中しようと、それまでぼんやりと聞き役に徹していた立場から、とうとつに口を開いた。

〈エーッ、でもでも、祥子って、南クンのこと好きだって言ってたじゃないーぃ〉

　携帯のむこうで、靖子《やすこ》の声が半オクターブあがる。ガラスを爪で掻いたように不快なきんきん声であった。大したことでもないのにすぐに声を張り上げる、わざとらしさが無性に鼻につく女である。

　わたしは携帯を耳から離して、顔をしかめながら、

「もちろん好きよ。でもそれは、あくまでも友だちとしては、って意味でね」

　と、声をはずませ、うちとけた口調で言った。携帯のむこうの靖子は、こっちが眉間にしわをよせながらうんざりした顔で話しているなんて、まったく感じていないだろう。

〈なんだあ、祥子の本命って、てっきり南クンだって思ってたから、協力してたのにぃ。この前にカラオケ行ったときだって、となりの席にしてあげたでしょぉ〉

　携帯から口を離して、ため息をついた。南なんてゲスな男に入れあげてるのは、靖子、あ

なたのほうでしょ、と心で悪態をつく。けっして悪態などではなく、単なる真実なのであるが、時としてわたしがぽろりと真実を口にすると、愚かな連中が自分たちの愚かさを棚にあげて、訳知り顔でわたしに注意する。

悪口は言わないほうがいいよ——などと。

たしかに靖子の言葉は、その上っ面だけ聞いていると、わたしのことを心配している雰囲気ではある。だが、アクセントや言葉のはしばしから、電話の向こうで、靖子がにんまりと微笑む様子が生々しく想像できる。親切めかしながら、わたしの気持ちをうかがおうとする靖子の陰険さが、彼女の前におかれた鏡の奥から見ているようにわかるのであった。

「それより南クンって、靖子に興味があるみたいよ」

わたしはうんざりした顔とは裏腹に、微笑みすら感じさせる口調で言った。お腹を空かせた魚にエサを放り投げてやるようなものだった。すぐに靖子は食らいついてくる。

〈ええー、そんなのウソだよぉ〉

「ホントよ。話題といえば、いつも靖子のことばかりなんだから」

〈エー、マジぃ!?〉

と張り上げる声が、完全に舞い上がっていた。

盛りのついた牝犬のような、わたしのもっとも軽蔑する態度である。もっとも同年代の女といえば、靖子と大差ないのであって、わたしもとうに慣れっこになっている。

〈ねえ祥子、聞いてるぅ？〉

携帯の向こうから、靖子のきんきん声が響いていた。ええ、とつぶやくと、すぐに靖子は話をつづける。

〈もうすぐ祥子の誕生日でしょ。お祝いにドライブ行こうよぉ。大型のワゴンをレンタルして、みんなで〉

わたしはすぐに、

「みんなって？」

と、訊きかえした。靖子は、エッ、と不思議そうに声をあげてから、

〈南クンとか、小川クンたちのグループのことだけど〉

と言った。

大学のクラスでよくいっしょにいる連中のことだった。もちろん最初から、わたしにもわかっている。わかっているけれども、なおもわたしは、

「南クンと小川クンのほかには？」

と、靖子に訊ねた。

〈あとは野口クンと庄司クンだけど〉

「南クンは好きよ。あ、かんちがいしないで。さっきも言ったけど、友だちとして好きという意味。小川クンも好きだし、庄司クンも好き」

わたしはゆっくりと間を取りながら、一人一人の名前を言った。

〈野口クンは?〉

靖子が言った。

まったくカンの悪い女であった。舌打ちしそうになって、あわてて口をつぐむ。ひと呼吸おいてから、くりかえす。

「南クンも小川クンも庄司クンも好き。うれしいな、わたしの誕生日祝いに、みんなでドライブなんて」

と、幼稚園の先生が園児に話すように言った。

〈野口クンのことキライなんだ〉

靖子が言った。

「そんなこと、一言も言ってません」

と、鞭で叩きつけるように言った。本当にできるなら、思い切り叩きたい気持ちをこめてであった。頭の鈍い相手には、言うときにはピシリと言っておかないと、根も葉もないうわさをたてられる。

たしかにわたしは、野口が大嫌いだった。本人はおどけ役を気取っているつもりらしいのだが、下品でデブで、そのくせ酒にだらしがない。同じ空気を吸っていると思っただけで、神経がささくれ立つ。しかし、他人の悪口は、決して他人には言わない。わたしの口から、人の悪口は出さない。それをわたしは、わたしのやり方としている。

　靖子はそもそもわたしにとって、暇つぶし程度の孤独をまぎらわすだけの存在だった。何の取り柄もないうえに、飼い犬みたいに他人の顔色ばかりうかがっている。けれども、こういったニュアンスには、わりとピンとくるほうだったはずだ。はなはだ淋しい脳の大部分を占める媚びる気持ちで、はあはあはあはあと舌を出して、主人の顔色をうかがう飼い犬のように……。


　うんざりするような沈黙を、やっとのこと靖子が破った。鼻にかかった声で、

〈わたし、実は野口クンって苦手ぇ〉

　と言ったのであった。

「へえ、そうなの」

　やっと、わたしのくちびるに笑みが浮かんだ。

〈わたし、野口クンが来るなら、あんまり集まりたくないなぁ〉

「もう靖子ったら。そんなに好き嫌いばかり言ってたら、友だちいなくなっちゃうよ」

〈だいじょうぶ、祥子がいるもん。そうでしょ〉

「もちろん、そうだけど」

〈わたし、祥子のことホントのホントの友だちだって、思ってるんだからね〉

　と、わざわざ口に出して言った。

わたしの好きな態度、そして展開だ。わたしは尻尾をふる子犬の頭をなでてやるように、靖子の下らない話を笑いながら聞き流すのであった。

＊

やっとのことで靖子との携帯を切ると、すぐに携帯のボタンを押しはじめる。電話が鳴るのを待っていたかのように、相手が出た。

「もしもし、わたし、祥子ですけど」

緊張したように、礼儀正しく、遠慮がちな声で言う。

〈えぇ、祥子ぉ。マジぃ？〉

携帯の向こうからは、無遠慮な声が響いてきた。相変わらず、品のない野口の声だった。電波のつながりが悪いせいもあって、よけい神経をいらだたせる。

「今、話してもいいですか？」

あくまで遠慮がちに敬語で訊ねた。嫌いな相手と話すときには、敬語をつかったほうがボロが出ないし、楽なのだ。

〈べつにいいけど。何か用か？〉

野口の声は、こちらの出方を探るようだった。猜疑心が強くて、異性相手でも、自分の我を通してくる。きっと母親に大事に、わがままに育てられたマザコンなのだろう。

「用ってわけじゃないんですけど、どうしてるかなって思って」

猫が喉を鳴らしているみたいな声になっているのが、自分でもわかる。それ以上に、とつぜんの電話にこわばった野口の気持ちが、熱したオーブンに入れたチーズみたいに、どんどんとろけてくるのが、生々しいほどに伝わってきた。

〈祥子がおれに電話くれるなんて、おどろきだよ、マジで。おれ、祥子に嫌われてるかと思ってたから〉

「どうしてぇッ。そんなことあるわけないですよぉぉ」

〈だって祥子って、酔っぱらいが嫌いなんだろ。おれ、この前も、途中からベロベロで、覚えてないし〉

「お酒飲めば、酔ってとうぜんですよぉ。それよりもショック。そんな風に思われていたなんて……」

〈ごめん。奈美《なみ》のヤツに言われたんだ。祥子のまえでは、気をつけたほうがいいって〉

中川奈美、つきあっている同性のなかでも、裏表がある飛びきり嫌な女だ。とくに男がからむと、平気で人を貶《おとし》め、それで自分の立場を相対的に高めようとするタイプであった。だからといって、わたしがそんな憤りを他人に、とくに野口のようなどうしようもない男に話したりするわけがない。

「でも奈美だって、そんな意味で言ったんじゃないと思うんです。わたしのこと気づかって言ってくれたんですよ、きっと」

感情のこもった演技の声、恋愛アニメに出てきそうな〈かわいい女のコ〉の声で、わたしは言った。靖子のときが、魚にエサをやる気分であったなら、今度は動物園のゴリラにバナナを放ってやる気分だった。

予想どおり、すぐにゴリラ以下の存在が、ぱくりと食いついてくる。

〈すげえよな、祥子って。すぐに人の気持ちを気づかって。できねえよ、ふつー〉

「もう、野口クンたら……」

顔はしかめているのに、声だけはかわいらしさをよそおって、わたしは笑う。

その後の十分あまりを、謙遜とおだて、おざなりの会話でとりつくろい、やっとのことで携帯を切ることができたのであった。

＊

「ふう、疲れるなぁ」

携帯をシートとお尻の間に置いた。薄手のワンピースが、じっとりと汗ばんでいた。

「たいへんね。人に気をつかってばかり」

屋根に雫となっていた水滴が落ちるみたいに、それまで無言で運転していた姉が、ゆっくりと口をひらいた。

「だって、すぐ陰口いう連中ばっかなんだもの」

「でも、疲れるでしょ。どんな人にも八方美人ばかりで」

「本心なんて、話せないもの。そんなことしたら、必ず面倒がおこるんだから」

シートにもたれて、わたしは言った。

姉は顔を前方にむけたまま、

「まあ、しかたないのよね。八方美人でいなくちゃ、自分自身が保てないもの。わたしたちの性格って」

と、つぶやく。

「えっ、陽子《ようこ》お姉ちゃんも？」

「わたしたちって、一人じゃあ、半月みたいなものだもの」

「半月？」

「ええ。半分がすっぽり欠けてるの。それを自分でも知ってるんだけど、認めたくないし、他人にはぜったいに知られたくない。そのくせ、いつも欠けた自分の半分にコンプレックスをもっている」

「それは、そうかもしれないけど」

姉は大きくハンドルを切った。車は街道を左に折れる脇道へと入ってゆく。ガタッと車内が揺れた。実際には路面に段差があったためだろうが、何かの合図であるかのように感じられて、身体中の神経に電気が流れた。

「ここは、いったい……」

わたしはぼんやりとつぶやいていた。

いつの間にか、私の眼球は濁ったガラス玉のようになっていたらしい。ぼんやりと外の景色を写しているだけで、ここがどこなのかさえ、まったく認識してはいなかったのである。いや、眼球だけではない。脳や神経さえもが、梅雨の長雨のせいで、水につけたカステラみたいになっている。かろうじて形は保っているが、ちょっとかき回されたら、そのままぐずぐずに崩れてしまいそうなのだ。

記憶がとぎれているのであった。

いったいわたしは、姉が運転する車に、いつから乗っていたのだろうか。いや、待って。そもそもわたしの姉だった陽子は——。

「ねえ、陽子お姉ちゃんはたしか……」

と、わたしが訊ねるよりも先に、姉は、

「もうすぐよ」

と言って、車のスピードを落とした。

目の前に、ゆるやかな傾斜をともなって、木々におおわれた山がそびえている。苔むした沼のように緑が濃い。見覚えのある風景であった。

舗装されていないでこぼこ道であった。速度を落とし、無数に連なるラクダの背を徐行するように揺れていた車だったが、やがてゼンマイのネジが切れたみたいに、ガタッと動きを止めた。

「さあ、着いたわ」

姉ははじめて、わたしのほうに顔をむけて微笑む。青白い顔であった。なぜか姉の頬の色は、紫陽花の花びらに似ている、とわたしは意味もなく思っていた。

「着いたって、ここは？」

「何言ってるの。自分の家にもどってきたっていうのに」

姉は白い歯を見せて笑った。青白い花弁につながる白い歯である。

山間の木々に地つづきとなった荒れ地は、雑草がおいしげり、雨に濡れた表面がアオミドロのように艶をおびていた。そのむこうに、古びた家が一軒建っている。

見覚えのある家。見覚え？　わたしの家だ。わたしはここで生まれ、小学校のたしか五年生になるまで、この家に住んでいた。父と母と姉と、健在だった祖母もいっしょにである。

「さあ、入りましょう」

車から下りた姉は、水たまりだらけの泥道を、子供が石蹴り遊びでもするように、身軽にた。


飛び跳ねていく。

「あ、陽子お姉ちゃん」

車のドアをあけたとたん、どんよりとした湿気が、水飴のように肌にまとわりついてきた。

だが不思議と、じっとりとした蒸し暑さは感じられなかった。むしろ、半袖のブラウスから露出した二の腕に、夜明けの露のようにひんやりと、細かく砕いた氷片のような質感をともなって、皮膚近くの末端神経を冷たくさせる。

止めた車から家まで、距離にして十メートルはないだろう。姉はすでに軒先に立って、濡れた髪や体を拭おうともせずに、玄関の引き戸に手をかけていた。

すでに長いあいだ、人が来たことがないらしく、引き戸の形が歪み、ガラスも割れてしまっている。しかし姉は、いつも出入りしていたかのように、軽々と扉をあけた。

「祥子、はやくはやく」

ふりかえって手招きする姉のすがたは、まだ幼い子供のように無邪気ですらあった。それまで何の疑いも持たずに車を下りようとしていたわたしの、頭のてっぺんから爪先にまで、ピリピリッと刺激が走った。鼓動がはげしく鼓膜を打ち、にわかに胸が苦しくなった。

「祥子、はやくおいでってば。もう待ちくたびれちゃったじゃない」

舌足らずで、子供のようにあどけない声だった。ぼんやりとうつむいていたわたしは、ハッと顔を上げた。古びた玄関に立っているのは、十歳そこそこの少女である。その少女がわたしにむかって、声をかけ、手を振っているのであった。

「ごめんなさい、靴の紐がほどけちゃった。先に行ってて」

と、半ば無意識のうちにわたしはウソをついていた。

「仕方がないな。祥子はいつもグズなんだから。客間で待ってるからね」

赤いスカートに白いブラウスすがたの少女は、不満そうにプゥッと頰をふくらませ、その家のなかに入っていった。

半ドアにしたまま、助手席のシートにすわりなおした。このときになって、じっとりとしていたのは梅雨の雨が降る外だけではなく、わたし自身のこころの中であることに、遅ればせながら気づいた。神経の隅々まで、どんより鉛のような雲がおおっていて、理性やまた時間的な流れといったいわゆる日常生活からわたしをどこか別の場所に誘っていた気がする。そして、そんな混沌のなか、いつしか知らないうちに、姉の運転する車に乗っていたのであった。

山に近い一軒の古びた家。見覚えがあるわたしの実家。姉と良く遊んだ庭先は、雑草におおわれて見る影もない。

携帯電話を手にとって、スイッチをＯＮにした。家への短縮ダイヤルを押す。十回ちかくも鳴ってから、やっとのこと母が出た。いつになく強張った声であった。

「わたしよ、居眠りでもしてたんでしょ」

と、わたしが言うと、携帯のむこうで母が息を飲むのがわかった。

〈だれ、あなた?〉

母の声がいっそう硬くなった。

わたしは苦笑まじりに、

「寝ぼけてるの。わたし、祥子……」

と言ったのであったが、その途中で母は、

〈いたずらはやめて〉

と絶叫し、そのまま嗚咽《おえつ》をあげる。ふざけているにしては、迫真をおびている。いや、母はそのような冗談を言える人ではない。生真面目で融通がきかない田舎育ちの気質が治らず、だから八王子という都下とはいえ都会に住むようになって十数年になるのに、いまだに野暮ったさが抜けていない。いっしょにいると、娘ながらうんざりしてしまうことも多々あるほどだ。

携帯のむこうから、とりみだした母が誰かと会話しているのが聞こえる。わずかな間をおいて、母のかわりに父の声が、携帯からひびいてきた。

〈誰だ、お前は〉

と怒鳴りつけてくる。

「お父さん、わたし。祥子よ」

と語りかけたものの、携帯のむこうから返事はない。父は受話器に耳をあてたままじっとしているのだろう。息苦しくなるような生々しい雰囲気が、電話ごしだというのに、じりじりと伝わってくる。すぐ耳元に息を止めた父が、蠟細工の人形のごとく身を硬くして立っている錯覚に陥るほどであった。

やがて、父が口をひらいた。

〈誰だか知らないが、昨日の事故のことを聞いて、電話してきたなら、あまりに悪質すぎる〉

「昨日の事故って？」

〈黙れ。今度電話してきたら、警察に通報するからな〉

父は一方的に、電話を切ってしまった。

「昨日の事故って……」

訳が分からずに、携帯を耳にあてたまま、わたしはつぶやいた。すると、それを待っていたかのように、

「ねえ、ここだけの話だけど……」

と、女の声がした。靖子の声だった。

「祥子のぶりっこって、ムカつくよねぇ」

「そうそう。何でも知ってるってな顔して、人をバカにしてる感じ」

男の、聞き覚えがある声。南の声だった。車の後部から聞こえた。ハッとふりむいたとたん、そこには靖子と南がすわっていた。ふたりとも血まみれであった。

「いたよな、学級委員でセンコーの顔色ばかりうかがって、いい子ぶってるヤツって」

すぐ脇から男の声。顔をむけると、運転席に野口がすわっていた。頭蓋骨がぼっこりと陥没し、赤いというよりもどす黒い血糊が、汚れたベールのように、顔や身体をおおっていた。

「しょうがないって。祥子って、双子座でしょ。人前ではいい子ちゃんしてないと、自分が保てない運命をせおってるんだから」

後部シートの向こう、割れたウインドウから奈美が顔を出して、訳知り顔で言った。

「そのぶん、一人でいるときには、超暗いんだぜ、ああいう女は」

奈美のとなりにいた庄司がそう言うと、皆は声をあげて笑った。小川など、唇が頬までずっぷりと裂けて、折れた歯が粘液を滴らせてぶらさがっている。全員が血まみれで、無残ななりをしながらも、楽しそうにわたしの悪口を言い、笑っていた。

「いやあああああああああああ」

首を振り乱しながら、車を飛び出した。降りしきる雨のなかを一気に走った。靖子や奈美たちが乗った車からは、獣の奇声にも似た笑いが聞こえ、無数の針となって、わたしの背中を突き刺してくる。

冷静に考えている暇などない。恐怖の炎にじりじりと炙《あぶ》られながら、半開きになった家のなかに飛び込んだ。暗く湿った室内。埃だらけの床。せまい玄関のとなりの六畳間が、客間であった。

「あーあ、祥子のバカ。靴はいたまま上がってきた」

六畳間の北側、ぼろぼろに朽ちた襖のむこうから、姉の声がした。押入れであった。襖がぴたりと閉ざされた押入れの中から、姉の声がきこえる？　と思った刹那、深い海の底から突如として間歇泉がごぼごぼと一気に噴出してくるかのように、遠い昔の記憶が、わたしのこころによみがえってくる。

そう、こんなことが、前にもあったのだ。ずっとずっと以前にも、押入れのなかから、姉の声が聞こえてきたことが……。

＊

この家に住んでいた、まだわたしたちが幼かった頃、押入れのなかから声が聞こえる、と言ったのは、姉の陽子であった。

〈客間の押入れのなかから、男の人の声がするの。おいでぇ、おいでぇぇ～って、呼んでる

みたいな声が〉

わたしをからかっているのだろう、と思っていた。しかし実はわたし自身も、その押入れに近づくと、何か重苦しい、どんよりとしたものを感じていたのは事実であった。

〈暗くて湿った押入れは、深い山奥とつながっているのさ。しかも、その山奥から山男がやって来ては、子供を連れ去ってしまうんだ。だから、わしらが子供のころには、決して押入れには近づかなかったもんだよ〉

などと、祖母が冗談とも本気ともつかずに言ったことがある。押入れでわたしたちが遊んで布団をめちゃめちゃにしては困るから、そんなうそをついているのだ、と思ったけれど、それでもなお客間の押入れには何かある、と感じてしまっていた。

ほかの部屋にある押入れは何ともないのだ。ただ客間にある押入れだけが、暗くてじめじめした影のようなものにおおわれている気がしてしまい、まだ幼かったわたしは、日に日にその押入れに近づかなくなった。

そんなわたしを見て、面白がったのは姉であった。わたしが押入れを怖がれば怖がるほど、姉は大胆になり、最初に怖がったのは自分だったくせに、

〈わたし、この押入れだーい好き。とっても落ち着くんだもの〉

と言って、からかうような目でわたしを見ながら押入れのなかに入り、襖を閉じたのだった。

もっとも押入れのことに限らず、わたしと姉は、いつもそんな風であった。わたしが怖がると姉は元気になり、わたしが元気になると姉がしょんぼりとしてしまう。そんなことのくりかえしだった。

だが、あのとき……そう、あのとき、少しして押入れの中から、姉の叫ぶ声が響いてきた。

〈助けて、祥子。苦しいよお、助けて〉

どうせまたふざけているのだろうと、思って知らん顔をしていたけれど、姉の叫び声はなかなかやまない。それどころか、刻々と切なさと生々しさをおびていた。

もういいかげんにしてよ、と叫びながら襖を開けたとたん、わたしは思い切り地面に叩きつけられたように身動きできなくなった。

押入れのなかで、姉が首を締められていた。着物を着るときに用いる細い紐をつかって、姉の首を締めているのは、髪をぼさぼさにしたどす黒い顔の男だった。

男はグボグボッと口から泡を吹き、ひきがえるのような声で笑いながら、姉の首を締めている。暗い押入れの中ではありながら、ふだん色白であった姉の顔が、紅蓮の赤に変化し、やがて見る見るあざやかな紫に染まっていく。その光景が、まるで昔見た映画にふたたびめぐりあったみたいに、はっきりとわたしの網膜によみがえってきたのである。

〈助けて、祥……苦し……助け……〉

あのときのわたしは恐怖のあまり、いやああああああああああ、と絶叫し、襖を思いきり閉じると、叫びながら家を駆けだした。

どれくらい経ったのか、庭先で泣きじゃくっていたわたしは、母に抱かれ、やっとのこと事情を話した。

押入れのなかで、姉は死んでいた。腰ひものはしが押入れの奥から突き出たクギに引っ掛かっており、運悪く首に巻きつき、暴れた拍子に締めつけられてしまった、と検証した警察は結論づけたのであった。

まちがいない。あれは小学校五年に進級した六月の、わたしたち姉妹の誕生日間近だった頃のこと——。

こころの隅に置き忘れていた花瓶に、にわかに雨漏りした梅雨の雨水が注ぎ込まれるように、記憶がよみがえる。

あのとき、押入れのなかで男が姉の首を締めていたことは、父や母には言わなかった。だが祖母には、こっそりと告げた。それを聞いた祖母は、やっぱりそうだったかやっぱりそうだったか……とくりかえし、それ以来、日のほとんどを仏壇の前で念仏をとなえながら過ごし、半年と経たないうちにめっきり衰弱して、帰らぬ人となったのである。

祖母の死をきっかけに、両親とわたしはこの家を出て、遠い親戚の住む八王子に引っ越した。以来、この家にはまったく来ていない。口に出すことすらなかった。

それなのに――。

「祥子。よくも、わたしを見捨てたわね」

押入れの中から、姉の声がした。襖が滑るように開き、押入れの下の段、十数年前に死んだその場所に、姉がひざを抱えてすわり、暗い瞳で、じっとわたしを見上げていた。

「よ、陽子お姉ちゃん」

「この薄情もの。でもやっと呼びもどしてやった。わたし、あんたがここから逃げていくとき、あんたの気持ちの半分をもぎとってやったんだから。おせんべいの半分を食べるみたいに、ばりばりっとね」

姉はくちびるをニヤッと歪めた。

「気持ちの半分って……」

「だって、あなただけ楽しく生きていくなんて許せないもの。わたしたちは、ふたりでひとりなんだからね」

暗い押入れのなかで、姉の眼が雪洞のようにどんよりと、それでいて刺すようにぎらりと光った。

と――とつぜん、地鳴りが響き、家全体がぎしぎしと鈍い音をたてて振動する。

「おおぉ、若い女のにおいがする。ひさしぶりに若い女の、魂の匂いがするわい」

洞窟の奥からひびいてくるような響きをもって、下卑《げび》た男の声が聞こえてきた。

「いけない、アイツがもどってきた。はやくわたしをここから出して」

姉が押入れのなかから手をさしだす。わたしが身動きできずにいると、地鳴りは激しさを増し、巨大な足音のような揺れとともに、男の声が近づいてくる。

「そうか、逃げた片割れがもどってきたか。やっと、もどってきたんだなぁ」

「はやく、祥子」

姉の叫び声に、考えるよりも先に、手を伸ばしていた。わたしの指に指をからませた姉は、ぐいと力を入れてわたしを引く。押入れのなかに引きずりこまれそうであった。

「しっかり、引っ張って。あんたまで押入れに引きずりこまれたら、もう二度とわたしたちは逃げられなくなるのよ」

姉の指に力がこもる。わたしは身体を後ろに倒れそうにしながら、姉の手を引いた。地響きが強まり、ぴたっと鳴りやんだとき、姉が押入れのなかから飛び出してきた。小柄でまだ幼い小学生の姉。白いブラウスに赤いスカートすがたで、わたしに抱きつく。

「おや、どこへ行きやがったんだぁ?」

押入れの闇の奥から、男の声が響いた。そのときわたしは、獣のような体臭とともに、邪悪な視線を痛いほど感じた。見つめられると身体がすくんで、動けなくなる、そんな不吉な視線であった。

「祥子。はやく、ここから逃げるのよ」

姉が緊迫した声をあげた。

息を吹きかえすがごとく、ハッと我に返ったわたしではあったが、いつの間にか身体も神経も、遠い昔の遺物さながらに磨耗していた。それでも姉に手を引かれ、すり減った神経に針を刺されるように身を弾かせて、ふらふらになりながら家を駆けだす。

雨の降りつづく曇天の空ではあったが、密室から解放され、わずかながら身が軽くなる思いであった。ところがホッと安堵する間もなく、家の外に出るなり、すぐにわたしを呼ぶ別の声がしたのである。

「おーい、祥子。はやく来いよ。置いてっちゃうぞー」

車のウインドウから、野口が顔を覗かせていた。ウインドウのガラスはすべて割れ、車体の前部が大きく変形している。

みんなが止めたのにも関わらず、酒酔い運転した野口が電柱に激突させ、大破したワゴン——その中から、血まみれの靖子や奈美たちが、笑顔でわたしを呼んでいる。

「気にしなくていいのよ、あんなクズども。かげでは祥子の悪口ばかり言ってたんだから。ま、祥子が人から悪口言われるのは、とうぜんだけどね」

「どういうこと？」

わたしが訊ねると、姉は悪戯っ子のような顔で私を見つめ、

「さっき言ったでしょ。あんたの気持ちの半分をもぎ取ったって。だから祥子は……」

と言って、楽しそうに笑う。神経を根元から逆撫でするような不快な笑いだった。

「笑わないでよ」

「うるさいんだよ、黙ってついておいで」

姉はそう叫ぶなり、握っていたわたしの手をいっそう強くにぎり直し、ぐいッ、と引っ張った。

まるで地面に深々と根づいていた根野菜を力任せに引き抜くように、わたしは身体ごと、魂さえも根幹から引き抜かれる。ぐいッ、と。

＊

身体を起こした。

わたしは布団に横たわっていた。顔に掛かっていた布がひらりと舞い落ち、掛け布団の上に置いてあった大型の鋏をおおいかくす。

近くの祭壇には、わたしが大好きな紫陽花がいっぱいに飾ってあった。すべてが青白い花びらをつけている。

「しょ、祥子。あ、あなた——」

布団のわきにすわっていた母が、眼をいっぱいに見開いて絶句した。

そんな母を見て、わたしの頬は勝手に笑みをつくり、わたしの口は勝手に言葉を発していた。

「お母さん、わたし、陽子よ。会いたかったわ、とっても」

言葉が妖しく、長雨で湿気った室内にひびくと同時に、祭壇の紫陽花の花が、いっせいに充血したかのように、見る見る赤く、紅く、その色を変えてゆく。わたしはこころの奥で、ぽつりとつぶやく。

〈陽子お姉ちゃんが好きだったんだ、紫陽花の花を〉

言問はぬ
木すら紫陽花
諸弟らが
練の村戸にあざむかえけり

大伴家持『万葉集　第四巻』より

月の娘——早見裕司

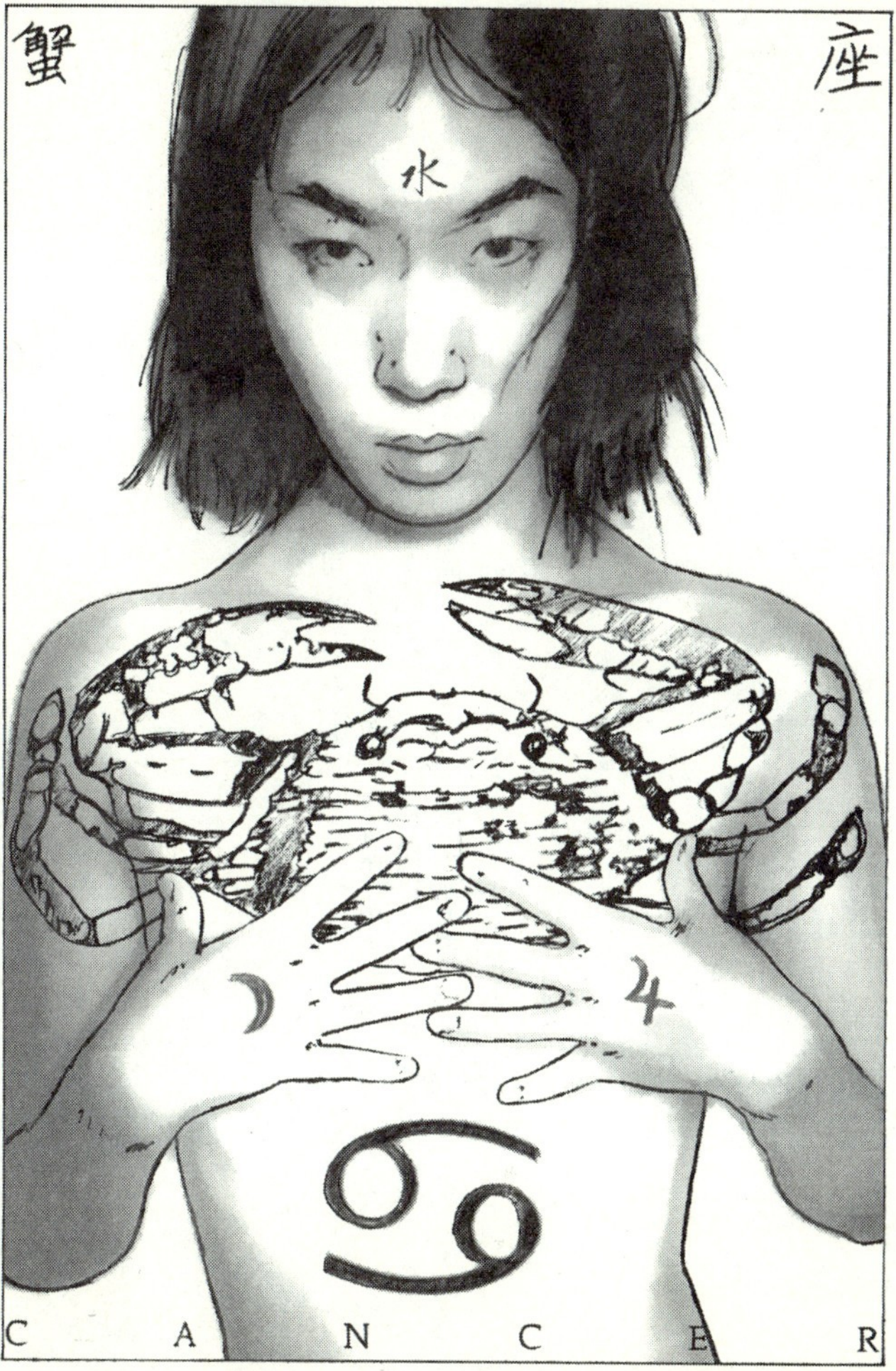

早見裕司（はやみ・ゆうじ）
一九六一年七月十三日、青森県に生まれる。
自称・奇談小説家。主に都市幻想小説を書く。『夏街道』『水路の夢』（徳間アニメージュ文庫）『夏の鬼　その他の鬼』（エニックス）など。得意分野は、水。ホームページ「逝川堂《せいせんどう》本舗」http://www.hayami.net/

巨蟹宮《きょかいきゅう》

毎年の太陽通過　6月22日頃から7月22日頃
活動の水の宮
支配星　感情の星・月
鍵言葉　我感じる（I feel）
色彩　乳白色・銀色

人体対応　乳房・胃
記号　蟹の爪
長所　感受性豊か、母性的
短所　感情的、神経過敏

太陽が夏至《げし》に差しかかると、巨蟹宮の季節が始まる。神話世界では、この星は英雄ヘラクレスに退治された巨大な蟹ということになっているが、象徴の世界では水と陸を行き来する蟹は無意識と意識の接点を表すと考えられている。古代人は人間の魂は巨蟹宮を通じてこの世に降誕してくると考えたという。

巨蟹宮は、「母なるもの」をつかさどる星座宮である。母親が子供を慈《いつく》しむように、巨蟹宮は自分が愛するもの、守るものを限りない愛情で慈しみ、育《はぐく》み、抱き抱《かか》えようとする。しかし、自分のテリトリーの外側にあるものは、自分の身内を守るために弾き出すことも厭《いと》わない。親しみやすさと残酷さを合わせ持つのが巨蟹宮の特徴だ。また豊かな情緒、周期的に変化する生命の律動、生命と死の秘密、本能もまた、巨蟹宮の支配する領域。愛らしい巨蟹宮の笑顔の下には深い神秘が存在する。

（鏡リュウジ）

中学二年の春、でした。

昼休みのすぐ後が英語の授業で、先生が教科書を読み上げていて、静かな声をきいていたら、眠くなってしまったのです。

月の夢をみた、ようです。

ふっ、——と目が覚めたのは、頬づえをついた左手に、誰かがさわったような気がしたからです。

見ると、小指に、赤い、糸が結んでありました。

髪の毛のように、細い細い、糸でした。

その先を、目でたどりますと、私の指から糸は窓へと延びていて、窓は半分、開いていました。

野球部が、声をかけ合って練習しています。その声が、ずいぶん遠く、波の音か何かのように、きこえています。

赤い糸は、細いのだけれど、お日様に光って、たどりついた先が見えました。

マウンドに立っている、三年生の先輩です。背中を大きくそらして振りかぶり、投げ込んでいます。

その、弓なりの背中を見たら、ふいに、胸が、苦しくなりました。

初めて、そんな気持ちになりました。

これほどきれいな、男の人の姿を、見たことがなかったのです。


放課後に、赤い糸をたぐって、行きました。

校庭に出て、先輩の姿が見えただけで、私の心臓は、口から飛び出しそうでした。

すると、先輩がこちらへ走ってくるのです。

そうして、会ったこともないのに、声をかけてくれました。

だから私は、返事をするだけでよかったのです。私は、やっぱり赤い糸は本当なんだ、と、思いました。

だってそれは、あるはずのないこと、だからです。

野球部が、授業中に練習をしているわけが、ありません。

だから、これは、夢なのです。

それから先のことは、ぼんやりとしています。夢だから、夢のように信じられないことばかりで、鮮やかすぎて、頭の中から飛んでしまったのです。

でも、いくつも、小さなことだけれど私には心臓がはね上がるようなことがあって、——夏のある日、私は先輩と、谷川まで行きました。

川べりの、大きな岩の上に座って、川の面は、光が織った薄い布のようでした。

そのときにも、私の心臓は高鳴っていて、うわのそらで話していました。先輩は珍しく部活が休みで、私はいつも会えなくても先輩の練習を見ているので帰りが遅く、家で気にし始めたのでなおさら会えなくて、話すことはいくらでも、ありました。

それなのに。

ふっ、——と、ふたりとも、口をつぐんでしまったのです。

これから先のことが分かるような、でもほんとうには分からない時間が流れて、自分の心臓の音だけが、私の耳に、きこえていました。

そうしたら、先輩が、こわい、醜い顔をして、私に覆いかぶさってきました。

ちがう、ちがう、そうじゃなくって、でも分かってはいたはずなのですけれど、私は泣きそうでした。逃げたいのだけれど、赤い糸がからみついて、ほどけないのです。糸は長くて、先輩が乱暴にするから、ふたりの体をぐるぐる巻きにしてしまって、身動きもできません。

身をすくめて、ただおびえていると、先輩の、白く光るワイシャツの襟のところに、小さな沢蟹が、ちょこちょこと上がってきました。

小さなハサミで、ぐるぐるともつれている、糸を、切り離していきます。

それでも私は、体がふるえて逃げられません。

すると蟹が、先輩の、首のところをちょきん、と切りました。

ホースで水をまくように、赤い血が空に噴き上がって、お日様に光って透き通るようで、きれいでした。

先輩は、気が遠くなっていくらしく、薄目になって、口を半開きにして、でも、そった体が速い球を投げるときのようで、私はどきどきしました。

岩から落ちて、とぷん、と、川が先輩を飲み込んだのです。

川の水が、光の下で、真っ赤に染まっていきます。透き通った、赤です。

私は、岩の上にしゃがんで、足もとを流れる赤い川を、見ていました。

日ざしが強くて、くらくらするようで、けれども、私は、うれしかったのです。

きれいだったからです。


それからしばらくは、誰かを好きになることは、ありませんでした。

きれいな人が、あんなふうに醜くなるのが、こわかったのです。

けれど、男子のほうから私のところへやってきて、手紙をもらったり、告白されたり、しました。

そんなとき、見てみると、私の指にはやっぱり、赤い糸が結ばれているのです。

けれど、私には、信じられませんでした。

男子はみんな、すこしもきれいには見えません。それに、いやな匂いがします。血のような匂いだと思っていたのですけれど、そのうち、汗の匂いだ、と分かりました。

いっぺん、いきなり手を握られたことがあります。じっとりとしていて、気味の悪さにまた泣きながら、逃げました。今度は逃げることができました。

見たら、指の赤い糸がちぎれて、私のあとに尾を引いています。

手洗い場で、手をごしごし洗いました。洗っても洗っても、いやな匂いがしているように思いました。

男子の誘いを断わったあと、いつも、糸がちぎれているのに気づきました。

どうしてでしょう。向こうは、残念そうな顔をしたり、しているのに。

もしかしたら――この糸は、私のほうから、伸ばしているのでしょうか。私が、夢見ていることなのでしょうか。

そう思うと、自分がとても汚く思えてきて、私もいやな匂いがするような気がして、それから、眠れない夜が、多くなりました。

眠れない夜、窓から月を見ます。嫌いなのです。

丸くなっていくのが。

月が丸くなると、黄色や赤に、ぎらぎら光り始めます。なまぐさい匂いがして、卵の月です。

家庭科の授業のとき、オムレツを作るというので、先生が、卵を持ってきました。卵の色も、大きさもさまざまで、手渡されたら、小さな羽根や、セメントのようなものが、こびりついていました。ボウルの中に割ってみて、私は、胸が悪くなりました。盛り上がった、卵の黄身はオレンジ色で、そこにびっしりと、真っ赤な血管が走っていました。何か、目のようなものも見えました。その日、私は貧血を起こして、保健室へ行きました。

丸い月は、そういう、月です。だから、嫌いです。

ずっと、三日月だったらいいのに。

三日月は、いつも白くて、弓なりの、爪の先の形をしています。私が爪切りで切った、爪が飛んでいったのです。

爪は、死んでいますから、いいのです。

満月は、生きています。赤かったり、青かったりします。

それで、予習も何も、できなくなることがあります。眠れなくなります。

生きているものは、みんな、嫌いなのです。

だから、私も、私は嫌いです。

自分が生きている、と思うとき、気持ちが悪くて、私の体を捨てたくなります。とても気持ちが悪いので、夜、髪を洗うことがあります。私の髪は長いけれど、切ってしまうのも、こわいのです。だから、どうしたいのか、自分で分からなくなって、そういうときに、満月は赤くて、でも、あるときに、気づきました。月に、ウサギがいません。子どもの頃には、いました。

いま、月の上にいるのは、蟹です。私が、どうしようもなく高ぶった気持ちになると、蟹が赤い月で赤く染まって、ハサミを振り上げています。手招きしているようです。潮招きかもしれません。蟹が、ウサギと入れ替わったのだから、髪を切りたい、と思う気持ちをもてあましながら、眠れない、それが、満月の夜です。

高校に入ると、すこし、気分が変わりました。

また、好きな人ができました。

五月の雨の日です。図書館で本を探していたら、その人は、本棚の高いところに手を伸ばして、本を抜き出していました。

背の高い人でした。それで、少し背伸びをしているので、見上げた私に、あごの線が見えました。すっきりしていて、とてもきれいでした。

思わず自分の手を見たら、小指に赤い糸が結ばれていて、その人の、制服の襟のあたりにつながっていました。

すこし、いやな気持ちになったけれど、そのときにはもう、私は、話しかけていたのです。

その人が、びっくりしたような顔を、しました。私はもっとびっくりしていて、心臓がどきどきし始めました。

雨の図書館に、誰かがドアを開けたのか、空気が少し動いて、その人の匂いが流れました。

ひなたで干した、布団の匂いです。

私は、お日さまの下で、眠りたくなりました。夜は、月がぎらぎら光って、眠れないので。

そうして私たちは、いっしょにいるように、なりました。

私はずいぶん、眠りました。校庭のグラウンドのはしのほう。樹の下ではなく、お日さまが当たっているところです。

その人に、寄り添うようにして、芝生の上で、眠ります。

まぶたの裏に、赤い色が透けて見えます。

不安になって、ときどき、ふっ……と目を開けると、その人が本を読んでいる、あごの線が見えます。少し弓なりになった、くっきりとした輪郭です。

それで私はうれしくなって、私だけのものを見つけたように思って、また、眠るのです。

気がついたら、その人は、私の髪をなでていました。

あんまりさわると、髪が糸ともつれてしまう……と、思うのですけれど、とろとろと眠たいので、私は黙っています。こちらが夢なのかしら、と、思いながら。

そんなふうに、ふたりだけの時間と空気が生まれて、そこで眠っているうちに、私の髪は、すっかり、糸ともつれあい、その人と、幾重にも結ばれてしまいました。

それでもいい、ような気がしたのです。


誕生日が来ました。私は、十六です。

その人が、プレゼントをくれました。

細い、銀の鎖のペンダントで、小さな三日月が、ぶら下がっていました。

恥ずかしい気がしたのですが、首にかけてみたら、ひんやりと冷たくて、体の中が洗われて、すっかりきれいになるような気がしました。

それで、うれしくなりました。この人はきっと、私のことを分かっている、と思ったのです。三日月のことや、赤い糸のことも、きっと。

そう思ったら、ふたりで、どこまでも行きたいような気持ちになりました。

それで私たちは、電車を乗り継いで、海へ行きました。


午後の砂浜に、私たちは、並んで座っています。

波がざあっ、と打ち寄せては引き、また打ち寄せます。それに合わせて、私の心臓も、どんどん強く、打っています。

だんだん、何を話しているのか、分からなくなってきました。

その人は、静かに話していて、きこえてはいるし、何の話かも分かっています。でも、自分がどう答えているのか、分からないのです。

ただ、この静かな時間がずっと続けばいい、それだけを、思っていました。

けれど、あたりが薄ぼんやりと暗くなってきて、私たちは帰らなければなりません。

惜しい気持ちでいると、ふいに海風が吹いて、その人から、いやな匂いがしました。潮の——いいえ、男子の、汗の——匂いです。

あっ……。

まただ、と思いました。

今の私は、もう怖くはありません。ただ、いやなのです。

いやだから、何か冗談のようにして、逃げようと思いました。

けれど、動けませんでした。

あんまりその人と長くいたので、赤い糸が何本にもなって、その人と私をつないで、ほどけなくなっていました。

ほどけなければいい。私のどこかで、そういう声がきこえます。

海だから、かもしれません。

けれど、やっぱりいやです。その声がいやです。その人の匂いも、私の匂いも。なまぐさくて。

その人が、ぐっ——と、近づいてきます。むかし見たような、こわい、醜い顔です。

けんめいに、糸を振りほどこうとしながら、私は立ち上がって、走って逃げました。

砂浜の向こうに岩場があって、その窪みまで走ったとき、後ろからぐいっ、と引っぱられて、私は、転びました。

見ると、赤い糸が何本も、岩の向こうから、ぴん、と伸びているのです。

糸は、切れていないのです。

私は、しゃがみ込みました。涙が、あふれて来ました。

自分が女だ、ということぐらいは、分かります。あの人が、男だ、というのも、……たぶん……分かります。でも、そういうものなのでしょうか。それ以外に、人がふたりでいる方法は、ないのでしょうか。

私はただ、眠っていたいのです。落ちついて、夢を見て、いたいのです。

それが、あんなふうに――私は、そんなふうにしか求められない、それだけしか持っていない人間なのでしょうか。そう思うと、悲しくてたまりません。

私が女でしかないことも、人間が生き物でしかないことも、みんな、いやです。それは、赤い糸のしわざに違いありません。でも、その糸は、私から伸びているのかも――もう、どうしていいのか分からない。

そうして、自分の悲しみにひたって、たぶん酔って、泣きじゃくっていると、足もとに、ぽつぽつ、と、赤い点が見えました。

赤い、小さな蟹です。何匹も何匹も、這っています。

小さな小さなハサミを振り立てて、私を縛りつけている、糸を切ってくれました。

それで急に、とても楽な気持ちになったのです。

そうして、海のほうを見たら、月が昇ってくるところでした。

きょうの月も、満月です。その色は真っ赤で、月の中に、ハサミを振り上げた大きな蟹がいます。

それなのに、なぜか、頭の中が、すうっ、とすっきりしました。

赤い糸が、切れたせいでしょうか。

真っ赤な月の、大きな蟹。それがすこしも、いやではないのです。それが、何なのか……誰なのか、私には、やっと、分かったのです。

最初から、そうだったんだね。——お父さん。

向こうからあの人が、何か言いながら近づいてきました。しゃがみこんでいる私の前に来て、ぎごちない笑顔をして、ぶつぶつと泡のように言葉を噴き出しながら肩に手をかけて、私を抱き寄せました。

私は微笑んでいた、と、思います。

目を向けた空で、蟹が、私を見ているからです。

あの人は、やっぱり、ゆっくりと覆いかぶさってきました。

私は、目を閉じませんでした。そうしたら。

月の蟹が、ハサミを伸ばして。

ちょきん、と、あの人の首を切ってくれました。

あの人は感電したように、そりかえって後ろに倒れ、頭がごろんと落ちて、こちらを向いたあごの線がきれいに見えて、私は美しいものを見たのでまた胸が高鳴り、切られた首からは血が噴き出して、海を真っ赤に染めていき。

ずっと沖のほうまで、赤い海に、なりました。月に向かって、道が、できました。

私の足もとからは、赤い小さな蟹が這い出して、彼を小さく小さく刻んでは、全部、食べてしまいました。

最後に残ったのは、首だけです。

私は手を伸ばして、岩の上に転がったあの人の、あごのところを、指でなぞってみました。死んでいるから、平気なのです。冷たくて、美しいのです。

その冷たさが、私の中に入ってくるようで、私の中から生ぬるいものがすっかり出ていくようで、初めて私は、あの人を愛しているのだ、と、心から思えました。

そうして、うれしい気持ちでいると、月の蟹が、ハサミで私を招いていたので、私は月に向かって赤い道を歩いていき、縁に手をかけて、昇っていきました。

それから私は、月の娘になって、ずっと、地上を見下ろしています。

私がいっしょになったので、今は月も、ずっと白いままです。白い光が下界を照らし、街は、静かです。

街の中の小さな窓。のぞきこんだら、私の部屋でした。

私が、見えます。

窓の私は、爪切りを持って、長い髪を一本一本、ぷちん、と切っています。

そうね。私の髪は、赤い糸だものね。

行きなさい、私。私は、月の上で眠っているよ。

ネメアの猫 —— 高瀬美恵

高瀬美恵（たかせ・みえ）
一九六六年七月三十一日。東京都に生まれる。一九九一年、講談社ホワイトハートから『赤い砂漠の妖姫』でデビュー。最新作は『神々の谷‐歪んだ微笑‐』（小学館キャンバス文庫）。ホームページ「Water Garden」http://homepage2.nifty.com/watergarden/

獅子宮《ししきゅう》

毎年の太陽通過　7月23日頃から8月22日頃
不動の火の宮
支配星　生命の与え手・太陽
鍵言葉　我創造す（I create）
色彩　オレンジ

人体対応　胸・背中
記号　飛びかかる獅子
長所　大胆、生命力にあふれる
短所　誇大、自己中心

毎年、夏の盛り、太陽の季節に獅子宮の時期が訪れる。神話世界では、英雄ヘラクレスに退治されるも、皮となってその英雄を飾ることになった巨大なライオンが、獅子座となったとされる。象徴の世界では、獅子は権威や生命力の強力なシンボルである。

獅子宮は、自ら燦然《さんぜん》と輝く星座である。だれかほかの人の後ろにつくこと、ほかの人に頼って存在することをよしとせず、あくまでも自分の力を頼みに生きていく。誇り高く、誠実で、正々堂々とものごとにとりくんでいく力をもっている。また、人生は楽しむべきものだというよい意味での積極性をもっており、ドラマティックな人生を歩んでいこうとする。

しかしそれがゆきすぎると虚栄や自己肥大をひきおこすことになる。芝居がかった言動はそのため。また人生のなかにある、平凡ささやささいなことを大切にすることも大きな課題である。

（鏡リュウジ）

事の起こりはこれ、この指輪なのです。

……ちょっと、何ですか瑠璃子《るりこ》さん。そんなにまじまじと顔をくっつけてごらんになることはないでしょう。はい？　近眼だから間近で見ないとわからないですって？　……回りくどい言い方をなさらなくて結構です。つまり、石が小さすぎて至近距離でなければ見えないとおっしゃりたいんですね。ええ、どうせ小さいです。アンパンの上のケシ粒みたいな大きさ、いえ小ささです。しかし、これでもルビーなのです。一応。

……はい？　そんな小さい石、ルビーだかガーネットだかビーズ玉だか見分けられやしないですって？　重ね重ね失礼な方ですね、瑠璃子さん。これは正真正銘のルビーです。しかも、恋人からのプレゼントなのです。

そう、月生《つきお》です。一週間ばかり前、私の誕生日に彼がくれたものです。お会いになったことがあるでしょう。ほら、いつでしたか月生がアパートまで私を送ってくれたとき、あなた偶然を装って出てきて「あらー花夜子《かよこ》さんのボーイフレンドですかーまー初めましてー」とか黄色い声出しちゃってものすごいスケベ心たっぷりのオバサン的目つきでじろじろ舐め回すように観察してたじゃありませんか。

……すみません、言い過ぎました。いえ滅相もない、大家としての瑠璃子さんには何の不満もございません。家賃は今しばらく。もちろん必ず、来月には三ヵ月分をまとめて。

話を戻しましょう。そうです、あのハンサムで小柄で人の良い、見かけはどこぞの富豪のご令息かと思わせるような品の良さなれど実は極貧低月給サラリーマンのあの月生。彼が、買ってくれたわけなのです。

泣けると思いませんか？　月生という男は、本当に貧乏なのですよ。それはもう、もやし料理のバリエーションを十五種類も編み出してにこにこ自慢しているほど。そのもやしだって、「レジにて割引」のシールのついた期限切れ寸前のやつしか買わない、筋金入りの貧乏なのですよ。そんな彼がこつこつと貯めたお金で、私の誕生石のルビーをプレゼントしてくれたのです！　ああ、この感動をわかっていただけますか。この小さなルビーを手にした瞬間、七月生まれで申し訳ないと親を恨む気持ちにすらなったものですよ。もう数日ずれていれば八月、誕生石はペリドットで安上がりでしたのに。

……で、昨日のことです。会社の飲み会がありました。私はああいう集まりは嫌いなんですけれども、付き合いというものがあります。日本の会社に勤務している以上、避けては通れぬ道でございます。小説家なんて極道商売やってらっしゃるあなたには一生おわかりにならないでしょうが。

うちの会社は、女子社員が多いのです。二十代の女性が十人も集まれば、なんかこう、さりげなく自慢合戦になるのですよ。誕生日に何をプレゼントされたとか、どこそこの高級レストランでデートしたとか。私は黙って聞いておりました。適当に合い槌は打っていましたが、話には加わりませんでした。彼女たちにとってはファミレスがごちそうです。映画だって「映画の日」にしか見ないのです。手をつないで公園を散歩するのが一番幸せという貧乏くささなのです。

私より一つ下の、坂崎という社員がおります。私とはあまり相性のよくない相手です。見かけは可愛らしくて男性社員の間では人気が高いんですけれども、甘ったれていて世間をなめていて底意地が悪い、そういうタイプの女の子です。

「あー、南田さん、可愛い指輪してるぅ」

彼女は私の薬指を見てそう叫びました。

やだなーと思ったんですが、「見せてぇ」と言われまして、仕方なく見せたわけです。

「うわー可愛い。こういうオモチャみたいなアクセサリー、学生時代にはよく買いましたぁ。ビンボーだったしぃ、安くて可愛いからぁ」

そういうことを言うわけです。

「どうしたんですかぁ、これ。何か思い出があって捨てられないとかぁ？　え？　プレゼントぉ？　今年の誕生日のぉ？　ええー、南田さん、学生と付き合ってるんですかぁぁ!?」

坂崎は、月生のことを知っているのです。学生ではないことくらい十分知っていて、わざとそういうこと言って馬鹿にするのです。みんなで笑い者にしやがって畜生め思い出してもはらわたが煮えくり返ります。もう、椅子蹴飛ばして帰りたかったんですけど、それも大人げないと思い、我慢いたしました。

……つまり、そういうことです。

そんなできごとがあったために、私はむしゃくしゃしていたんです。

そうして帰ってきてみたら、アパートの前に大きなルビーが転がっていたわけです。しかも二つも。

私は酔っぱらっていましたし、小さいルビーを馬鹿にされてムカついておりましたし。「おぅラッキー、これは神様からのプレゼントに違いねえ」とか思って、拾ってきてしまったわけです。なんだか妙に人なつっこいルビーで、私のこと見上げてキョトンと小首をかしげたりするもので、可愛くなってしまって。一緒にお布団入って寝てしまったのです。

……ごめんなさい。

何でもします。家賃もきっちり払います。道路の掃き掃除もします。だから、捨てろなんて言わないでください、花夜子、一生のお願いです。

＊

「だから嫌なんだわ、獅子座の女って」

瑠璃子さんは険のある目で私を睨み、吐き捨てるように言った。

彼女には、他人を恐れ入らせる迫力がある。こちらが何も悪くないときだって、彼女の巨体と万年愛用のピンクハウスとごっついフレームの眼鏡とたらこ唇と二重顎と、きわめつけの一重まぶた三白眼には圧倒され、反射的に「ごめんなさい」と言いたくなってしまうくらいだ。ましてや、今は私のほうに非があることは明白なので、どうしても反論の言葉は鈍いのであった。

「な、何ですか。星座なんて関係ないじゃないですか」

弱々しく異議を唱えた私を、瑠璃子さんはフンッと鼻息で吹き飛ばし、アニメのキャラクターみたいな可愛らしい声で続けた。

「まず第一に、後輩の社員に笑われた程度で逆上するのがみっともない。その指輪が自分にとって大切なものであるなら、誰に馬鹿にされても平然としていればよいじゃないの。悔しがるのは、貧乏な恋人に満足しているようなことを言いながら内心では他人を妬《ねた》んでいる証拠です。みえを張ってつまらない体面にこだわるのは、獅子座の最悪の欠点です」

「う」

図星であった。確かに私は、月生のハンサムな外見とノーテンキな性格を愛していたが、人並みのデートもできない貧乏っぷりには常々イライラしていたのである。指輪を馬鹿にされて頭に血が上ってしまったのは、そのためであった。

「目先の利益に弱く、後のことを考えない。自己中心的で、他人を思いやることができない」

「うう、うう、何もそこまで……」

「うちのような安普請のアパートでペットを飼えば、他の入居者に迷惑がかかることぐらい、簡単にわかりそうなものです。自分の欲求を押し通すために他人の生活を蔑《ないがし》ろにするワガママっぷりは、いかにも獅子座的です」

私は口をぱくぱくさせたが、何も言えなかった。

ルビーは私のかたわらにちんまりと座って、幸せそうにミルクを舐めている。私はルビーをがばっと抱き上げ、その愛らしい顔を瑠璃子さんのほうに向けて切々と訴えた。

「見てください。こんな可愛い、いたいけな子猫を捨てろとおっしゃるんですか？　あなたはそれでも人間ですか？　この愛らしい子猫が保健所に捕まえられ、ずたずたに切り裂かれて猫肉ハンバーグにされてても構わないとおっしゃるんですか？」

「そんな貧相な猫でハンバーグを作る酔狂な人間はいません」

「でもスープのだしぐらいにはされるかもしれません。かわいそう、かわいそう」

私は大きくしゃくり上げたが、瑠璃子さんには通じなかった。

「獅子座は感情的なので泣き落としに弱い。しかし他の人間に同じ手が通じると考えるのはやめなさい。浅はかな。私はあなたと違い、情より理性を重んじる人間です」

私は泣き真似をやめ、理に訴えようと声を張り上げた。

「瑠璃子さん、数日前この近所で起きた物騒な事件をご存じでしょう？　一人暮らしの女性が惨殺されたという。犯人はまだ捕まっていないのですよ」

「それとこれとどういう関係がありますか」

「このアパートには、一人暮らしの女性が多数入居しています。しかも古臭くて安普請だから戸締まりも万全ではありません」

「失礼な！　私が亡き父母から相続したアパートに文句がおありなら、すぐ出ていきなさい」

「だってあなたが安普請と……いえ、ごめんなさい。つまりですね、ペットがいれば、多少なりとも役に立つものと思われます。あやしい人物がうろついていれば、きっとこのルビーが知らせてくれるはず」

「犬ならともかく、猫がそんな役に立ちますか」

「へへえ、犬ならいいんですか。なるほど、犬なら飼ってもいいんですね。聞いちゃった聞いちゃった。だったら私、明日にでもペットショップへ行ってこの猫を売り飛ばして犬を買ってきましょう。ドーベルマンを三十頭ばかり買ってきて放し飼いにしてやりますよ、それでもいいんですね、え、え」

「わけのわからない脅迫はやめなさい」

「私が責任を持ってこの子をしつけます。不審な人物を見たら吠えるよう、立派な番猫に育ててみせます。だからお願い……」

「猫が吠えたりするものですか」

瑠璃子さんは巨体を揺らして立ち上がった。安普請の床がみしみしと音を立てた。

女帝のように威風堂々と、あわれな私とルビーを見下ろして、大家様は託宣を下された。

「番猫の訓練は不要です。その代わり、トイレのしつけはしっかりしなさい。もう一つ、床や壁には絶対に爪を立てさせないこと。いいですね」

「瑠璃子さん！」

大家は返事もせず、のしのしと部屋を出て行った。ああ、いい人だ。デブでブスで吝嗇《けち》でおまけに締め切り間際にはヒステリを起こして奇声を発する売れない作家だが、いい人だ。

私はルビーを両手で抱いて「高い高い」をし、一緒にダンスを踊って頰ずりをした。ルビーはくすぐったそうな声で「にゃあ」と鳴いた。

生後一ヵ月前後ではないかと思われるこの子猫の特徴は、珍しい色の双眸《そうぼう》である。きれいな薄赤、というよりピンク色なのだ。ウサギのような真っ赤ではなく、淡く透き通っている。その真ん中に、明るい場所では針のように細くなる朱金の瞳がある。こんな目の猫は他に見たことがない。たぶん、色素が薄くて血の色が透けているのだろう。でも、体毛は黄金色だから、アルビノとは違う。

昨夜、前述の事情でむしゃくしゃしながら帰ってきた私は、アパートの階段の下で心細げにうずくまっているこいつを見つけて驚いた。そのときは本当に、常夜燈のわずかな明かりを反射しているピンク色の目を見て、ああ大きなルビーが二個転がっていると思ったのだ。

酔っぱらいは、わけのわからないことを考えるものだ。私はこれを神様からのプレゼントだと大喜びし、指輪にしようかな、いや二個あるからイヤリングだななんて思いながら拾い上げて部屋に帰り、翌朝さっそく耳ざとく鳴き声を聞きつけて乗りこんできた大家に絞られたわけなのだった。

私はルビーを（この子猫の名前である。それ以外の名は思い浮かびもしなかった）お風呂に入れた。ルビーは嫌がってじたばたしたが、汚れを洗い落としてやると、すっかり別嬪になった。ルビーの毛皮は豊かな黄金色で、まるで内側から輝いているようだ。首のあたりにふわふわと柔毛があって、まるでライオンのたてがみのようになっているのが、まことに可愛らしい。

翌日早速、赤い首輪を買ってきてルビーに与えた。小さな身体に立派な首輪をつけたルビーの様子は、なんだかぶかぶかの服を着こんだ子供みたいで、おかしかった。

＊

今年の夏は異常に暑く、また雨が多く、各地で天災が相次いでいる。連日のように雷が鳴り、停電も数度あった。異常気象だという人もいるが、何、夏は暑くて当たり前だ。私は夕方の雷雨が好きだ。天が裂けたような雷鳴を聞くと嬉しくてぞくぞくする。

しかし、この暑さのせいだろうか、いやな事件が発生していた。若い女性ばかりを狙った連続殺人事件だ。現場は私の住まいの近くに集中している。七月二十五日に最初の女子大生殺しが起き、八月一日にOL、八月七日に風俗嬢が殺された。いずれもレイプされた形跡はなく、物取り目当てでもなく、どうやら頭のいかれた殺人淫楽症の仕業らしかった。

風俗嬢の事件などは、うちのアパートから百メートルと離れていない場所で発生したのだった。瑠璃子さんはアパート全戸の鍵を付け替え、出入り口のところに貼り紙をした。

「不審人物を見かけたら！」という大きな文字の下に、へたくそなイラストでチョークスリーパーのかけ方が解説してある。役に立たなさそうだ。こんなものより瑠璃子さんの顔写真でも載せておいたほうがよほど不審人物よけになりそうな気がするが、もちろん口には出せない。家賃はまだ払っていない。

風俗嬢殺しの三日後、私は久々に月生とデートをした。いつものようにファミリーレストランで食事をしているとき、月生は心配そうに言った。

「花夜子さん、最近物騒な事件が起きてるから気をつけてね。戸締まり、ちゃんと確かめてね」

「うん」

「今日は僕、送っていくからね」

月生のボロアパートはうちとはまったく逆方向にあり、送ってもらうのは大変なので、私はたいてい一人で帰っていた。うちのアパートは駅から近いし、途中に暗い道もないので、これまでは平気だったのである。だがさすがに最近は気味が悪い。月生の申し出はありがたかった。

私は月生をアパートの部屋に上げた。別にエッチな目的ではない。この安普請のアパートで不埒《ふらち》な行為に及べば、両隣に筒抜けである。瑠璃子さんが喜んでのぞきにくるかもしれぬ。そんな危険な真似はできない。ただ、送ってもらったお礼にちょっとお茶でも飲んで行ってもらおうと思っただけなのである。我ながら言い訳くさいが。

「わあ、猫、猫」

月生はルビーを見てはしゃぎ回った。ルビーは人見知りをしない猫なので、月生に抱き上げられても嫌がらなかった。じゃれあっている月生とルビーは、まるで二匹の猫みたいに愛らしい。

「いつから飼ってるの、花夜子さん」

「二週間ぐらい前からよ。言わなかったっけ」

「聞いてないよ。買ったの？　え、拾ったの？　こんな綺麗な猫、捨てる人がいるんだねえ。この猫、珍しい色の目をしてるね。ウサギみたいに真っ赤だ」

「だからルビーという名前をつけたの」

私は何気なく、月生のかたわらからルビーの顔をのぞきこんだ。なんだか妙な感じがした。違和感の理由はすぐにわかった。ルビーの目が赤味を増している。

拾ってきたときは、確かに、どちらかというとルビーよりピンク・トルマリンの色をしていた。自分の指輪のケシ粒みたいなルビーの色と見比べてみたのだから、よく覚えている。しかし今、ルビーの瞳は無気味なほどに赤かった。

「前より赤くなってるわ。成長すると色が変わってくるのかしら」

成長といっても、たった二週間で。不思議に思ったが、ちょうどそのときルビーが可愛らしく「にゃあ」と鳴いて丸い頭をこすりつけてきたので、私は疑問を忘れた。

*

八月十一日、八月十六日、ハイペースで殺人事件は続いていた。新聞はセンセーショナルに書き立てたが、記事には書かれていないこともあった。どうやら報道管制が敷かれているらしいのだが、近所の強みで噂が流れてくるのである。被害者はいずれも喉や腹を切り裂かれて惨殺されているが、凶器はどうやら刃物ではないということだった。彼女たちは鋭い歯のようなもので嚙み裂かれていたというのだ。

犯人は異常に八重歯の発達した狂人なのであろうか。心配性の瑠璃子さんは例の貼り紙の「不審人物」のイラストに、牙のような八重歯を描き足した。大型の狂犬がうろついているのだという説も囁かれていた。警察にはまともに取り上げられていないようだったが、律義な瑠璃子さんは不審人物の横にスヌーピーみたいな犬の絵を描き添えて注意を呼びかけた。

私はルビーの目のことを気にかけていた。それはだんだん赤味を増していた。しかも恐ろしいことに、事件の直後にはことにその傾向が顕著であった。事件が報じられた日に恐る恐る確かめると、ルビーの双眸は決まって鮮やかな血の色をしているのである。

私は戦慄した。血を啜《すす》ると、子猫の瞳は赤くなるだろうか。否、否。馬鹿げている。ルビーは狂犬ではない。狂猫ですらない。トイレのしつけもすぐに覚えた、お利口で可愛い子猫である。私はくだらぬ妄想を一瞬でも抱いてしまった自分を恥じた。

　ある日私は、ルビーの毛皮に血のようなものがついているのを見つけた。それはどす黒く乾いて、ルビーの顎の下にこびりついていた。私はぐすぐす泣きながらルビーをお風呂で洗った。ルビーは甘えてにゃあにゃあ鳴いた。その瞳はますます鮮やかに冴え、最高級のルビー、ピジョン・ブラッドの色をしていた。

　私は気が狂いそうであった。ピジョン・ブラッド、鳩の血の色。ああ、そうだ。これはきっと鳩の血だ。さもなければ雀か。ルビーはやんちゃな、悪戯盛りの子猫である。ふざけて小鳥を殺してしまうことぐらいあるだろう。これは鳥の血である。鳥には気の毒だが、猫の本能である、仕方がない。ルビーが悪いわけではない。

　その翌日の朝刊は、またしても一人暮らしの女性が殺されたことを報じていた。現場は我がアパートの三軒隣りだった。ルビーの瞳は炯々《けいけい》と燃えていた。

　翌日から私は、会社に出かけるときにルビーを紐で繋いでおくことにした。これまでは放し飼いで、出入りを自由にさせておいたのである。紐で繋ぐのに特別な理由はない、私は自分にそう言い聞かせた。これはルビーのためである。うろちょろして車にでもはねられたら危ないから繋いでおくのである。それだけだ。

　ルビーは元気をなくした。紐で繋がれるのが相当の苦痛のようだった。私が家にいるときは紐を外したが、以前のように元気に跳ね回ることはなくなった。瞳の色が、心なしか薄れ始めたようだった。殺人事件は起きなかった。

そして一週間ほどが過ぎた。会社から帰ってきてみると、ルビーの姿が消えていた。誰かが紐を外した形跡があった。

私は半狂乱になり、子猫の名を叫んだ。すぐに大家がすっ飛んできた。

「何の騒ぎです」

瑠璃子さんは部屋の戸口に仁王立ちになり、恫喝《どうかつ》した。私は紐を片手にわなわなと震えるばかりであった。

「ああ、あの猫ね。瑠璃子さんはたちまち事情を察してくれた。

うるさかったので紐を外しましたよ」

「……何ですって?」

「だって、今にも絞め殺されそうな声で鳴き叫び続けていたから。近所からも苦情が来るし、何事かと思って部屋に入ってしまいました。無断で入ったのは悪かったけれど、中でガス漏れなどの危急の事態が生じているかもしれませんから。大家の権限です」

「部屋に入ったことは別にかまいません。だけど、ルビーを……」

「紐に繋がれて暴れ回って、もう少しで自分で首を絞めるところでしたよ。花夜子さん、あなた、ああいう残酷なことをしてはいけません。外してあげたら、すっ飛んで出て行きましたよ」

「瑠璃子さん……!」

私はだーだーと涙を流した。瑠璃子さんはちょっと困ったようであった。

「そんなに心配しなくても、遊び疲れたらちゃんと帰ってきますよ、大丈夫。前は放し飼いにしてたでしょう」

違うのだ。私が心配しているのは、そんなことじゃないのだ。

ごはんも喉を通らなかった。私は紐を片手に、放心して子猫の帰りを待った。

ルビーは深夜、戻ってきた。朝から餌を与えていないのに、おなかがぽっこり膨れていた。双眸は鮮やかな真紅だった。顎の回りが血で汚れていた。

翌日、我がアパートの向かいに住む主婦が嚙み殺されているのが発見された。

*

「なるほど」

私の話を最後まで聞き終えると、瑠璃子さんは大きくうなずいた。

わかってくれたのかとホッとする私に、瑠璃子さんは妙な猫なで声で言った。

「花夜子さん。病院に行きましょう。私が付き添ってあげますから大丈夫。さあ保険証を出しなさい」

「瑠璃子さん、私、狂ってなんかいません……！」

だーだー泣くと、瑠璃子さんは辟易《へきえき》したように言い直した。

「落ち着いて考えてごらんなさいよ。大型犬ならともかく、猫が人を殺すなんてこと、あるわけがないでしょう。化け猫じゃあるまいし」

「化け猫かもしれません。見てください、この目。ルビーは普通の猫じゃないのです、怪物なのですよ！」

私は紐で繋いだ子猫を瑠璃子さんの前に引き出した。ルビーはすっかり怯えて小さくなっている。瑠璃子さんは気の毒そうにルビーを見た。

彼女はしばらく黙っていた。何か考えているようだった。やがて彼女は妙なことを言い出した。

「花夜子さん、ネメアの森の獅子の話を知っている？」

「は？」

首を横に振った。

「ギリシア神話に出てくるの。昔、ネメアの森というところに大きなライオンがいてね、村人や旅人を襲って喰っていたのです」

突然、何の話であろう。私は海外旅行などしたことがないし、外国の地名はよくわからない。きょとんとするばかりである。

「ヘラクレスという有名な英雄がいるでしょう。彼がこの人喰いライオンを退治することになったの。彼はライオンに向けて矢を放ったけれど、跳ね返されてしまった。そこで棍棒でもって殴りつけたけれど、棍棒は折れてしまった。でも、さすがにライオンは参って逃げ出して、洞窟に逃げこんだのです。ヘラクレスは洞窟の中でライオンと死闘を繰り広げ、その喉を三日三晩にわたって絞め上げ続け、ついにライオンの息の根を止めました」

「はあ。強いんですね」

「強いんです。ギリシア神話に出てくる神様の親分はゼウスといいますが、この神様の妻でヘラという女神がいます。彼女はヘラクレスのことが嫌いなので、彼を苦しめたライオンを、お空の星座にしてあげたのです。これが、獅子座の由来です」

そういえば、ずっと昔プラネタリウムでそんな物語を聞いたことがあるような気がする。しかしなぜ今そんな話を聞かせるのであろうか。

私はルビーと瑠璃子さんを見比べ、はたと思い当たって声を上げた。

「もしや瑠璃子さん、この子猫が実は人喰いライオンだと思ってらっしゃるのですか！」

ライオンは確かにネコ科の獣である。共通点も多々あろう。しかし、いくらなんでも仔ライオンと子猫を見誤ることはない。ルビーは断じてライオンではなかった。

瑠璃子さんは首を横に振った。

「いいえ、そうではなく。逆に、神話に語られた獣が実はライオンではなかったとしたら」

「は？」

私は混乱してしまった。

「つまり、そのなんとかという森で?」

「ネメアです」

「ネメアの森で人々を襲っていた獣が、実はライオンではなく猫だったというのですか?」

それこそ荒唐無稽である。首をかしげている私に、瑠璃子さんは説明した。

「猫でもライオンでもなく。滅多にこの世に現われない伝説の獣だったとしたら。人々はそれが何物であるかわからぬまま、それに一番似ている獣の名をあてはめて伝えたのだとしたら」

私は口をぽかんとあけた。ゲンコツが入りそうなほど。

瑠璃子さんは私の手からルビーを受け取って抱き上げた。ルビーはおとなしく喉を鳴らしている。

「人喰いの獣というと、いかにも恐ろしい外見を思い浮かべるけれども。意外に、昔ネメアの森に現われた獣も、旅に疲れた人の心を慰める愛らしい外見をしていたのかもしれません。こんな動物が寄ってくれば、みな心を許すでしょう。用心深い一人暮らしの女性でも、ミルクでもあげようと窓をあけて招くことでしょう。子猫は部屋に入りこんで、甘えて喉を鳴らす。猫好きの女性が皿に入れたミルクを床に置いた瞬間、子猫は跳躍し、被害者に飛びかかる。被害者には何が起きたのかわからない。子猫がふざけているのだと思って、微笑みすら浮かべるかもしれない。邪悪な意志に気づいたときにはもう遅い。子猫の牙が被害者の喉に深々と食い込んでいる。悲鳴も上げずに絶命する女……その血を啜って、子猫の瞳は暗紅色の喜悦に輝くのであった……」

私は呆然とした。三文小説家の描写は、当の子猫が目の前にいるだけに、まるで見てきたかのように生々しく感じられた。

本当に。本当にこのルビーがそんな恐ろしい獣なのだろうか。人なつこい、耳の大きな、たてがみのような柔毛のある、この可愛らしい子猫が。

「もしもルビーが本当にそんな獣なんだとしたら……なぜ私を襲わないのでしょう？」

私が思わずつぶやいた言葉に、瑠璃子さんは静かに答えた。

「一宿一飯の恩義を知っているのかもしれません。いや、もっと単純に、襲えない理由があるのかもしれない。たとえば、あなたの指輪」

「指輪？」

「そのルビーの指輪が怖いのかもしれないわ。自分の瞳と同じだから」

私は薬指の指輪を見た。目をこらさなければわからないほどの極小ルビー。まさか、これが私の命を守ってくれているのだろうか？

私は途方に暮れて子猫を見つめた。子猫は私を見上げて可愛らしくみゃあんと鳴いた。

「る、瑠璃子さん……私はどうしたら……」

「それは、あなた次第。警察に行くなり保健所に行くなりこのまま知らぬ顔で飼い続けるなり、好きになしなさい」

大家はあっさりと私を突き放した。

「そんな……」

「私の知ったことではありません。それはあなたの猫ですから。さ、仕事仕事」

瑠璃子さんはそそくさと部屋を出て行ってしまった。情に流されず、仕事熱心で、分析は得意だが行動力を伴わないあの大家の星座は何だろうかと私は考えた。わからなかった。

私は呆然と座りこんでいた。ルビーが心配そうにすり寄ってきた。私はぞっとして猫から逃げようとした。ルビーは心細げに私を見上げてみうみうと鳴くのであった。

泣きたいのはこっちである。警察も保健所も無駄だろう。この子猫が本当は猫ではなくネメアの獣で、人を殺しているのだと訴えても、誰も信じてはくれまい。それこそ、私が病院送りにされてしまう。

ルビーが膝の上に飛び乗ってきた。私はもう逃げなかった。ルビーは幸せそうに喉を鳴らして私の膝の上で丸くなった。

子猫の小さな頭に手を置いたとき、私は覚悟を決めていた。

＊

それからさらに一週間、私はルビーを紐で繋いで会社に行った。夜、私が家にいるときも外さなかった。瑠璃子さんには、ルビーがどんなに鳴き騒いでも紐を外さないようにと頼んでおいた。近所からは苦情が相次いだらしいが、威風堂々の大家様はうまく対処してくれた。

ルビーは日に日に元気をなくし、神経を荒立てているようだった。餌はちゃんと与えているのに、毛並みに色つやがなくなっていった。瞳の色は徐々に薄くなり、ピンク・トルマリン級に戻っていった。

一週間後の夜、私はルビーの紐を繋ぎ換えた。これまでは半径五十センチぐらいしか動き回れない短い紐で繋いでいたのだが、もっと長いものに換えたのだ。この狭い部屋なら、ほぼ隅々まで動き回れるほどの長さがある。

私は指輪をはずし、電気を消して布団に入った。胸がどきどきした。

ルビーは外に出ようとしているようだった。しかし窓は固く閉めてあるし、紐が届くのは窓際までが限界だ。ルビーはしばらく窓をカリカリやっていたが、諦めて私の布団の周りをうろつき始めた。訴えるように鳴いたが、私は寝たふりをした。

やがてルビーは静かになった。私は薄目を開けた。子猫は枕元にちょこんと座って、私を見守っていた。

苦しい静寂が続いた。私は涙をこらえていた。ルビーがじっと、静かに、少し悲しげに首を傾けて私を見ているのが、切なかった。

小鳥を襲うのは猫の本能である。たぶん、人を襲うのもこの獣の本能なのだ。人の血を啜り、瞳を赤く保たなければ、彼らは生きてはいけないのだ。彼らが邪悪なのではない。ただ──我々と相容れないだけだ。

ルビーは飢えている。一週間というもの、血を啜ることができずに衰弱している。今夜あたりが限界だろう。この子猫は、人を襲わずにはいられない。そして私は、護身の指輪をはめていない。

ルビーの動く気配がした。私は息を殺した。ルビーはゆっくりと私の上に這い上ってきた。上掛けにしているタオルケットに爪を立てて、しかしよじ登るのがヘタなので何度もずり落ちながら、なんとか私の胸の上でお座りをした。情けないほど体重が軽かった。タオルケット越しに、ルビーの体温が伝わってくる。この小さな、温かい、残酷な生き物が、私は愛おしくてたまらなかった。

子猫は私の胸の上に乗って、小さな声でにゃあと鳴いた。謝罪のつもりだったのか、それとも別離か。子猫の意図は私にはわからない。

ルビーは跳んだ。私の喉をめがけて。

私は跳ね起きた。ルビーはたじろいだようだった。私はすばやく枕の下から得物を取り出した。数日前に工具店で買い求めた、小さな錐《きり》を。

私はヘラクレスではない。子猫を絞め殺せる自信はとてもない。体力よりも、精神力がついていかない。

だから私はルビーを抱きしめた。首ねっこをしっかりつかまえて、その目に思いっきり錐を突き立てた。

すさまじい絶叫が轟いた。飼い馴らされた猫の声ではない――それは獣の咆哮だった。昔むかしネメアの森の洞窟で英雄と戦った獣も、きっと同じ声を上げたのだろう。

錐を握った手がぬるぬるした温かい液体で濡れた。怖気づいてはいられなかった。私は大きく息を吸いこんで錐を引き抜き、子猫のもう片方の目を同じように突きつぶした。ルビーはもう鳴き喚かなかった。細い手足をピンと突っ張らせ、硬直しているようだった。

私は錐を床に投げ捨てた。ぐったりしたルビーを抱きしめて、わあわあ泣いた。

＊

こうして私は、せっかく手に入れた二個の特大ルビーを失ったのである。代わりに私の手もとに残ったのは、怯えやすくて人になつかない、盲目の子猫だった。

「どうしちゃったの、猫ちゃん。あんなにきれいな目だったのに、かわいそうに」

心優しい月生はびっくりし、涙ぐみ、ルビーを撫でてくれた。ルビーは以前みたいに月生とじゃれることもなく、警戒するように全身の毛を逆立ててフーフーいっていた。

「大きな猫と喧嘩したらしくてね、やられたのよ」

私は嘘をついた。月生は憤激し、ルビーのためにその大猫を捕まえてかたきを討とうと息巻いた。なんとか思いとどまらせるのが大変だった。

私はルビーにキャットフードを与え、月生の前に手料理をせっせと並べた。ファミリーレストランに行くよりも、私の手料理のほうが経済的だという単純な事実に、我々二人はようやく気づいたのであった。

もやし以外の料理を食べるのが久しぶりの月生は、幸せそうに鼻をくんくんさせていた。子猫はおとなしくキャットフードを貪っていた。

「花夜子さん、指輪、大事にしてくれてるね」

月生はサラダを食べながら、突然気づいたようにそんなことを言った。私の薬指には、彼からもらった極小のルビーが光っている。

「ごめんね、ちゃちで。今度ボーナス出たら、もっと大きいの買ってあげるからね」

月生は申しわけなさそうに謝った。私は首を振り、

「いいのよ。月生の愛がこもってるんだもん、これで十分」

と殊勝たらしいことを言った。私たちはぎゅっと抱き合い、キスをした。


本当は、私は未練たらたらである。至極残念で仕方がない。

殺人が相次いでも、大量の血が流れても、それでもあの究極のルビーを手もとにとどめておきたかった。警察にバレない保証さえあったら、私はルビーの残虐な犯行に目をつぶったかもしれない。この猫が人を殺し回っていることを知りつつ、そしらぬ顔で飼い続けることができたかもしれない。人命よりも、恋人の愛よりも、特大ルビーに私は魅かれる。

星占いの好きな大家ならば、きっと顔をしかめて「だから嫌なんだわ、獅子座の女って」と言うだろう。

私は、わかりやすい利益に弱いのだ。

玄い森の底から――津原泰水

津原泰水（つはら・やすみ）
一九六四年九月四日、広島県に生まれる。
一九八九年、津原やすみ名義で少女小説作家としてデビュー。八年間にわたる活動後、一九九七年、現名義で長篇『妖都』（講談社）を上梓。一九九九年、連作短篇集『蘆屋家の崩壊』（集英社）。二〇〇一年、長編『ペニス』（双葉社）。二〇〇二年、長編『少年トレチア』（講談社）。

処女宮《しょじょきゅう》

毎年の太陽通過　8月23日頃から9月23日頃
柔軟の地の宮
支配星　内省の星・水星
鍵言葉　我分析す（I analyze）
色彩　アースカラー

人体対応　下腹部・腸
記号　乙女の髪
長所　繊細、几帳面《きちょうめん》
短所　批判的、潔癖性

夏の盛りをすぎ、秋の気配が感じられるようになってくるころ、太陽は処女宮へと入っていく。神話世界では、処女宮は大地の実りの女神が天にひきあげられて星座になったものだとされている。

処女宮は、その潔癖性、完全を求める衝動を基本原理とする。地上には理不尽なこと、不完全なものが満ち満ちているけれども、処女宮のもつ清らかなものを求める気持ちは、常にそれらを一掃し、秩序をこの世界に回復させる方向へと向かう。処女宮の人がミニマムなことにまで注意を払い、自分の役割にこだわり、そしてときにほかの人に向かって批判的になるのはそのためであるといえよう。

しかし、それはときに自分に苦しみを与えることがある。不条理なものを受容することもまた、この世で生きるための重要なレッスンであることを理解したい。

（鏡リュウジ）

さんざっぱら我慢に我慢を重ねた青春だったっていうのになんでそのうえこんな汚い場所で犯されながら殺されなきゃいけないんだろうと思うと涙や洟水《はなみず》があとからあとから溢れだして耳のなかや髪のなかまで流れこんできた。花火のにおいがする。夏が終わる。始まりはいつも夏の終わりだ。お母さんと出掛けたデパートのエレベーターに貼られたポスターを見てねえねえお母さん八階八階で吉村白羊《よしむらはくよう》の個展やってる知らなかったわたし知らなかったといって大騒ぎして周りの人たちに笑われたのも、高二の夏休みの、あれは最後の日。

　花火の煙のにおいがする。まえいつまともに掃除されたのか見当もつかない眼がひりひりしそうなこの木造の公衆便所に充満したいったいどんな成分と成分と成分が化合して黒色火薬が燃えるにおいを形成するのかしら。それともこれはわたしの頭のなかにあるだけなにいなのかしら。意識が薄らいでいる自分を意識しているその意識も薄らいできて眼球が勝手にひっくり返って赤い闇が見えて花火の輝きはどれもこれもその闇のむこう。わたしは眼球に敏感なの自分の眼の動きに敏感なのなぜなら眼はいつも正しいから心よりも正しいから。意思よりも素早くものごとを見通すわたしの眼。「鷹のような目をしとる」と吉村先生はおっしゃった。ああ先生吉村先生わたしは本当に先生が気が狂うほど今でもお慕いしてだからずっとおそばにいたかったです。いつまでも若々しく身綺麗にして先生ご自慢の弟子でわたしならいらいらいられましたし先生の書をその美を世界でいちばん深く理解しているのは理解しているのはわたしなのです国際的書家の名声にのみ群がるマスコミやしょせん抽象絵画の遠類としか書を認識できない海外からのバイヤーや先生の筆癖ばかり誇張した和風レタリングを世に晒《さら》して悦に入っている愚鈍な内弟子どもとは次元が違うのだ𡋽坂《いさか》などとはわたしの頸《くび》を締めているこの𡋽坂などとは持って生まれた才能が感覚が違うのだわたしには書が鑑《み》える美が視える。

赤っぽい闇のむこうから長い花火を捧げた弟が近づいてきて吹きだす火の粉をわたしの足に向ける。「やめて」といってわたしが地団駄をふむと弟は「お姉ちゃん、おとななのに火が怖いん」と笑った。七つ下の弟はただ感覚的にわたしをおとなと分類したのだろうが実際にその夜遅くわたしはおとなになり奥の座敷で寝入っていた母をそっと揺り起こしたのだった。机の時計が零時をまわってわたしは十四歳になりたてで、だからあれもやっぱり夏の終わり。

けらけらと転がっていく弟の笑い声。

どこかで蜩《ひぐらし》。

そのようにしてわたしは死んだ。わたしが死んだ夕暮れです。

死の到来とともにわたしの眼球は頭蓋内部から外界へとふたたび標的を移して白錆に被わ

れた廃水管と板壁との間に張った蜘蛛の巣の輝きを一瞬捉えてから、すっかり機能を失った。わたしはまた頭のなかを見つめているような赤っぽい闇に包まれた。斐坂もわたしの絶命を確信したらしく、それまできりきりと頸を締めあげていたベルトがとろけるように弛んだ。わたしはすでに楽になっていたけれど、頸から上が鬱血《うっけつ》から解放され肺に詰まっていた最後の息が口腔に抜けるとなおのことほっとした心持ちで、あとはまたぐらを前後している暑苦しい気配さえ遠ざかってくれればわたしの死後はさっぱり穏やかなのにと思うのだが、これがなかなか。

「うらめしや。屍姦の味に溺れんうちにこの胎《はら》から去らんかいね。ＤＮＡ鑑定のこの時代に絞殺体に体液残してどうする」と一応警告してみたものの斐坂青年の気配にぎくりとしたような変化はなく、そういえば屍体の身では発語できたはずがない。いえたような気がしただけである。うんざりとして外の景色に目を移した。むろん眼球は機能していないし機能したとしてもこの頭の位置で見えるものといったら蜘蛛の巣や流し台のまるい底くらいのもの。要するに風景を念じただけ。雑木林は国定公園の一部だが、リーフレットの散策コースには記載されていない小径《こみち》の涯《はて》だ。夏のあいだに腰の丈にまで育った帰化雑草が日向をゆたかに揺らしている。あ、もう夕暮れだった。景色、たちまち蒼く翳《かげ》る。かな、かな、かな、かなかなかなかかかかかかというこの蜩の音ももちろん想像。いまも時折、迷ってか、ここまで下りてくる人はあるようだ。だからこうして便所のなかに化合のすえの刺激臭が満ち満ちている。行楽客にはとてもわからないことだが、白月庵《びゃくげつあん》の鳳凰竹の群れを逕の行止まりと見ず、隙間を巧みにくぐり池を渡って庭の端の叢《くさむら》にふみいり不揃いな石が乱雑に敷かれた細い斜面を転がるように下っていけば、いずれ祓川《はらえがわ》にぶつかる。川のむこうには線路が通っている。この旧来のちかみちを十五年まえ白月庵が塞いでしまったかたちだが、当時はもう自動車道が山頂まで通じていたはずだから、べつに困る者もいなかったのだろう。いれば敷地の外に迂回路《うかいろ》が生じたはず。

いまだ素木《しらき》が香りそうな瀟灑《しょうしゃ》な平屋は、庵という遜《へりくだ》った呼称が厭味を帯びないよう、計算ずくに素気ない。白月庵の名はあきらかに雅号白羊の変異だが、洒落のつもりか実際に吉村先生は白月つまり旧暦朔日《ついたち》から十五日までは必ずこの片田舎に隠って制作に没頭される。個展も講義も黒月《こくげつ》まわし。もっとも白月だから斐坂以外の人間を遠ざけるというのでもなく、すくなくともわたしの訪問はいつでも歓迎されてきた。ものしずかだが根は明朗な方だし、無邪気なところもお持ちだ。無邪気な墨聖。ストレートに書聖と称されないのは山水画の腕をふまえてというよりもまず歴歴の書家への配慮からだろう。なにしろ若い。

わたしが書を愛したのは、書が最初から私を愛してくれたからだ。

出合いは、だれしもそうであるように小学校でのおしきせで、若い担任教師は筆を固めた糊を洗い落とすことさえ教えてくれなかった。だけど濃厚な既製の墨汁のなかで真新しい筆をほぐしながら、わたしにはまもなく自分の筆先から生じるであろう軌跡がはっきりと視えていたし、じじつ文字は鮮やかに筆下に生じて、見直せばそれは練習用半紙の安っぽい輝きのなかから躍りださんばかりだった。「笹倉《ささくら》さん、習うたことがあるんじゃね」と教師が机を見おろしていうので、わたしは顔をあげ、毛筆を持つのは初めてだと教えてやった。「習うとらんのにそうは書けんわいね」と一笑にふされた。彼女にはわからない。永久にわかるまい。視るとか書くというのは学習によってどうにかできるような能力ではない。そうは生まれつかなかった人でも、視えるかのように、書けるかのようになるだけならば、努力しだいで可能だろう。マラソンの距離を時間をかけて走りきるがごとく。だが大競技会のトップ集団を占めているような連中ははなから別世界の住人である。正式なトレーニングを受ける以前から翔《と》ぶように走れた者たちだ。彼らが日日肉体を鍛えるのは四十二キロメートルの距離と格闘するためではない。凡人には感知できない超人だけの領域において、その覇者となるためだ。

しら紙と墨の世界で吉村白羊はまさしく覇者。親日家としても知られる演出家マルコ・マウッリが彼の『リア王』の衣装や舞台に置く屏風に経文《きようもん》を書いてくれと依頼してきたとき、先生はようやく三十路を越えられたところだった。マウッリは白羊の書を、故丑島美乃《うしじまよしの》の回顧展で見いだした。出口付近にひっそりと飾られていた弟子たちの書のなかの一幅が先生の作品だった。『リア王』の演出が欧州で高評をえるや書道芸術院は慌てて先生を正会員に推挙した。先生は辞退された。美乃を異端として設立以来四十年間にわたり疎外してきた団体だった。

マウッリと同じイタリア人でも、高い金を出して買ったのだから余白に自分の名前を入れてくれと（しかも漢字でと）先生にせがんだ大戯《たわ》けがいたそうで、たしかに多くの西洋人が書とアニマルプリントとの間にさえ明確な差異を感じているかといえば、はなはだ疑問なのである。欧州での白羊人気はいっさいが文化的誤解に基づいていると断言する向きもあり、わたしも一面においてその声に同調している。マウッリが白羊の書に視たのは純粋な優美であったに違いない。しかし優美さのみが書の価値ではない。書かれているものが文字であるかぎりそれは必ず実際的な記号でもある。

もしそちらに、意義のほうへと筆が引きずられれば、書はたやすく堕落する。岡本太郎の漢字をモチーフにした連作がどうにもいただけないのは、書の伝統美から逃れようとして意義におもねってしまっているからだ。風に吹かれて靡《なび》いているがごとき風の字を美術館で眺めて、字義以上の感興ももよおせるものではない。それが商標としてエアコンや扇風機に印刷されているのなら、まだしも目に怡《たの》しいが。

かといって意義からすっかり脱すれば、それはもはや書ではない。書というのは読まれる、読めるものであり、そのいみでは羅針盤のように明快なのだ。方角を定められずにぐるぐると廻りつづける羅針盤を、進化した羅針盤と重宝がる人はあるまい。さえない冗談商品でしかない。

われながら素敵な比喩ね。吉村白羊は一個のうつくしい羅針盤である。福屋デパートの個展会場で、白羊をてっきり老人だとばかり思いこんでいたわたしは、もしかしたら会えるかもしれないという期待がついえた疼きを胸におし沈め、そのぶんまるで力むように一点一点を網膜に焼きつけていた。出入口のところでじれったそうにこちらを見ていた母が、とうとう近づいてきて、「ほいなら地下で買いものしよるけえ」といってまた離れていった。

狭い会場を一巡して、まだまだ母が帰ってくる頃合ではないので気になっていた小品の前に戻って見つめなおしていたら、ずっと受付のあたりに立っていた砂色の上下を着た中年男性が近づいてきて「それが好きですか」と話しかけてきた。「このなかでいちばん新しい」

わたしは男性を眺めまわした。胸に名札はなく、口許に営業めいた笑みもない。

「ぜんぶ値段がついとるんですね」と直感から確信への急展開にのぼせあがって、わたしがだれにでも見ればわかることを口にすれば、その人は行儀よく整った前歯をのぞかせて、

「でも日本じゃだれも買いません。なんででしょう」

翌日わたしはずぶとくも、みずからの自信作を携えてまたも個展会場に出向いたのである。教育委員会から表彰を受けた短冊とはいえ、しょせんは高校生がぱんぱんに見栄を張ったただけの古典の猿真似、よくよくそんな恥知らずなことをとわがことながら呆れるが、じじつ当時のわたしはまだ恥というものを知らなかった。それでも吉村先生は懇切に、「ええ目

をしとられる。が、それに筆がついていっとらんね。もっともっと練習しなさい。ええのが書けたらまた見せにきなさい」とそれを評してお名刺までくださった。白月庵は隣県だった。高校さえ卒業したらもうずっとおそばにいられるようなつもりでいたが、いざ受験期にお願いにあがると、女の内弟子はとらないと先生は頑《かたくな》におっしゃり、わたしはやむなく先生が講座をお持ちの短大に入ることにした。白月庵にはときどきの通いを許可された。地元の書店に就職してからも生活はほとんど変わらず、講義が受けられないぶん時間があれば書にあけくれて、気がつけば先生との邂逅《かいこう》からもう十年になる。先生のほうもあいかわらず、ひとりかふたりの内弟子だけ身近に置かれて制作と個展と講義の日日。

わたしはお酒を飲まない。いったんお酒を入れてしまったら、帰宅後いくらシャワーを浴びても、その晩は筆先が狂いっぱなしだ。恋もしない。それでえられる歓びよりも、失う時間と鋭敏さが惜しい。あとは熟達だけ、と信じていた。審美眼は賞賛される。自分以上だとさえ先生はおっしゃって、御自身が迷われているとき出展作品の選択を任されるほど。先生が人目を集める大きな羅針盤ならば、わたしはより実際的で多角的な転輪羅針儀《ジャイロスコープ》である。

本当は一度、男性を抱いた。六年前の雨の晩、まだ内弟子になりたてだったこの斐坂がわたしを庵から駅へと送りながら、いつか書で身を立てるためとはいえ先生のお相手はつらい、つらいといって泣きついてきたので、わたしはまるで愚直な羊飼いをみちびく聖母のような気持ちになり、無人の駅の待合のベンチで彼の頭をかき抱いていたらしだいに軀のなかが煮えたぎるようで、われにもあらず彼の唇を啜りやがて軀を貪《むさぼ》りあい、それからぶざまな姿勢のままで、わたしは彼をうけいれ解放させたのである。だがことが終わると自分がとても大切な力を失ってしまったような気がして死にたくなるほどの後悔が満ちてきて、身なりをととのえふたたび先生の許へと戻り、もうなんのお役にも立てない存在になってしまいましたのでどうか門から除してくださいとお願いした。すると先生は「なにがあったか訊ねませんが、こういう時こその師弟でしょう」とおっしゃって「頼りにしとりますよ」とおっしゃって、いつも使われている墨と硯を持たせてくださった。ああわたしはこの方のために生きて死にたいと心から思って涙がとまらず、わたしはけっして恋などいたしません、これ以上は身を穢《けが》しませんと固く心に誓ったのである。あの芳しい、墨のにおいがもう一度嗅ぎたい。煙のにおいは厭でたまらないというのに、墨のにおいはなぜこうも好きなのでしょう。

先生、牡羊座じゃけえ白羊いう号になさったんでしょう。

丑島さんがつけてくれたんですよ。美乃の美の字の上半分が羊でしょう。

牡羊座じゃないんですか。

牡羊座ですよ。でも昔はそういうのがようわからんで、羊か牛かどっちじゃったかいなとね。今は忘れませんけど。

ふふふ。わたし、乙女座。

そうですか。たしか斐坂もそういうとったな。でも男に処女《おとめ》という号はつけられんね。
じゃあわたしが一人前になったら、わたしがつけてもいいですか。
ああ、そりゃええね。あなたにならよう似合うね。

気がつけば皓《しろ》い空。死んでしまったはずの自分になぜそれが見えているのか不思議で、だけどどうにも視点が定まらない。そのうち定まりにくいのではなく多いのだと気づいた。多視点から、わたしは景色を眺めている。それも五つ六つではなく、百や二百の単位でもなく、無数。無数の視点。それらがてんでん勝手にもぞもぞもぞ蠢《うごめ》いているのである。なんとも落ちつかない心地で、視点ひとつひとつずつ、順繰りに気持ちを寄せられないかと望んでいたら首尾よくその通りになり、空のみならず、くろぐろと葉を繁らせた木木、ぶうぉんぶうおんうるさく翔びまわる羽蟲《はむし》、地面の草の葉と土……自分を囲んでいるあらゆる情景をわたしは同時に捉えているのであった。互いにかちあっている視点同士も少なくない。微細な眼と眼が捉えあっているのは、腐肉にひしめく地蟲《じむし》たちの姿だった。歩行蟲《おきむし》、埋葬蟲《しでむし》、蜈蚣《むかで》に馬陸《やすで》、蚯蚓《みみず》、蛆蟲、鋏蟲、赤蟻、黒蟻……なるほど今や彼らがわたしの軀を満たしているのね。森の精霊たち。きっと頭蓋のなかもおまえらでいっぱいね。わたしの記憶を食べて、皆でわたしになってくれたのね。よかった、わたしはまだ、いろいろと思いだせる。
殺されたのは何日前？　あの日、先生は青ばんだ顔でわたしをお部屋にお呼びになって

「愛情が芽生えました。わたしの子供を産んではもらえませんか」とおっしゃった。幸福感に眩暈《めまい》すらおぼえながら、でもどこか奇妙だともわたしは感じて「お子が欲しくていらっしやるんでしょう」と訊ねたら、「それは事実です」と素直にお認めになった。

「近頃体調が思わしゅうない。自分を継いでくれる存在がないと思うと毎日が不安で仕方がない」

「わたしじゃあ無理ですか」

「あなたの才能はまた違う。あなたにはわたしのそばにおって、わたしの道標になってもらいたい」

「斐坂さんは」

「頭打ちでしょう。別の手段でわたしに取って代わることばかり考えて、味方集めに必死です。しょせん小物じゃった」

そのあと先生はわたしへの情を繰り返して語られたが、わたしは応えを保留してお部屋をさがった。わたしもまた白羊の後継たりえないのだ。ただしそれを産むことはできる。できるだろうか、できるかしら、先生を牡と看做《みな》してまぐわいをして、そうして排泄した小さな生きものにわたしはかしずけるだろうか、そうできるだろうか。

晩が来て、いつものように斐坂と三人、斐坂が用意した膳をかこんだ。おみおつけが、なにかおかしな味がしたので、どうお感じかしらとちらちら先生を観察していたら、やがてとつぜん箸を落として、着物の膝に嘔吐なさった。とっさに斐坂のほうを見たが、驚いているようすはなく、ただ唐突にしゃくりあげはじめたのである。先刻の先生との会話を盗み聞かれていたことを悟った。立ちあがれば、ふらついて、部屋がぐるりと廻転する。そのまま転がるように厨《くりや》へと降り、流しに嘔吐した。すこし楽になった。ふだんは斐坂しか手を触れない、水屋の抽斗《ひきだし》や戸を端から開けていくと、抽斗のひとつの奥まったところに白い粉の入った小罎が見つかった。砒素《ひそ》？　背後にそろりと迫ってきた斐坂の気配を察して罎を投げつけ、はだしのまま裏庭に駆けでた。ふり返れば、夜叉の顔をした斐坂が迫ってくる。鳳凰竹の群れのなかで肩を摑まれかけた。「なんでこのうえまだ苦しめるか。なんでぜんぶを奪うか」と叫んでいた。

森に入りかけたところで一度すっかり追いつかれ地面にくみしかれた。斐坂の骨張った指が喉笛に絡んで食道にへばりついていた胃液を口腔に絞りあげる。頰に、鼻づらを寄せ、わたしが口から発する酸臭を吸いあげながら、しきりに軀のあちこちをぶつけてくるようで、はじめ、それはただ憎しみの表現としか感じられなかったが、頭の鬱血に気が朦朧としはじめると、わたしの肉をつつんだ薄皮や和毛《にげ》は過敏になって、衣服越し、彼の屹立がたなごころにしているかのようにありあり感じられ、ずっと熱病に浮かされっぱなしのもうひとりのわたしがじんわりと軀を離脱していき股をひろげ、六年の飢餓を癒さんと濁った涎を湛えた粘膜を剝きだしに、ちょうだい、ちょうだい、と乳房の、海のような上下に合わせて連呼する。心が痺れ、鋭利な劣情に貫かれて死んでいくイメージに酔った。

かたときわたしの命を長らえさせたのは、死ではなく堕落への、恐怖だった。懸命にしがみついてきた静寂に満ちた世界が、井然《せいぜん》たるモノクロームが、六年ぶりに薄れて、わたしを見放さんとし、入れ違いに眼前を満たしたのは、なまぐさくけばけばしい混沌だった現実だった。長いあいだ懼《おそ》れてきた瞬間の到来に血が凍り全身に痙攣が足れば、喉にかかっていた指が驚いて、圧迫を弱め、恢復《かいふく》した猛禽《もうきん》の視力が意思よりも素早く男の眼球を睨み返す。極彩色に乱れているのは泣き濡れ血ばしった凸面鏡に写りこんでいる(雨の日の窓)自分自身の情欲にすぎないことを見切ったわたしは、その表面に爪を立て、力を込めて掻きむしった。悲鳴があがる。斐坂が身を離す。

戻れる。

草のなかを這い進んだ。まだ戻れる。

福屋デパートの、エレベーターの上昇。胸の高鳴り。夏が、また終わる。紙のように清潔なわたしを透過していく薄墨色の夕暮れ、蟲の音。眩暈をこらえて立ちあがる。逃げきれるはずだった。ところがとんだ失錯《しっさく》をおかした。なにという明瞭な認識もないまま、最初に目についた建物、つまりあの便所へとわたしは逃げこんでしまったのだ。足をふみいれるのは初めてだった。肺になだれこんできた刺激臭に咳込みながら、そこが、便器のなかに飛びこむか壁を登って高窓をくぐらぬかぎりは引き返すほかない場所だと悟るが早いか、背後から強く、抱きすくめられた。耳朶《じだ》を血まみれの頬がなでた。……

先週、二年ぶりくらいに弟から電話があった、べつだん用事らしい用事もなしに。あれはやっぱり、わたしが死ぬる予感から？

互いがなにか発すればそのつど容赦なく割りこんでくる沈黙に、抗するためにそのためだけに、わたしはついつい訊ねたのだ。「ほいであんた、ええかげん彼女くらいはできたんかいね」

「んああ」記憶のそれよりまただいぶ太さを増した声がこたえる。「いま一緒に暮らしよるわ」

「ほうね」とわたしは平静を装った。「職場の子ね。美人なんかいね。こんど会わせんさい」

「いや学生んときの。どう見ても美人にゃ程遠いのう。姉ちゃんに会わすな恥ずかしい。あたた、いま後ろから蹴られた。方言ならわからんか思うたらわかった」

「わかるわいね」とわたしは笑った。その声を電話ごしに弟に聞かせた。あれがたぶんわたしの人生最後の笑い声。残りは、独りの部屋にしんと響いた。突然懺悔。雨の日の午後、隣家夫妻の情交を二枚の窓硝を隔て眺めて熱に浮かされ、幼い弟を言葉たくみに納戸に連れこみくらがりのなかで同様の行為を試みたのは十四歳のわたしです。でもうまくいかなかった。途中から弟はわたしを怖がって隅に縮こまってしまったから。かな、かな、かな、かなかなかなかなかかかかか。斐坂は弟に似ている。ちょっとだけどね。

また数日が経って、たぶん数日くらいが過ぎて、わたしは吉村先生の御身が心配でたまらなくなった。斐坂から砒素をもられ続けておいでだったのだ考えてみたら考えてみたら。死んでしまった屍体のわたしの心配では詮ないが、それでもあまりに心配で、とうとう白月庵に戻る決心をして朽ちかけた身を無理やりに引き起こせば地蟲の群れもついてうじゃうじゃと盛りあがる。というよりも今のわたしはほとんど彼らの寄せ集めなのだ。地面を引っぱるように引きずるように歩き続けて森の端まで下りたところで左の腕を根こそぎ元の場所に置いてきてしまったことに気づいたけれど利き腕じゃないからまあいいわ。ほかにもいろいろ足りない気がするけど今は前進さえできればいい。ようよう草地のむこうに見えてきた白月庵の瓦屋根は歩けど歩けど大きさを増さず日は傾いていつしか黄昏。どこかで蜩。細胞たる地蟲の一匹一匹はちりちりとせわしなく動きまわっているのにずいぶんとわたしの歩みは遅いらしい。森のそう奥深い処に棄てられてたわけじゃないんだわ近かったんだわとどこかほっとしながら渡った湿度にとぼしい雑草の海だだが細胞たる地蟲たちには過酷な強行軍であり進みながらわたしはどんどん解体していき空地の半ばにも達さぬうちにすっかり人のなりを失っていた。お勝手口から顔に眼帯をした斐坂が出てきたのを見つけた。先生のお慈悲かしらそれともまんまと先生を亡きものにしてなお居座っているのかしらわからない。還ってきたわたしの姿に腰を抜かしてへたりこんださまが痛快だったがすぐまたお勝手へと引込んでしまったので構わず先生のお部屋を目指した。口を開いて吉村先生と叫んだら声の代わりにたくさんの羽蟲が飛びだしてきてさかんに唸《うな》る。ふたたび外に出てきた斐坂がなにか大きな物を提げているわと思ったらそれは冬の残りのポリタンクで今度の彼は臆することなく近づいてきてそのさらりとした中身をわたしに浴びせた。禍禍《まがまが》しい広告紙の屹立に生じた灼熱のゆらぎを地蟲らの複眼が捉えて個個に危機を察するやぞろりとわたしは崩壊したわけだが灯油を舐める火勢から逃れた細胞はきっとわずかなものでしょう。右の手だけがかろうじて庵の縁の下まで達したのを他ならぬ手そのものが実感しながら火に追いつかれ、被われたのが記憶らしい記憶の幕切れですが、そのとき爆ぜた予感によれば、かくてわたしは炭になり灰になり、風に絡んで大地に蔓延《はびこ》り、沈沈《しんしん》たる森を育んでいる今日このごろ。

皓い空に枝枝が染みて、先生、きれいです。

ビデオレター——我孫子武丸

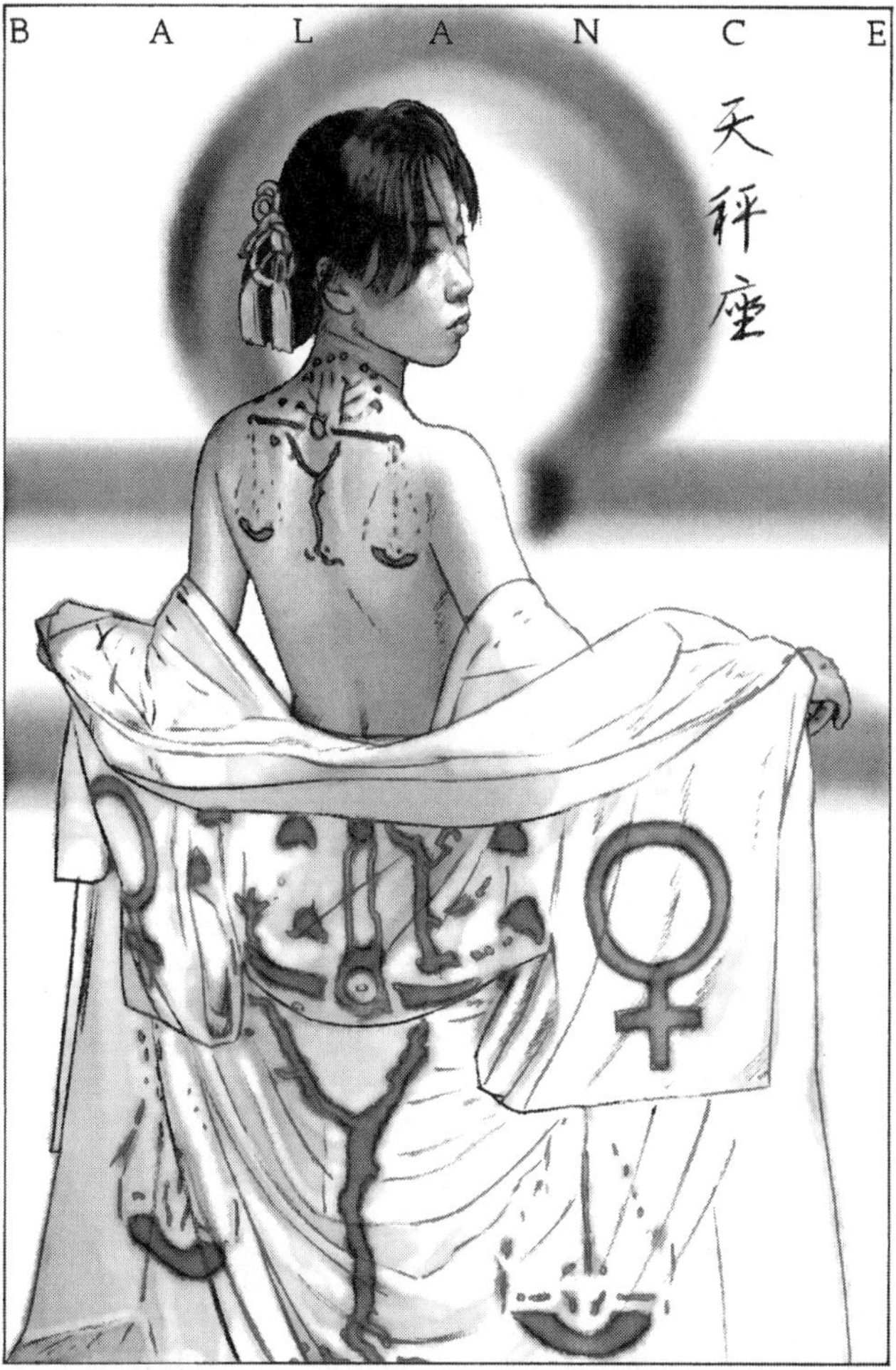

我孫子武丸（あびこ・たけまる）
一九六二年十月七日、兵庫県に生まれる。
一九八九年に作家デビュー。趣味はコンピュータ・ゲーム、パソコン通信。主な作品に『0の殺人』『殺戮にいたる病』（講談社文庫）、『屍蠟の街』（双葉社）がある。ホームページ「我孫子飯店」
http://web.kyoto-inet.or.jp/people/abiko/

天秤宮《てんびんきゅう》

毎年の太陽通過　9月24日頃から10月23日頃
活動の風の宮
支配星　美の星・金星
鍵言葉　我均衡せむ（I balance）
色彩　バラ色

人体対応　腰
記号　天秤
長所　社交的、平和主義
短所　優柔不断、八方美人

毎年、太陽は秋分のときに天秤宮に入っていく。天秤宮に達して、昼と夜の長さが等しくなり、一年が二分されるときとなる。神話世界においては、天秤宮は正義の女神アストレイアのもつ善悪を計る天秤がそのシンボルだとされている。天秤宮は、黄道十二星座《こうどうじゅうにせいざ》のちょうど中央に位置する星座である。白羊宮で始まった星座宮は、魂の旅であると考えられるが、白羊宮で初めて「我」という意識が生まれた魂は、天秤宮において初めて明確なかたちで他者を意識することになる。「我」と「汝」が天秤宮の段階において、人格的に向き合うようになるのである。天秤宮は、自分が他者のまなざしのなかでこそ成立していることを鮮明に意識している。社交性、洗練された物腰などはすべて他者を意識のなかにおいているしるしである。しかし逆に確固たる自分自身の内面的な強さを鍛えることが、天秤宮の課題であろう。

（鏡リュウジ）

1

仕事はいつも通り、五時半に終わった。残業はない。今のわたしに残業を頼む人はいない。そもそも出勤していること自体、迷惑がられているようだった。

自宅に帰りたくはなかったが、他に行く場所もない。もちろんどこかへ遊びに行こうと誘ってくれる人もいない。一人でお酒でも飲みに行ってみようかと考えたこともあるけれど、色んな理由でそれもできなかった。一つ、そもそもお酒があまり好きではないし、そういう場所も好きではないこと。二つ、お酒が感情を暴走させて、気を紛らわせるどころか逆効果になるのではないかというおそれ。三つ、これが一番の理由だが、見知らぬ男に声でもかけられたなら、自暴自棄になって身を任せてしまうかもしれないという自分自身への不安だった。そんなふうにはなりたくなかった。そんなわたしを見たら、あの人は悲しむだろう。

ゆっくりと机の上を片づけて、ゆっくりと制服から私服に着替え、ゆっくりと歩いて電車に乗り、自宅の最寄り駅に着いたのが六時。駅前の商店街にある定食屋でゆっくりと食事を済ませ、マンションに帰り着いたのは七時前。眠くなるまでまだ五時間はある。どうやってそれまでの時間を切り抜けようと考えながら、ロビーの郵便ボックスから夕刊と郵便物を取り出し、エレベーターに乗り込む。六階を押して箱が上がり始めると、取り出した郵便物をあらためる。電話代のお知らせ、近所の寿司屋の出前用メニュー、名刺大のテレクラのチラシ。そして、宅配便の不在配達票。

十月十三日期日指定、送り主、金田様——配達人の乱暴な殴り書きの文字を読んで、わたしは脚の力を失い、エレベーターの床に崩れ落ちた。

この一週間近く、心を閉ざして抑え込んできた思いが、不意を突かれて溢れ出したのだった。

床に突っ伏し、声をあげて泣いた。喉が潰れそうに痛んだ。

「……あの……もしもし……どうかなさいましたか?」

声をかけられているのに気づいて顔をあげたが、嗚咽《おえつ》は止まらなかった。涙を拭うと、どこかで見覚えのある男性が、中腰のまま困った様子でこちらを見下ろしていた。

わたしは慌てて床に散らばった新聞や郵便物を拾い集める。お節介なことに男はテレクラのチラシやメニューまで拾って差し出してくれた。

「あの……大丈夫ですか?」

わたしは黙って頷き、エレベーターを出ようとして、そこが一階であることに気づいた。泣いている間に、この人がエレベーターを下へ呼んでしまったのだろう。

「六階、ですよね?　家に帰られるんでしょう?」

再びこくりと頷いた。

男が5と6のボタンを押すと、扉が閉じて箱は再び上がり始めた。

ひく、ひく、と喉が痙攣するのを止めることができない。放っておいて、頼むから放っておいて、と念じながら、箱の隅に、めりこみそうなほどぴたっとへばりついて立っていた。

「何か、あったんじゃないですか？　まさか、ここで……」

エレベーターで襲われたとでも想像したのだろうか。そう考えると妙におかしくて、わたしは「ひっ」という声を漏らしてしまった。それは笑い声だったはずだが、自分でも泣いているようにしか聞こえなかった。

エレベーターはすぐに五階へ到着し、扉が開く。降りる男の靴だけを見ていた。それは、俊行《としゆき》なら絶対に履かないような汚れた白いスニーカーだった。靴はひどくゆっくりと箱を出て、こちらへ向き直る。

「もし何かお困りなら……ぼくは五〇二ですから。たいしたことはできませんけど……五〇二の森山です」

あなたなんかに用はない、早く一人にして、そう心の中で呟《つぶや》いていた。エレベーター強姦魔に襲われたわけでも気分が悪いわけでもない、ただ不在配達票を見ただけ。恋人からの荷物を知らせる不在配達票をね。

一週間前に死んだあの人からの荷物。それがわたしの危ういバランスを崩したのだった。

2

名前を言えば誰もが知っている大手商事会社。わたしはこの八年間、そこの東京本社で働いてきた。金田俊行と出会ったのもそこだ。

しかし同じ会社と言っても優に一万人を越す大会社、経理でひたすらコンピュータに数字を打ちこみ続けているわたしが、海産物の買い付けで一年のほとんどを海外で過ごしている彼と出会ったのは、本当に奇跡的なことだった。

二年前のことになる。

コンピュータのバグか、誰かの――わたしかもしれない打ち込みミスか、とにかく彼の給料から海外赴任手当が丸々抜け落ちていたのが原因だった。それがたまたま彼が一旦帰国していた時だったこと。電話で話しても埒《らち》が明かないからと業を煮やした彼が直接経理課のフロアまで直談判にやってきたこと。その時たまたま最初に応対したのがわたしだったこと。

わたしはすぐさまそれが経理のミスであることを確認し謝罪、翌月間違いなく支払われますと約束した。

最初は苛々した様子だった彼も、わたしが素早く対応して謝罪したせいか、最後には少し照れ臭そうな、面白がっているような表情に変わった。

「もし翌月ちゃんと支払われなかったら——」彼は言った。

「必ずそんなことのないようにします」

わたしは再び頭を下げたが、彼は言い募った。

「もし翌月ちゃんと支払われなかったら、ディナーをおごってくれますか？」

「——はい？」わたしはぽかんと彼の顔を見あげていた。

「そのかわり、ちゃんと支払われてたら、ぼくがご馳走します。悪くない取り引きでしょう？」

「はあ」

状況が飲み込めないまま生返事を返すと、彼は満面の笑みを浮かべた。思わずわたしもつられそうになるほどの笑顔だ。決してハンサムというほどの顔だちではなかったが、憎めない愛嬌があった。

「あ、でもあの——」

「山下……メグミさん？」彼は胸の名札を覗き込んで読み上げる。

「——ケイです」

恵と書いてケイと読ませる。初対面の人は必ず間違えるし、男の子みたいで昔からその名前が嫌いだった。

「そう。山下ケイさん。その方がいい。いい名前だ。——じゃ、給料日に」

「え、あの、給料日って……」

立ち去りかけていた彼は、聞こえなかったのかわざと無視したのか、振り向きもせずに行ってしまった。

あの時の困惑を、わたしは今でも覚えている。男の人から食事に誘われたのだと気がついてしばらく呆然としていた。

すぐにでも彼のいる部署に電話をかけて断ろうかとも考えたが、次の給料日まではまだ一ヵ月近くある。きっとその頃には約束はもちろん、わたしの存在さえ忘れてしまうに違いないと結論した。慌てて電話したりしたら、冗談を真に受けたと馬鹿にされるに違いない。初対面の、それも特にぱっとしないわたしに声をかけるくらいだ、今もあちこちで同じことを言っているような人なのだろう。聞かなかったことにしよう。

そんな決意にもかかわらず、給料日が近づくにつれわたしは彼のことをどんどん意識するようになっていった。きちんとミスの訂正の手続きが取られているかどうか、何度も何度も確認した。

そして給料日。昼休みを過ぎる頃には、たいていのフロアに給与明細が行き渡っている。彼からの誘いの電話がかかってきませんように、かかってこないはずだと一日中そればかり考えていた。もしかかってきたらどうするのかということは考えなかった。その日ももちろん予定など何もなかったが、ほとんど知らない男の人と食事をしている自分など想像もできなかった。

結局電話はなかった。彼が勤務が終わるのに合わせて直接やってきたからだ。そして半ば強引に、わたしはイタリア料理の店に連れていかれてしまった。

その間のことはよく覚えていない。終始、夢の中の出来事のようだった。遊び慣れた男の人なのだ、素敵なガールフレンドが何人もいるに違いない、わたしはきっとたまに食べたくなるお茶漬けみたいな存在なのだ、そんなふうに考えていた。

でもとにかくその食事の間中、わたしは笑いっぱなしだったことは覚えている。滅多にそんなことはないのに。名前以外ほとんど何にも知らない――給料の額は知っていたのだけど――男性と食事をして笑い声を上げているなんて、自分でも信じられなかった。とにかく彼は話し上手で、話題が豊富なだけでなく、普段口数の少ないわたしから色々と話を引き出すのもうまかった。あんなに笑ったことはなかったし、あんなに喋ったこともなかった。

食事のときに飲んだワインで少し酔っていたこともあるだろう、バーに誘われた時もわたしは断らなかった。たとえ豪華な食事の合間のお茶漬けでも構わない、時々こうしてわたしを笑わせてくれるなら、ホテルだろうとどこだろうとついていく――そんなふうに考えていた。

ところがその夜、彼はわたしをタクシーで自宅近くまで送り届けて去った。「また、誘ってもいいかな?」とだけ言って。

翌朝、我に返ったわたしは、真剣に夢だったのではないかと思い、そうではない証拠をいくつも並べて確認せねばならなかった。レストランの地図の書かれたカード、バーのマッチ……そして彼の自宅の電話番号の記された名刺。

夢でないことは信じざるをえなかった。酔いのすっかりさめたわたしは昨夜の自分自身を恥じ、二度と――二度と彼の誘いは受けまいと思った。ホテルなんかに誘われなかったのは幸いだった。

その日一日中、わたしは躁鬱病みたいに気分をコロコロと変えたが、結局彼からは何の連絡もなく、自宅に戻った時はがっくりと落ち込んでいた。やっぱりあれはただの気まぐれだった。彼にとっては何の意味もない、ただの食事に過ぎなかったのだ。

そこに電話がかかってきたのだ。

「昨日は楽しかった。ありがとう」

「……いえそんな……わたしの方こそ……あんなに楽しい夜は、初めてでした」

わたしは何を言っているんだろう。本当のことだけれど、そんなことを言うつもりは全然なかったのに。

そして二度目のデートの約束をしてしまい、一度目と同じように素敵な夜を過ごした。

四度目のデートで、彼は、いかにわたしのことを真剣に考えているかを訴え、自宅に誘った。

海外にいることが多いせいで、恋人ができてもいつも結局駄目になってしまうこと。早く結婚して家庭を持ちたいと思っていること。わたしといると心からくつろげるようだということ。

結婚を前提に——そんな、驚くほど古臭い言葉にわたしは泣きながら頷いていた。

わたしたちはそれからも何度か夜を共にしたが、それも彼が再び海外へ赴任するまでの短い間だった。東南アジアの、極めて政情不安な国だ。最低でも一年。その間、日本に帰ってこられるのは、全部合わせても一月に満たない。

わたしたちは何通もの手紙をやりとりし、国際電話をかけあった。もちろん、それでも寂しくないわけではなかった。ずっとそばにいてほしかった。しかし今思えば、この距離こそが、わたしたちの気持ちを深めた。一見遊び人風に見える彼の本当の姿を知ることができたし、口下手なわたしが彼と対等に話しあえたのも、電話や手紙だったからだろう。

ビデオレターを始めたのは、もちろん彼だ。仕事で使っていたビデオカメラで、彼の住む街や食事を映し、詳細にレポートしてくれる。一時間や、時には二時間丸々録画されたそれを、わたしは何度も何度も繰り返し見た。

彼に請われて仕方なくわたしもビデオカメラを買い、不器用ながらも、わたしの日常を映して何度か送った。

一年の間に帰国したのはわずかに四回。それぞれ一週間に満たない帰国だったから、一緒に過ごせたのはいつもたいてい一日。貪るように抱き合った。今思い出しても身体が火照るほど、激しく愛し合った。

空港へ見送りに行った時は、二度と会えないような気がしていつも泣いた。新聞を見る時真っ先に気にするのは、これまで何の興味もなかった国の政治状態になった。日本人が海外で殺されたりするたびに恐怖に襲われ、電話で声を聞くまで安心できなかった。

丸一年が過ぎて、彼は無事に帰国した。そしてわずか一月の間を置いて、今度は博多支社に転勤になったのだった。彼の説明によればそれは昇進への一番早いルートで、博多でまた一年我慢すれば、本社の水産課長という重要なポストが用意されるのだという。

一緒に来てくれ、とは言ってくれなかった。わたしはすぐにでも結婚し、ずっとそばにいたいと思っていた。多分彼は、わたしの仕事のことを慮《おもんぱか》ってくれたのだと思う。

後一年だけ、我慢してくれという彼に、わたしはええと答えた。両親にも紹介し合ったし、一年待てばずっと一緒にいられるのだと信じていた。

あの時、だだをこねていればと思う。わたしも一緒に連れてって、と。そうすれば、たとえ一年でも彼と一緒の時間を過ごすことができた。仕事などどうでもよくなっていたのに、わざとそうでない振りをしていたのだった。

治安の悪い国から怪我一つせずに帰ってきた彼は、博多で少年たちの喧嘩に巻き込まれて死んだ。借りていたマンションから歩いて五分ほどのコンビニエンスストアの近く、十月六日、金曜日の夜中のことだったという。

3

わたしは部屋にたどり着くと、数十分か、ことによると数時間、不在配達票を握り締めてへたり込んでいた。

どうして、今になって。

彼の実家の両親に突然の死を伝えられた瞬間からほんのさっきまで、一滴の涙も流しはしなかった。ショックが大きすぎて、自分にそれが受け止められないことを本能的に知っていたのだろう。お通夜でも、お葬式でも、自分が一体何の儀式に出席しているのかも分からずロボットのように受け答えしていた。いい人だったのに、そうですね、元気出してね、はい、でも結婚する前でよかった、そうですね、ほんとにひどい話ね、はい、この国はどうなってるのかしら、そうですね、はい、そうですね、はい、そうですね、はい、そうですね……。

わたしの両親はしばらく実家に戻らないかと言うし、上司は休みをとっても構わないと言ってくれたが、わたしには彼らがなぜそんなことを言うのか理解できなかった。火曜日からすぐこれまで通り出勤し、これまで以上に黙々と仕事をこなした。

ところが帰宅する段になると、途端に怖くなるのだ。彼と長い時間を過ごしたというわけではないけれど、彼と電話をし、彼からの手紙を読んでそれに返事を書き、そして彼の撮ったビデオレターを繰り返し見た部屋ではある。数えるほどだが、わたしのベッドで愛し合ったこともある。思い出すまいとしても、時折意識に浮上するのは避けがたい。吐き気がし、頭が割れるように痛みだす。睡眠薬を飲んで早々と寝ようとするのだが、そうすると翌日の朝が辛かったりもする。

どうして、今になって。

その疑問に答が出たのは、ぐちゃぐちゃになった不在配達票の皺を伸ばし、見るともなく見つめていた時だった。

期日指定配達。十月十三日。

そんなことはすっかり忘れていたが、今日はわたしの三十歳の誕生日だった。

誕生日やクリスマスといった、恋人たちには特別の日にも、わたしたちは一緒にいられないことが多かった。お互いそういう時は期日指定で贈り物を送ったものだった。彼の赴任していた国にも日本の運送業者が支店を持っていたので、利用していたのはもっぱらそこだった。偏見かもしれないが、配達にも信用が置けるような気がしたのだ。それでも海外の場合は念の為に一週間以上前に出すようにはしていた。日本に戻ってきてからも彼がそうしたとしても不思議はない。

彼が金曜の夜中、コンビニへ行ったのは、この荷物を出しに行ったのではないだろうか？ そしてその帰り、彼は喧嘩に巻きこまれた——。

わたしはそのことに思いいたって、しばらく放心していた。

やがて電話に飛びついて不在配達票に書かれた番号をプッシュする。しかし時刻は十時を回っていて、営業時間を過ぎているらしく何やらアナウンスが流れるばかりだった。

彼が、最後にわたしに贈ってくれたもの。命を賭けて贈ってくれたもの。一体それは何だったのだろう？

わたしはまんじりともせず夜を明かし、営業時間の八時半になるのを待って宅配便の営業所に電話をかけ、すぐにでも届けてもらいたいと言った。今すぐに。土曜日だったのは幸いだった。

じりじりとしながら待っていると、十時前になってようやく配達人がやってきた。判子をつくのもそこそこに荷物を奪い取って、無味乾燥な茶色の封筒を破いて開いた。

荷物の中身は、ビデオテープだった。

4

『……恵、誕生日おめでとう』

　ほんの少し斜めに傾いだフレームの中、俊行がにっこりと笑いながら言った。場所は彼の部屋だ。一度だけ行ったことのある博多のワンルームマンション。最近買い直したデジタルビデオの映像は驚くほどクリアーで、ちょっと前のビデオカメラのざらついた映像とはまるで違う。画面下には10月6日午前0：05とテロップが出ている。

　まるで……まるで、生きているみたいだ、と思った。いや、確かに彼は今、生きている。彼の時間の中で。

『帰れなくて、ごめん。でも明日は会えると思う』

　明日——彼が言っているのは、今日のことだ。今年の誕生日は金曜だから、東京には行けないと言っているのだ。遅くまで働いていたのだろう。そしてその後一旦帰宅して真夜中にコンビニへ寄り、この荷物を出した。そして……

『ほんと言うと、会えなくてよかったのかもしれないって、ちょっと思ってる。このビデオレターを送る理由ができたから。……今までさ、はっきり言わなかったと思うんだ。そりゃ最初に「結婚を前提に」って言いはしたよ。言ったけど、でもこういうことってやっぱりけじめをつけないとね。こう見えても俺、古いタイプだから、ね?』そう言って彼は笑い声を上げた。

こう見えても古いタイプだから、というのは彼の決まり文句だった。ギャグの時もあるし、本気の時もあるのだが、どちらにせよ彼がそれを言うと、わたしたちはいつも笑ったものだった。今はもちろん笑えなかった。

彼は急に真面目な顔つきになって居住まいを正した。

『恵、結婚しよう』

全身の血の気がひいた。

嘘だ、こんなのは嘘に決まってる、わたしは心の中で呟きながら首を振り続けた。

彼が背後から何かを取り出してカメラに向ける。指輪を入れる臙脂《えんじ》色のベルベット・ケース。

わたしは顔を覆い、床に突っ伏して嗚咽をこらえた。俊行の声だけが聞こえてくる。

『——ほんとはこれを送りたかったんだけど、宅配便じゃね。だからこれは明日会った時に。受け取って、くれるね? イエスと言ってくれ』

イエス、イエス、イエス、一生ついていきます、神に誓います、何でもします、だから、お願いだから生き返って——。

『ありがとう。そう言ってくれると思ったよ』

その言葉にわたしは引っかかり、顔を上げた。俊行がわたしを見下ろしている。幸せそうな表情で。

『じゃあ、明日帰るから。——愛してるよ』

ビデオはそれで終わりらしく、スイッチを切ろうとカメラに向かって俊行の手が伸ばされる。これまでもらった中でももっとも短いビデオレターだろう。

「待って！　ちょっと待って！」わたしは呼びかけながら、ブラウン管に触れた。電流のようなものが流れた。

俊行は手を止める。

『何？』

「俊行……生きてるの？」

彼は笑った。

『突然何言うんだよ、生きてるに決まってるじゃないか』

よかった、よかった、俊行はやっぱり生きていた……わたしは安堵に包まれるのを感じた。

わたしは服を着替え、買い物に出ることにした。夕飯の支度のためだ。

スーパーであれこれ買いこんで戻ると、郵便受けの前に立っている男の人が頭を下げた。

わたしも軽く応えて通り過ぎようとすると、遠慮がちに話しかけてくる。

「あの……」

「はい？」

聞き返すと、男はぎこちない笑みを浮かべる。

「何だか、元気そうですね。……よかった」

「は？　どういう……ことですか？」

男は頭を掻く。

「いやあ、だってゆうべエレベーターで、あんな様子だったでしょ？　……その前からずっと顔色も悪かったし……」

突然、記憶が蘇った。昨日恥ずかしいところを見られたのだった。名前は忘れたが、下の階の住人だったはずだ。わたしは足早にエレベーターに向かい、ボタンを押した。ところが男も一緒に乗り込んできた。出かけるところだったのではないのだろうか？

「……どなたか、親しい人をなくされたんじゃないですか？　月曜日、喪服を着てらしたでしょ。その後すっかり面変わりしちゃったから、心配してたんです」

ぎょっとした。彼はわたしのことをずっと見ていたというのだろうか。

「……あなたの顔を見ると、何だか元気がわいてくるんですよ。真っ直ぐで、迷いがなくて、満ち足りてる……そんな雰囲気で」

そんなことを言われるなんて意外だった。でも嬉しいというよりは、気持ち悪いという感情の方が先に立つ。わたしにはほとんど見覚えがないというのに、彼の方はわたしを見つめ続けていたというのだから。その上心理分析までされて気持ちいいわけがない。

彼は首を振った。

「でもこの一週間は、見ちゃいられなかった。真っ青で、今にもぶっ倒れそうで、目はうつろで……どうしたんだろうって心配してたら、とうとうアレでしょ？　ゆうべは心配で眠れませんでした……」

エレベーターは六階に着いた。わたしが降りると、彼も降りる。

「あの……下じゃないんですか？」

今動くとついてこられそうで、すぐには部屋へ行きたくなかった。

「え？　ああ、六階まで来ちゃったのか」

彼はわざとらしく頭を搔き、振り向いたが、すでにエレベーターの扉は閉まって、下に動き始めていた。彼は下向きのボタンを押して、照れ笑いを浮かべる。

「参ったな。――でもよかった。あなたが元気を取り戻してくれて。いいことが、あったんですね？」

わたしは黙って去りかけたが、足を止めて言った。「――もう会えないと思った人が、戻ってきてくれたんです」

「……恋人……なんですか？」

遠慮がちな質問に、わたしは自慢げに答えていた。「ええ。婚約者なんです」

5

わたしは来る日も来る日も、家にいる時はずっとそのビデオテープを回し続けた。そうすればいつでも変わらぬ彼に会えた。

突然わたしの様子が変わったのには、同僚や上司たちは森山以上に驚いていたが（それも当然だ）、深く追及はされなかった。変に思われないよう、あまり明るい態度は見せないよう心がけてはいたが、それでも隠せないものらしい。みんなはわたしの頭がおかしくなったとでも思ったのか、ますます気を使っている様子だった。

でも、どう思われようと構わない。とにかく俊行が生きていること。大事なのはそれだけだった。

他にも二十本近くあるテープはどうだろうと試してみたが、彼が息づいているのは最後のテープだけのようだった。彼が殺される瞬間、まだコンビニに置かれているビデオテープに彼の魂が乗り移ったのだろうか。それともわたしの想いが、彼の魂をここに呼び戻したのか。

どちらでもいい、話ができるだけで――そう思ったのは最初のうちだけだった。

わたしはテレビ画面の中の彼の顔を指でなぞった。彼の眉、耳、鼻、そして唇。

『やめろよ、くすぐったい』

「やめない」

唇を合わせる。生暖かいガラスが唇に触れ、狂おしい気持ちになる。

彼はこうしてここで生きているのに、身体で触れ合うことはできない。話ができるだけでも幸せだった。でも、苦しい。もちろん抱き合っている瞬間でさえ、もどかしく、苦しい気持ちになることは分かっている。愛し合うことがこんなにも苦しいと、わたしは彼に教えられた。でもやっぱり、触れ合えないこと、こうして話ができるのに指一本触れられないことに、窒息しそうな思いだった。

「愛してる、愛してる、愛してる、愛してる……」

『ぼくだって愛してるよ』

「お願い、抱いて」

「無理言うなよ。ぼくはここにいるんだから。明日になれば……ね」

あなたに「明日」はないの……あなたは十月六日の真夜中に死ぬのよ……心の中でそう叫んだ。彼はずっと同じ時間の中に閉じ込められているのだ。

「明日って何日？　明日って何日のこと？　いつ会えるの？」

『明日は……明日さ。十月十四日だよ』

十月十四日はとうに過ぎたわ——そんな言葉をわたしはまた飲み込む。

「ね、手を見せて」

『手？　こうかい』

彼は、占いでも見てもらうみたいに手のひらを上に向けてカメラの前に差し出した。

「そうじゃなくて、手の甲を見せて。その方が好きなの」

『こう？』

彼の指が好きだった。あの指に触れられると、どこであろうと性感帯になるようだった。わたしはぺたりとフローリングの床に座ったまま、下着の中に手を入れて敏感なところをいじり始めた。

『おい、何するんだよ』彼は慌てた様子で言う。

「……あなたの指で……いきたいの」

彼は、仕方のない子だなあとでも言いたげに首を振って、急にいたずらっぽい顔をすると、差し出した指をいやらしくくねらせ始めた。

『こうか？』

あ、とわたしは声を漏らした。指が、生き物のようにわたしの中に滑り込んだからだ。

「……わたしだけじゃ……恥ずかしい……」

彼がごくりと唾を飲み込むのをわたしは聞き逃さなかった。

『分かった分かった。つきあってやるか』

そう言いながら彼はズボンを脱いだが、すでに灰色のブリーフは高く盛り上がっていた。

「見せて……お願い、見せて……」

ちょっと躊躇する様子を見せたが、結局彼はブリーフを剝ぎ取って、勃起したペニスを見せてくれた。わたしはブラウン管に再びにじり寄ってそこに頬ずりする。

『気持ちいいよ……』

彼が快感に目を閉じた時、後ろで気配がした。

「やめろ！」

振り向く前に怒鳴り声が聞こえる。

ドアに鍵をかけ忘れたのだろうか、あの男が立っていた。すぐには名前を思い出せない。

森山……だったかしら。

「な……なに……どうして……？」

恐怖よりも恥辱が先に立ち、スカートの前を押さえた。

「そんなことするなよ！　そんなこと……」

彼は喚きながらわたしを押し倒し、のしかかってきた。はあはあとすでに荒れた息が、うなじに熱い。

「あんたが好きだった、好きだった、好きだった……」

服の上から顔を胸に押しつけて、泣きながら喚き、べとべとと涎《よだれ》をつけまくる。手はわたしの下半身を撫で回し、脱げかかった下着を剝ぎ取ろうとする。

「いや！　やめて！」

彼は抵抗するわたしの両手首をまとめて握ってぐいと胸に押しつけると、血走った目で見下ろしながら意外なことを口にした。

「俺、知ってるんだ。全部知ってるんだ。あんたの恋人は死んだんだろ。会社に電話したらすぐ分かったよ。新聞ひっくり返したらちゃんと載ってた。商社マン、少年に刺されて死亡ってな。──こんなビデオなんか見てオナニーしてんじゃねえよ。俺が本物を入れてやるからさ」

恐怖と悲しみの入り交じった涙がこぼれた。

「死んでない……俊行は死んでない……生きてるのよ……そこで生きてるの……」

「死んだんだよ！　いい加減忘れろ！　俺が忘れさせてやる」

『彼女から離れろ』

頼もしい、けれども少し震える声が言った。

「あ？」

森山が、怪訝な顔つきでテレビの方を向く。その瞬間、わたしは思い切り彼の股間を蹴り上げた。うっと呻いて股間を押さえた彼を跳ね飛ばすと、四つん這いのままキッチンまで逃げる。

わたしが流しから包丁を取って向き直った時も、彼は苦痛をこらえながら、まだテレビ画面に見入っていた。

「何だよ、一体。ビデオじゃねえのかよ」

彼はおそるおそる手を伸ばして、テレビの下で動いているビデオデッキを見つめる。目の前にリモコン。彼はそれを取り上げると、ストップボタンを押してテープを止めた。画面は青一色となり、右隅に「ビデオ」と表示が出た。

「なんだ……やっぱりビデオじゃねえか。脅かすな」

プレイボタンを押したらしく、また俊行が現れる。

森山はただのビデオだと確信した様子で頷くと、こちらへやってきた。

「来ないで!」

「いいじゃないか。フリーなんだろ? 寂しいんだろ? 俺もだよ。あんたのこと考えて毎日してたんだ。実は一枚、下着をもらったこともある。盗んだんじゃない。ほんとだ。ベランダに落ちてきたんだよ。凄くエッチな下着だった」

わたしは包丁を両手で握り締め、お腹の前で構えながら言った。

「怪我するわよ」

『彼女に手を出すな！』俊行の声が響き渡る。

森山の顔が醜く歪んだ。次の瞬間、彼は振り返りざま、何か叫びながらリモコンに飛びつくと再びテープを止め、イジェクトボタンを押してビデオテープを取り出す。

「何だよこれは！」

彼が鬼のような形相でテープを床に叩きつけると、どこかが割れて黒いプラスチック片が一つ飛んだ。

「やめて！」

彼がカセットを踏みつけようと足を振り上げた時、わたしは体当たりしていた。

バランスを崩して倒れた彼の脇腹に、深々と包丁が突き刺さっている。

「痛い……痛い……何すんだよ……ひどいよ……」

彼はパクパクと口を動かしたが、そこから血の泡が噴き出してきて、何を言っているのか分からなくなった。

わたしは慌ててカセットを取り上げ、状態を確かめた。角のところが欠けているが、機能的には問題なさそうだった。それにもしケースが壊れても、詳しい人に頼めばテープは何とかなるに違いない。ふうと安堵のため息を漏らした。

最後にごぼごぼと音がして、やがて森山は静かになった。

わたしは人を殺した、博多の名も知らぬ少年が俊行を殺したように。そんなことをぼんやりと思いながら、わたしはビデオをデッキに戻し、プレイボタンを押した。

『……大丈夫か、恵』

変わらぬ俊行の姿があった。

「ええ。大丈夫……わたしは大丈夫」

俊行は、わたしの傍らに横たわる森山に視線を送った。

『死んだのか』

「多分」

重苦しい沈黙。

わたしは何か考える気も起きなかった。人を殺したことへの後悔も、恐怖もなかった。ただこのすべてにひどく疲れていた。うなだれて床に手を突いた。

『どうする』

「……分からない。どうしたらいいの」

『ぼくにいい考えがあるんだけど』

いい考え、という割には重い口調で彼は言った。

わたしはのろのろと顔を上げ、彼の言葉を待った。

＊

一週間後、都内のある警察署の一室で、一人の若い男が退屈そうな様子でビデオに見入っていた。そこへもう一人の男が入ってくる。

「よ、俺にも見せろや」

「松下さん！　相変わらずこういうことには鼻が利きますね」

「プライベートビデオなんだって？」

「多分ね。……でも今んとこずっと寝てるだけですよ」

「寝てるだけ？　どれどれ」

若い男が言う通り、画面はどこかの部屋のベッドを映しているだけ。ベッドの上では、女が男の胸に頭を預けるようにして眠っている。二人とも、満ち足りた表情をしていた。

「やった後じゃないのか？」

「最初からこうです」

「……寝てるとこ撮ってどうしようってんだ」

「さあ。間違えてスイッチが入っちゃったとか」

「……で、この女が、容疑者か？」

「ええ、そうです。行方はまったく摑めてません。財布もクレジットカードも残ってますし、まるでこの世から消えちまったみたいで」

「ふうん。妙な話だな。この男の方も刺し殺されてるんだろ？」

「そっちは片づいてます。喧嘩に巻き込まれただけで」

「恋人を殺されて錯乱した女が、新しい恋人を刺したってことか」

「そんなとこですかね。聞き込みでも、突然明るくなったんで変だと思ってたと言ってますし。今時《いまどき》の子は、恋人が死んでも一週間もすりゃ立ち直るんですかね」

「お前だって今時の子だろうが」

「そうなんですけど」

しばらく二人は、眠り続ける二人を黙って見つめていた。

「一つ、妙なことがあるんですよ」若い男が言う。

「何だ？」

「このテロップの時間にはですね、二人は一緒にいられたはずはないんですよ。男は博多、女は東京にいたことが確認されてます」

「じゃあ何だ、ここに映ってるのはよく似た他人なんじゃないか？　少なくともどちらか一方が。そうでなきゃテロップが間違ってるんだろ」

「そう……でしょうねえ。多分ね」納得してない様子で、若い男は呟く。

「ちぇっ。期待して損したぜ。腹減ったな。メシでも食いに行くわ」

松下と呼ばれた男は立ち上がって部屋を出て行く。

「ちょ、ちょっと待ってくださいよ。ぼくも行きます。えっと、リモコンどれだっけ……」

「ほっとけ。どうせ終わったら元に戻るさ」

若い男はその言葉に納得した様子で、ビデオを止めずに部屋を出て行く。

ドアが閉まり、しばらくして画面の中の女が目を開いた。

『行ったみたい』

『……そうだね』男も片目を開き、言った。

『ねえ……もう一回、いいでしょ?』

『もう一回? ……恵はいつからそんな淫乱になったんだ?』男が笑う。

『だって……ずっと会えなかったんだもの……』恥ずかしそうに女が言う。

男は女の髪を撫でながら言った。

『これからはずっと一緒だよ。——ずっとね』

スコーピオン

―島村洋子

島村洋子（しまむら・ようこ）
一九六四年十月三十日、大阪府に生まれる。第6回コバルトノベル大賞を受賞してデビュー。著書に『美人物語』（光文社文庫）、『ポルノグラフィカ』（中公文庫）、『メロメロ♥』（双葉社）がある。最新刊は『家族善哉』（講談社）ホームページ「Shine Beauty」http://www.hcn.zaq.ne.jp/cabbx202/index.html

天蠍宮《てんかつきゅう》

毎年の太陽通過　10月24日頃から11月22日頃
不動の水の宮
支配星　変容の星・冥王星
鍵言葉　我欲す（I desire）
色彩　黒

人体対応　性器
記号　サソリ
長所　粘り強さ、洞察力
短所　執拗、閉鎖的

毎年、太陽は晩秋に天蠍宮に進んでいく。この季節には、地上が冬に向かって大きく変化していく。神話世界においては、傲慢な英雄オリオンを一撃で倒したサソリが、この天蠍宮のシンボルであるとされている。

天蠍宮は十二宮のなかでも最も深い神秘に満ちた星座である。自然界の隠された秘密、生命と性と死の秘密すべてが、この天蠍宮によって支配されているといわれているのである。この宮の生まれの人は、一見穏やかだがその背後にはすさまじいほどのエネルギーを秘めている。ものごとを根本のレベルから打ち破り、新しくすべてを再生させることができるパワーを秘めているのである。その素顔はなかなか表《おもて》に現れては来ないが、いったん動き出した天蠍宮を止めることはだれにもできない。秘められたるカリスマ、魔力、権威、変容、そして霊的な力がこの宮には潜在しているのだ。

（鏡リュウジ）

1

ホテルの宴会場のトイレの横にあるパウダールームの椅子に座り、口紅を塗り直していた。

鏡のうしろを知った顔が通るたび、私は振り向いてあいさつをするが、場合によってはあわてて顔に粉をはたく真似をして相手に気がつかないふりをすることもある。お互いのためにあいさつをしないほうがよい関係もあるのだ。それも仕事のうち、長いあいだ同じ世界にいていつの間にか身につけた知恵のうちのひとつなのかもしれない。

秋はパーティーの季節である。

パーティーがあるから、と私は自分にいいわけをしてパーティーの数だけ服を新調する。今年は四枚、買った。すべて出版社主催の新人賞のために、である。

だってその新人賞は本当は全部、私がとったものなのだから。

「呼ばれたパーティーには全部、出席する」というわけではないが、自分のスケジュールとその日程がうまく合致した場合には出席することにしている。

とはいえ、パーティーに出て浮かれるのが本来の私の仕事ではない。私の仕事は小説を書くことである。

好きなことを勝手に書いていてもそれを他人は「仕事」とは呼んでくれない。私は仕事として小説を書いているので、注文があるときだけワープロに向かっている。

デビューしてから今まで、忙しくて忙しくて仕方がないというわけではなかったが、それでもキイボードを打たなくてもいい日は一日もなかったので、まあまあだったということになるだろうか。

私は長い小説に興味がない。読むのはいやではないが、それでもたいがい読んでいるうち、これ半分でいいじゃん、と思う。

主人公がドアを開けて入ってきて、手を洗ってご飯を食べるシーンなどを、美しいわけでも技術的にも斬新でもないのに、ただひたすら懇切ていねいにしているものなど、紙の無駄だとも思う。「余裕のある書き方」と「贅肉」とは明らかに違うのに。

「食べた」というところから始められないのだろうか、どうせ粗筋の説明でしかないレベルならば、ということをある人にしゃべったところ、〈その人〉は急に目を輝かせて言った。

「私はまさしくそれを島村さんにお話ししようと思っていたんですよ。だから短編小説書きませんか?」

〈その人〉(容貌など具体的なことはここではいえない)は、出版社の社員ではないが、業界人であることはまちがいない。今は小さな会社をやっているという。詳しく経歴は知らないが、以前はどこかに勤めていたのかもしれない。魚のように業界をすいすい泳いでいるのだろうか、しかしそのわりに噂はあまり耳にしない。

出会ったときから〈その人〉は自分の経歴についてはほとんど口にしない。しかしこっちのことは恐ろしいほどよく知っていた。誰も知らないようなパンフレットに書いた原稿用紙一枚程度のエッセーのことも私のやった仕事については完全に知っていた。本人が忘れていた仕事についても記憶していた。

単に「仕事熱心」というのではなく、何かに取り憑かれたように詳しかった。

私が一度だけ雑誌に発表して、とっくの昔にどこかへうっちゃってしまった少女小説の主人公の名前まで知っていた。もしかするとこの人は、私の書いたどの文章も暗記しているのではないか、と私は〈その人〉と話しているうち、怖くなることすらあった。

しかしそれでいて時々は一緒に食事をしたが、仕事については具体的に話は進まなかったので、私は〈その人〉のことを不思議だ、とは思っていた。

「何に書くの?」

私はどこかの雑誌のことなのだろうかと思って、期限や枚数を想像しながら〈その人〉にたずねた。忙しいといえば忙しかったが、私はいつも暇といえば暇なのだ。

自分が熱中できる仕事をしていればどんなに忙しくても私は幸福だし、そんなに夢中になれない仕事をしているときは自分の感覚としてはうんざりするほど暇なのだ。

「島村さんは短編がうまいじゃないですか」

〈その人〉は言った。どうして「短編も」と言わないのだろう、と私はいらいらするけれど、それは顔には出さない。私は黙っている。これは「もっと褒めて」の合図である。

「結局、小説誌なんて有名どころと期待の新人しか載らないシステムになってるんですよ。しかしいわゆる有名どころがそんなにうまいと思いますか？」

「うまい人もいるし、そうでもない人もいるでしょう」

と私は言った。うまい人として二人浮かび、そうでもない人として頭に即座に三人浮かんだけれど、私は決してその名を口にはしない。

「最近は編集者もみんなサラリーマンになってしまって、目利きなんかいないんだから、その有名どころにお願いにいくか、なんか有名な賞を取った新人のところにしか行かないんですよね。行かないというか、行けないんでしょう、企画も通らないいんだろうし」

へえ、そうなの、と私はあいまいに返事し、たぶん目利きであろう編集者を三人ほど思い浮かべ、そして無数の編集者という名のサラリーマンを思い浮かべた。もちろんその名を口にはしない。

「島村さん、自分が本当はどのくらいの力があるのか、試してみたくないですか？」

「それってどういう意味？　小説偏差値とかがあって客観的に力がわかるってことなの？」

私の問いかけに〈その人〉は小さく笑った。

「ちがいますよ。小説を売るんです」

「それが私の仕事じゃん」

私が言うと〈その人〉は笑いながら、首を横に振った。〈その人〉が言うには、〈その人〉がやっている会社のインターネットのホームページで、小説新人賞に応募したい人に小説を販売しよう、というのである。もちろんすぐにはそれとわからない形で、希望してきた人をうまくふるいにかけるというのだ。

そして口が堅くてきちんとした人を選び、どの新人賞に応募したいかをきき、条件が合えばそれにあったように書きわける。多数の申し込みが会った場合は〈その人〉が面接し、いちばん高いお金を出した人に原稿を渡す、という。もちろんその原稿を書くのは私である。

「だけど」

と私は言った。

「それを書いたはいいけれど、新人賞を取れなかったら私も情けないし、もし取れたとしてもその受賞者は今後、原稿の注文があっても書けないじゃないの、どうするの?」

「島村さん、世間を知らなすぎますよ。世の中にはたった一回でいいから新聞に自分の名前が出たら死んでもいい、という人間がたくさんいるんですよ。その後はその人も近所では『才能がある人』ということになるんだろうし、同窓会かなにかがあれば鼻たかだかじゃないですか。それに大手の出版社とつながりができるだけでも百万や二百万なんて安いものだと考えている人間はいっぱいいるんですって。ああ、それで賞金ももちろん、私たちがいただくんですよ」

私は驚くより、おかしくなってほほ笑んだ。本当にそんなものに金を払うものがいるだろうか。自分のものではない作品を褒められて喜ぶような人間が。

「十パーセント、私がいただきますけれど、いいですか？」

「もし依頼が来るならね」

半信半疑で〈その人〉の申し出にそのときの私は返事をしたのだった。

そしてその後、私は二年の間で新人賞を七つ、取ったことになる。最終選考で落ちたことはたった一度だけある。

私はその落ちたときの選評があまりに的外れで悔しかったので、自分の机の前に貼ることにした。この世にはこんなこともある、という自分に対しての戒めとして。

そしてその作品のことを目茶苦茶に貶《けな》した選考委員とは顔見知りであるが、私はそれから一切、その作家とは口を利かなくなった。向こうがそのことに気が付いているのかどうかはわからないが。

この事実を知っているのは私を含めてたった十人である。めでたく新人賞をとった七人と最終選考で落ちた人と私とこの企画をした〈その人〉だ。

その新人賞を主催している出版社の編集者が、その受賞者を抱きかかえんばかりにしてつ

れ去ろうとして私にぶつかったりするとき、私はよっぽど、

「おいおい、それ私が書いたんだよ」

と言ってやろうかと思うが、いつもぐっとこらえる。

これは売春と同じで金品の受け渡しが終わったら、お互い他人である。特に私は受賞者と顔を合わせて口をきくことなどはない。その受賞作を私が書いたことすら、受賞者は知らないのかもしれない。すべては間に入った、〈その人〉を介して決まったことである。

税金のまったくかからない、表には絶対に出てこない収入は毎年千五百万ほどになった。ついには「島村洋子」名義自体の収入よりもそれは多くなった。

新人賞だけではなく、ある有名作家の代理原稿をその人の名で書いたことも二度ある。正確なところの背景は私には知らされなかったが、きっとその作家があまりに忙しくてどうにもならなかったところにうまく〈その人〉が話を持ちかけたというところなのだろう。

その短編はたいして褒められもしなかったが、けなされもしなかったところをみると、多分、誰も気が付かなかったのだろうと思われる。

もしかしたら「読まれている」と思っているのは作家の側の自惚《うぬぼ》れで、よっぽどのことがない限り小説誌に載った短編などはかなり有名な作家のそれだとしてもほとんど読まれてはいないのかも知れない。

もちろんその雑誌の担当編集者は知らないことである。その作家の家からファクシミリは

送信されたのだから。

そのあとすぐにびっくりするほどたくさんのお金をもらった。きっとその作家は自分がもらうはずになっている原稿料の五倍近くを私に払ったのではないかと思う。もちろん口止め料も含む、ということなのだろう。そして事実私は誰にも言わなかった、今こうして書きはするけれど。

とはいえ私が欲しかったのは、「金」ではない。いいかっこうを言っているようだが、本当にそうなのだ。

初めに私が考えた「小説偏差値」ではないけれど、自分が作家としてどのくらいの技術があるのか、書くことに対する燃えるような思いが自分にあるのかをもう一度、考えてみたかったし、たいしてうまくもないのにちょっと見てくれがいいだけでグラビアに出てくる才能なしの女たちや、もう死にかけの昔取ったきねづか男連中より本当に私はよいものが書けているのか、と自分でも常々疑問に思っていたことを確かめたかったのである。

私は字を覚え始めたこどものころから物語を書き続けてきた人間だったのに、今では評価されるものはすべて「男と寝た話」である。もちろん男と寝た話も悪くはない。それも私である。しかし私自身は自分がそればかりではない、と知っているのにどうしてそれをうまく伝えることができるのだろう。

もし私が「島村洋子」ではなかったら。

この中途半端なキャリアで、少女小説家あがりの「島村洋子」でなかったら、私はいったいどう評価されるのだろう。それともそんなことは何の関係もないことなのだろうか。

以前もこれに似た考えを持ったことがある。あまりに昔のことでもういつのことだったか思い出せないけれど。


気が付くと鏡の後ろに大きな花を胸につけた女性が立っていた。今日の受賞者である。私とは初めて会う。私にとっては七つ目の栄冠だ。

「このたびは本当にお世話になりました」

私は頭を下げながら周囲を見渡した。下読みもしていないし、選考委員でもない私が、受賞者に「お世話になりました」と言われているのを見られるのはよくない。さいわい、トイレには私たちしかいないようだった。

「あ、それはおめでとうございます」

事情をちゃんと知っているように振る舞っていいのか、そうしてはいけないものなのかもよくわからないのでとりあえずそう言っておいた。

「今日、私の誕生日でもあるんです。だから二重にうれしくて」

そういえば私の授賞式も二十一の誕生日の夜だった。秋は新人の季節なのだ。

よく見ると彼女は長い髪を肩まで垂らしたなかなかの美人だった。

美人はよくない、と私は内心、思う。

容貌で注目されたら原稿依頼が多く来ることもあるだろう。きっと何も書けないであろうこの人はそれをどうやって断るのだろう。

せっかくのチャンスなんだから書いてみようとして、とことん編集者に直されたりするのだろうか。そして挫折して夢半ばにしてあきらめ、近所の名士として生きていくのだろうか。この賞も才媛としての花嫁道具のひとつになるのかも知れない。そんな気もする。

それともいったん作家というものになってしまえば下手でもそれなりにやっていけるのだろうか。それもそんな気もする。

大きな花の下の名前は「清水佐登子」とあった。翌年、あるいは次の年にでもその名前を新聞広告で私は見るだろうか。

私は見ない方に百万賭けてもいい、見ないほうのオッズの方がずいぶん低い賭けだな、と思いながらその名を見つめていた。

いや案外、美貌の女流は私の知らない生き残り方があるのかも知れないとも思う。

私は立ち上がり、広くて光にあふれたパーティー会場に出た。

「今月のカクテルです」

ロングドレスの女性が盆からエメラルドグリーンのきれいなショートカクテルを取って私に手渡そうとする。

「なんて言うカクテルですか?」

私は紙ナプキンで手を拭いながらたずねた。

「スコーピオン。今月は蠍座です。でも毒は入ってないですよ」

彼女はそう言って、私のすぐ後から花を持って会場に現れた清水佐登子にもそのカクテルを渡した。

2

「あの賞を取った清水佐登子ってなんとなく島村洋子さんと作風が似てますね、なんとなく文章の感じとか」

たまにそんなことを言われることがあった。新刊のタイトルが決まらなくて毎日のように電話で話し合っているこの編集者も突然、そう言った。

「そう? まだ私、ちゃんと読んでないけど」

そう言いながら、似てるのは当たり前じゃない、私が書いたんだから、と内心つぶやく。

「結構、若そうに見えるけどあの人、こどもがふたりいて、島村さんよりも年上なんですよね」

「えーっ、全然そうは見えなかったけど。ちょっとだけトイレで見かけただけなんだけど」

私は言った。自分より年上の人だったのならもうちょっと丁寧に挨拶しておけばよかった、と思う。

芸人の世界は一日でも早くその世界に入った人が「兄さん」であり「姉さん」であり、それは絶対である。ふつうの会社でなら同い年だとしても、高卒で早く入社した人に後から入った大卒が敬語を使うのは当たり前である。何より入社年度が優先するのだ。しかしこの世界はそこらへんが曖昧である。

私のように若くデビューして長くやっている者がいたりするし、遅いデビューではあるがすぐに大御所感を漂わせる人もあるし、ほかの世界で活躍してからこっちにやってくる人も少なくないのできっといろいろ難しいことがあるのだろう。

基本的に私は年上の人には敬語を使っている。何年もタメ口をきいていたのに売れたら急に尊大になって突然、新人に説教をたれる人もいるし、それとは反対に何があっても態度は変わらず穏やかな人格者もあるが、それはその人の持っている「教養」のなせるわざである。そして私はちゃんとした教養を持った人をこそ敬したいと思っている。バカには「バカ」とちゃんと言えるようでもいたいとも思う。とはいえバカにバカと言っていたら、世の中バカばかりなので喉が嗄《か》れるに決まっているのだが。

私がそう考えてひとりで笑ったそのときプップッと割り込み電話の音がした。

「キャッチですか？　じゃあまた来週、電話しますよ。こちらでもタイトル考えておきますから」

と電話はあわてて切られたので、割り込みのほうに出てみたら、〈その人〉だった。〈その人〉は世間話で電話をかけてくることなどない。

「もうあの仕事はなしにしてください。ちょっと噂になりはじめているようですから。いえ、心配するほどのことはありません。しかし私とあなたがお会いすることももうないでしょう」

字にすると事務的ではあるが、それなりの温かみの感じられる声で〈彼〉は言った。〈彼〉は中年のなかなかのいい男だった。私の好みのタイプではなかったけれど。

「わかりました」

私は言った。いつまでもこんなことをしていていいわけはなかった。

どうあがいても私は「島村洋子」でしかない。今までずっとそうだったし、これからもずっとそうなのだ。

舞台に上がって一度でもライトと拍手を浴びた人間が役者をやめられないのと同じこと。

私はこの名前で書き続けるのだ。私を取り巻く状況がどう変わろうとも私がすることは死ぬその日の朝まで同じこと。書くのだ。それが私の望んだことだから。

「デビューした六人は消えましたけど、きっとひとりは残りますよ」

唐突に〈彼〉は言った。

「誰が、ですか?」

「清水佐登子です。彼女はきっと残ります」

美人だからですか、それとも何か他に力があるからですか、もしかして万にひとりの強運の持ち主だからとでも言うつもりですか、と私はきこうとしたが、すぐにやめた。ばからしい。

そんなことどうでもいいのだ。どちらにせよ、彼女の受賞作はまちがいなく私が書いたのだから。

「賭けますか?」

私は思わずそう言った。

デビューできる力のある人間ははなから他人に原稿なんかを頼まない。その力がないから彼女は私の力を借りたのだ。その人間が書く作品がこれから認められるとでも言うのだろうか。それともデビューさえできれば何とかなるものだとでも言うのだろうか。

「よしたほうがいい。あなたが負けるよ」

電話口の〈彼〉は自信満々でそう言った。

「たしかにあなたはうまい。でもうまいだけじゃどうにもならないこともあるんだ」

私は〈彼〉の言葉を最後まで聞かなかった。我知らず受話器を置いていたからだ。

プロ野球の最下位チーム、その二軍のバッティングピッチャーだって、少年時代生まれた町では「天才」と言われたはずである。

とはいえ「エースで四番」の華やかな高校時代があり、その後ドラフトで大金をもらったとしてもすばらしいプロ選手生活を送れるとは限らない。むしろそうではないケースの方が多いのだろう。

私も生まれた町では「天才」だった。学校新聞にしろ夏の課題図書感想文コンクールにしろ、活字になる物にはすべて名前が載った。初めのうちは喜んでそういうものをいちいち集めていた親もいつのまにか慣れっこになって、小学校を出る頃には褒めてもくれなくなった。小論文ひとつで主席で大学に入った。しかしそのくらいの者はプロになってみればいくらでもいる。

なるほど松坂大輔はめったに出てこないかも知れない。しかし荒木大輔クラスはいくらでもいるのだ。

誰にちなんで松坂が「大輔」と名付けられたのか、もう誰もその理由を考えないとしても。

3

結局、私は賭けなくてよかったのだ。

翌年のそのパーティーでの清水佐登子のまわりには馬蹄《ばてい》形に人垣ができていた。

清水佐登子はデビュー後、すぐに出版した多重人格者の告白の形をとった書き下ろしの長編小説が大当たりして、もうその名を知らない者はこの世界にはいなくなっていた。

玄人うけする作風ではなかったが、素人に大受けしていればそんなことを気にする必要もない。彼女を人気作家にしてくれたのは前者の側ではないのだから。

多分、もう彼女の方へ挨拶しに行くのは私の方から、なのだろう。私はそれを「屈辱」とは思わない。「世の中は不思議に満ちている」とは思うけれど。

今回の受賞者のことは私はまったく与り知らないことである。もうあれ以来、〈その人〉からは電話もかかって来ない。

私たちが関係しようがしまいが、私が生きようが死のうが今日も新人作家はデビューする。まるで朝起きたら必ず配られている新聞のようにそれは毎日、毎日、どこかで生まれる。私は多分、ずっとそれを眺め続けるのだ。当事者なのか傍観者なのかわからない不思議な感情のまま。

「あれが清水佐登子さんのご主人ですって。わりとすてきな人よね」

「何してるひと?」

背後の声に誘われるように私は噂の方向を見た。

「俳優さんですって。テレビなんかにはあまり出ないみたいだけど、舞台では結構、実力派で有名らしいわよ」

噂されている人物を見ると、それは〈その人〉だった。〈その人〉は清水佐登子につかず離れずの位置で、ほほ笑みを浮かべてたっていた。

急に私の足元に穴が開き、ふかふかの絨毯が敷かれたパーティー会場の床がずぶずぶと底無し沼のように私を飲み込んで行くような感触にとらわれた。

「ね、島村さんちょっと」

そのとき私の背中を突っつく人があった。

「ああ久しぶり」

私はやっとの思いで声を出した。長いあいだ親しくしている編集者だった。うまく笑顔が作れたかどうかは自信がない。

「ね、大丈夫？　もしかして酔った？」

私は首を振った。

「乾杯のビール、飲んだだけよ」

「そう、ならいいけど。ね、ちょっと来て」

彼女は私をトイレの前まで引っ張って行った。

「変な噂、聞いたんだけど」

小声で彼女は言った。

「あのこと」が噂になっているのだろうか。「清水佐登子のデビュー作を書いたのは私である」ということが。それどころかまだ他に六人もいる、ということが。

それは犯罪なのだろうか。私は罪になるのだろうか。清水佐登子も罰されるのだろうか。どちらにせよ私は、もうこういうところに来られなくなるんだな、とぼんやり思った。傍観者でいるのも案外、心地よかったかもしれないのに、とも考えていた。

「そんな馬鹿なことないわよ、って私は言っておいたんだけど」

彼女の口元を私はぼんやり見ていた。パクパク動く水槽の中の熱帯魚の口にそっくりだ、と思いながら。

「清水佐登子さんがね、デビューできなくて苦労していたときに島村さんの代理原稿を書いていたんだって。島村さんは若いときにデビューしたのはよかったけれど、少女小説の何冊かを自分で書いただけで、あとはまったく小説はおろか長いエッセーとかも書けない人で、それを全部、清水さんが書いていたんだって」

「そんなこと、あるわけないじゃない。もしそうだとしても清水さんに何の得があるの？」

私は言った。酔っているのだろうか、本当にくらくらする。このままずぶずぶ溺れてしまいそうだ。

「清水さんは本当に小説を書くのが好きな人だから、誰の名義でもいい、自分の書いたものが活字になれば、って思っていたんだって。だけどある日、一念発起して去年のこの賞に応募して受賞したんだって。それだけじゃなくて、ある有名作家の代理原稿も二回ほど書いたらしいって」

彼女はあの有名作家の名前を挙げながら言った。

その作家の代理原稿を書いたのも私だ。清水佐登子のデビュー作も、島村洋子の原稿もまちがいなく私が書いたのだ。

「ただの噂にしたって、よくもそんなデタラメ思いつくね」

私は息を吐きながら言った。

「私もまさかと思って昨日、噂になっている作品を読んでみたら確かに作風というか、文章はそっくりなのよね」

そりゃそっくりでしょうよ、同一人物がした仕事なんだから、と私は笑った。なんとでも言え、という気がした。

私は胸を張って会場に戻った。

「もっと飲むよ、私」

私は笑ってそう言った。

その噂を流したのはきっと〈その人〉なのだ、という確信があった。しかし〈彼〉はなぜそんな何の得にもならないことをするのだろう。

妻をデビューさせたかったのだとしたら、そのために私を利用したのだとしたらもうこれでいいではないか。〈彼〉の思ったとおりに清水佐登子はもう既に売れっ子作家になったではないか。

私は〈彼〉に駆け寄って問い詰めたい気持ちになったけれど、この場ではそんなこともできない。

もしかして、と私は思った。

彼は最初から知っていたのだろうか、あのことを。

こどものときから「天才」だった私。作文がうまかった私。夏の読書感想文ではいつも褒められていた私。なのに大人になってからはいくら小説を書いても認められなかった。

私はただただデビューしたかった。デビューさえできたら私はそれなりにやっていけるはずなのに。

ほんの五年ほど前のことだ。私は若くデビューした少女小説家だったある女性に偶然に会った。結局、私はその女性の名前を買ったのだ。

十年ほど前、少女小説家だった私と同い年の「島村洋子」という女性は、ある地方都市で素封《そほう》家と結婚し裕福で幸福な妻になっている。こどもも三人いる。男の子と女の子と女の子だ。

話を聞いてみるとべつに彼女は思い詰めて作家になったわけでもなく、短大を出た年に初めて原稿用紙に小説を書いたら、賞をもらって運よくデビューできたという。

「なんか、困ってたんですよね。そんなに私、根性があるタイプでもないですし」

彼女は言った。その口調に嘘はなさそうだった。

私は今でも彼女に印税の半分を払い続けている。しかしそんなことがどうだというのだろう。自分の書いたものが活字になる喜びと比べたら。

「私、少女小説以外、書く気もなかったです。やっていけるとも思わないし、興味もないし。あなたがそんなにこの名前でいいのなら、どうぞ」

彼女はあっさりとそう言った。ずっと囲い込まれていて顔もほとんど知られていないので、うまくやればいけるんじゃないですか、と。

私は不思議だった。私が欲しくて欲しくてたまらなかったものをこの人は興味もないと言う。

「私、夫と仲良く暮らせたらいいです。本は読むもので、書くものじゃないわ」

ただデビューさえできれば、ただ作家にさえなれれば。私はそのことだけを念じながら生きてきたのに。

そして私は今、ここに立っている。

「今月のカクテルです」

渡されたエメラルドグリーンのカクテルを私は手に取った。

この会場を魚のように泳いでいるあの作家もこの作家もきっと本当の自分自身ではない。そこには男も女もなく、本名もペンネームも、合作も盗作も代理原稿も何もない。そこにいるのは「作家」と言う名の化け物たちだ。

深く何かを突き詰めているようなふりをしているがその実、自己顕示欲しか持ち合わせていない醜い化け物なのだ。

もうこのカクテルの名を聞かなくても私にはわかっている。多分それには蠍の毒が入っているのだろう。

私の姿にやっと気づいたらしい清水佐登子がこっちに向かって駆け寄ってきた。

あの女も化け物だ。最後までこの海を泳いで渡り切れるのは魚ではなく、毒を持つ生き物だけなのだ。

私はほほ笑んだ。

「お久しぶり。ご活躍で羨ましいわ。いいわね、才能のある人は」

こんな挨拶、いくらでもできる。

美しい獲物——森奈津子

森奈津子（もり・なつこ）
一九六六年十一月二十三日、東京都に生まれる。立教大学法学部卒。主に性愛テーマの作品を発表。著書に『ノンセクシュアル』『あんただけ死なない』（ハルキ文庫）、『かっこ悪くていいじゃない』（祥伝社文庫）、『西城秀樹のおかげです』（イースト・プレス）、『東京異端者日記』（廣済堂出版）等がある。ホームページ「森奈津子の白百合城」http://member.nifty.ne.jp/mori98/

人馬宮《じんばきゅう》

毎年の太陽通過　11月23日頃から12月22日頃
柔軟の火の宮
支配星　拡大の星・木星
鍵言葉　我冒険す（I explore）
色彩　紫

人体対応　大腿部
記号　半人半馬
長所　冒険心、楽天主義
短所　不注意

秋から冬へと季節が深まっていくころ、太陽は人馬宮へと移行していく。神話世界においては、人馬宮は賢者でもあるケンタウロス族の王ケイローンが星になって輝いたものである。人馬宮の特徴は、そのシンボルである、きりりと引き絞られた弓矢によって表されている。人類はその始まりのときからはるかな高みへと向かって一歩一歩前進を続けて来た。空間という意味では、広大な原野を切り開き、また精神という意味では宇宙の秘密にいたるまで、人はその活動の領域を拡大させてきたのだ。それはまさに、飛ぶ矢のごとき限りない広がりの歴史であった。人馬宮はその飽くなき冒険心、自由に向かっての衝動、そして広がりへの憧れをつかさどっている。この宮の生まれの人には、その力がそなわっている。逆に、地に足をつけること、堅実さを育むことが人馬宮の人生における課題ともいえようか。

（鏡リュウジ）

去年、高校時代の友人の結婚披露パーティで知りあったときには、すでに仁志《ひとし》には将来を誓った恋人がいた。ただし、私がそれを知ったのは、数回の逢瀬を重ねた後だった。

私はなぜ、最初に恋人の有無を仁志に確認しておかなかったのだろう？　思い返せば、抜けていたとしか思えない。

あるいは、彼に恋人がいようがいまいが自分が彼を欲してしまうことを、私は心の奥底では知っていたのかもしれない。

あの日、パーティ会場となったチャイニーズ・レストランで、世話焼きの友人が私のために、新郎の大学時代の友人数人を引っ張ってきたのだが、その中に仁志もいたのだった。

ほどよく筋肉をたくわえたしなやかな長身に、日に焼けた肌、意外と優しげな二重まぶた。野性的なスポーツマンではあるが、どこか育ちのよさも感じさせる彼は、私のまわりにはいないタイプの男だった。

彼は、丸ノ内の総合商社に勤務していると言った。歳は、私より一つ上の二十六。

それぞれの自己紹介の後は、他愛ない世間話が続いた。私は、まわりの人たちのすきを見て、仁志に電話番号と名前を書いたメモを渡した。ひと目見ただけで、私はすっかり、彼の野性的な魅力の虜になっていたのである。

メモを受け取った仁志の唇の端に、うれしそうな笑みが浮かんだのを、私は見逃さなかった。

——射手座は恋のハンターなのよ。

そのとき、頭の中に祥子《しょうこ》の声が蘇った。

＊

一昨年知りあい、去年別れた恋人は、同性だった。名を祥子という。歳は、私より二つ下で、今年二十五になっているはずだ。

私は、主にフランス製の文房具を輸入している西新宿の商事会社に勤めている。祥子は、青山にあるちょっと洒落た雑貨屋の店員だ。

営業課に異動になった私は、納品先であるその雑貨屋に赴《おもむ》き、彼女に出会ったのだった。

祥子は皮肉な薄笑いを浮かべながら世を睥睨《へいげい》しているような女で、私は彼女のそんなところが大いに気に入ってしまった。加えて、小柄だが美しい曲線を描く全身と、大きくウェーヴのかかったセミロングの髪と、猫を思わせる大きな目も。

祥子は、私のまっすぐであっけらかんとした性格——大学時代からつきあっていた前の恋人は、それを「無神経」と評し、私の元を去っていったものだったが——を気に入ったのだと私に打ち明けた。それと、サラリと長い黒髪と、男の子のような眉も、好きだと言ってくれた。

いつだったか、つきあいはじめて間もない頃、夜の渋谷で二人、レズビアン・カップルをホテルが受け入れるか否かで、賭けをしたことがあった。私は受け入れられるほうに賭け、祥子は拒否されるほうに賭けた。

結果は——黒硝子の向こうのフロント係は、機械的に「当ホテルでは女性同士のお客様にはご遠慮いただく規則になっております」と私たちに告げたのだった。

祥子は皮肉な微笑みを浮かべて「あたしの勝ちね」と私に言い、私はこちらからは見えないフロント係の顔のあたりを指さし「なぁんだ。そっちからは見えてたのね」と言ってやった。

賭けに負けた私は、その夜、祥子の奴隷になった。

祥子とは、本当に、最初の頃はうまくいっていたのだ。この関係は永遠に続くのではないかと思われるほどに。

ベッドの上では、二人、甘い会話を重ねた。

あるときは、恋愛の初期はたとえればどんな状態なのか、ということを打ち明けあった。

「穴に落ちるのよ」

祥子は私の髪を指にからませながら言った。

「歩いていたら、いきなり、穴にドーンと落ちてしまうの。ハッと気づいたら、狭い穴の中に、素敵な女と二人きり。あたしには、もう、彼女しか見えなくて、穴の外のことなんてどうでもよくなっちゃうの。愛しくて愛しくて、心も体もトロトロに溶けそうで。いっそ、二人で溶けて混ざりあって一つになってしまいたいぐらいなの」

「意外と激しいのね」

「激しいわよ。あたし、蠍座だもの」

秘密を打ち明けるように言うと、祥子は一瞬だけ、私の首にチロリと舌を這わせた。

私はゾクッとした。甘い快感と、わずかな恐怖とで。

「美紗《みさ》は、どんな感じなの？　恋に落ちたときって」

祥子に訊かれ、私はこたえた。

「これといった面白味もない場所——たとえれば、草原かな。それが私にとっての日常なの。その草原をフラフラ歩いていると、いきなり遠くに、素敵な人を見つけるの。遠くなんだけど、その人がとてつもなく素敵な人なんだって、私にはすぐにわかるのよ。それで、私はどうにかして、その人をつかまえようとするの」

「狩りみたいね」

「そうね。狩りよね」

「恋の相手は獲物なの？」

「獲物、ね。そうかもしれない」

あいまいにこたえた私に、祥子は言った。

「わかるわ。美紗は、射手座でしょ。射手座は恋のハンターなのよ」

「じゃあ、相手をつかまえるのに成功したら、じっくりと料理して味わうのかな、私」

「そうよ。あたしは今、料理されてるの」

「どうかしら。料理の途中で反撃されて、ふと気づいたら、私のほうも料理されてたりして。同じ鍋の中に入ってドロドロに溶けあって熱いシチューになろうとしてるの。ほら、こんなふうに」

私は祥子の手を脚の間に導いた。熱く潤っている、花に似た場所へ。

私の耳元で、彼女は妖しく笑った。

そして、私たちは、明け方まで愛しあった。

なぜ、祥子の態度が変わっていったのか、本当のところは私にはわからない。ただ、あの奇妙な赤痣《あかあざ》が最大の原因のような気がする。

祥子との関係が終わる、数ヵ月前のことだった。

二人で愛しあった後、彼女は言ったのだ。

「これ、わかる？」

祥子が示してみせたのは、彼女の左胸にある、直径一センチ半ほどの赤痣だった。

その裏側にあたる背中にも、同様の痣があり、それはまるで、貫通しているかのように見えた。

とっくに気づいていた私は、面白い痣だとは思っていたが、もしかしたら祥子はそのことで心を痛めているかもしれないと考え、それまでなにも言ってなかったのだった。

「この痣は、美紗とつきあうようになってから、できたのよ」

私は、あまり興味なさそうに「ふぅん」とこたえた。面白がっては祥子に悪いかもしれないと思ったのだ。

「これは、矢に貫かれた跡なんだわ」

あきらめきったような妙な口調で、祥子は言った。

「あなたは、あたしに向かって、矢を放ったんだわ。あたしは、あなたの獲物なのよ」

思い起こせば、以前つきあっていた男の子の胸にも、同じような痣があった。背中にもそれがあったかどうか、そこまでは記憶にないが。

「あたしは、あなたの獲物なの」

繰り返した祥子に、私はおだやかな口調でこたえた。

「獲物じゃないわ。大切な恋人よ」

「いいえ。獲物よ」

意固地《いこじ》な子供のように、祥子はこたえた。

正直なところ、私は少々おだやかでないものを感じた。まず、祥子の態度が卑屈に見え、そして、わざとそんな態度をとって恋人を困らせようとする彼女を意地悪だと思ったのである。

あの頃から、なぜか祥子は、私に対していらだちを示すことが多くなっていったのだった。

＊

仁志と知りあったときには、まだ私は、祥子との交際を続けていた。ただし、彼女の嫉妬深さに辟易《へきえき》していた頃だった。

どういうわけか、祥子は勝手に、私の浮気相手を頭の中で作りあげ、私に怒りをぶつけるようになっていたのだった。私が、同じ課の男子社員のことを楽しげに彼女に話しただけで。あるいは、彼女が零時過ぎに電話をかけてきたとき、私の電話が留守番モードになっていただけで。そして、私が彼女の留守電メッセージを聞いた後も、電話をかけ忘れていたことで。

まるで彼女は、私の浮気で二人の仲が壊れることを願っているかのようだった。最初は彼女の怒りを鎮めようとおだやかに否定していた私も、やがては声を荒らげることになる。

そうすると、彼女は決まって、ハッとしたように目を伏せ、力ない声で謝る。ごめんなさい、と。

あるときは、謝罪の言葉の後にこう続けた。

「あなたがあたしを狂わせるのよ。あたしはあなたから逃げられないってわかってるから、狂うことしかできないの。あなたがあたしを嫌いになって、あたしを解放してくれない限り、あたしは狂いつづけるんだわ」

意味がわからない、と私は言った。

わからなくていいの、と祥子はこたえた。

とんでもない八つ当たりだ、と私は思った。彼女は、わざと抽象的なことを言って相手を戸惑わせては優越感にひたるナルシストにちがいない。

しかし、祥子にしてみれば、私が過去に男性と交際していたことなどすっかり忘れたように平然と彼女に愛を語るのが、疑わしく思えたのかもしれない。つまり、リップ・サービスには努めるが、腹の底ではなにを考えているのかわかったものではない、小狡《こずる》い女に見えたのではないか。

あるいは、過去のことなどさっぱり水に流してしまうところが、移り気な女という印象につながったのかもしれない。

——と、理由を考えれば、いくらでもこじつけることができる。

しかし、後になって、私はあの赤痣を疑うようになった。祥子は、あの「獲物」の刻印を恐れていたのではないか、と。彼女は、あれから逃れようとしていたのではないか、と。

別れたのは、ベッドの上での口論がきっかけだったが、原因は、私の心が祥子の元を離れたことにあった。情事の最中、敏感な祥子がそれに気付いて私を問いただし、私は正直に心変わりを彼女に伝えたのだった。

私を罵《ののし》る祥子の胸の痣は、きれいに消えていた。

ベッドに入る前、シャワーを浴びた祥子がバスルームから出てきたときは、確かに、彼女の胸にあの痣はあったはずだった。

彼女が背中を向けたとき、私は、もう一つの痣を確認することも忘れなかった。

——それは消えていた。

私の肌は粟立《あわだ》った。

奇妙な赤痣が数時間のうちに消え失せてしまった——ただそれだけのことだったが、私は確かに恐怖を感じていた。あの痣が矢に貫かれた跡であり、「獲物」を暗示するという解釈が、私には不吉なものに思えた。

不吉ではなくても、恋人との関係が一つの法則に縛られているようで、それがたまらなくいやらしいものに感じられた。あの痣が、よい印であるはずがない。

この不可解な現象を前にした不安を祥子と分かちあいたかったが、もちろん、それはできないことだった。

いつかホテルで、黒硝子の向こうの姿の見えないフロント係にはこちらの姿がちゃんと見えていたことを、私は思い出した。あのように、私の気づかぬ間にだれかが私を観察していて、戯れに占星術における人馬宮の象徴を押しつけているのではないか。そして、私の戸惑う様をながめては、ほくそ笑んでいるのではないか。そんな気がした。

あるいは、それは公式でありシステムなのか。「当ホテルでは女性同士のお客様にはご遠慮いただく規則になっております」のと同じで、私の恋人は自動的に私の獲物となるのか。

どちらにしろ、あまり他人には語りたくない怪談だった。

とにかく、忘れてしまおう。

祥子が去っていった自分のベッドの上で、私はぼんやりと思った。

＊

仁志から最初の電話がかかってきて、その後も何度か彼と電話で話し、二度、彼と食事に行ったところで、私は祥子と別れていた。その翌週には、私は彼を自分のマンションに泊めていた。

女性と別れた直後の男性との情事は、戸惑い混じりの悦びで満たされることを、私は知った。

彼のペニスに手を伸ばそうとして、下腹部のあたりを掻いてしまい、ああ、男性は体が大きいから性器はもっと先か、と思い直す。

腕をとり、その重さにバランスを崩しそうになる。かと思えば、いきなり強い力で抱き寄せられ、どぎまぎする。体を持ちあげられ、あらあら、と思っている間に、彼を迎え入れる体勢をとらされている。

祥子との情事は、二人そろって、しなやかで情熱的な猫科の獣と化したかのような快さがあった。

一方、仁志は、優しい猛獣だった。本気を出せば私を叩きのめすことのできるその腕力をしまい込み、私の体を優しく扱い、とろけるような快楽を与えてくれる。

最初の朝、私は、彼の胸にも背中にも痣ができてはいないことを確認し、安堵したものだった。

それだけに、将来を約束した恋人がいるのだと彼から聞かされたときには、私は二重にがっかりした。

当然のことながら、彼に恋人がいたことにがっかりし、ならば彼の胸に痣が浮かんでこなかったのもそのはずで、私はあの呪縛からは逃れられていないと確信してしまったのだった。

なぜ、恋人がいることを最初に教えてくれなかったのか——と、仁志に訊いたら、反対に訊き返された。

「なら、なんで、美紗はおれに恋人がいるかどうか訊いてこなかったんだよ?」

「訊き忘れていたのよ」

断言してから、私はつけ加えた。

「それに、仁志に恋人がいてもセックスしたくなるだろうって、心の底では思っていたのかもしれないわ、私」

「おれも、とにかく美紗とセックスしたかった、ってことだよ」

仁志はふてくされたような表情でこたえた。

思わず私は、笑ってしまった。もしかしたら私たちは、似た者同士だったのかもしれない。おのれの欲望には正直だという点で。

そして私は愛情を込めて、彼の左胸に唇を押し当てた。痣のない、浅黒い肌に。

よくよく考えれば、あれは単なる痣だ。なんの害もありはしないだろう。

しかし、私には、運命も呪縛もご免だった。私は、運命からも自由でありたかった。もし、運命などというものに支配されているのであれば、なんとかそれを振り払おうと疾走し、自分の思う通りに生きようとする。それが私だった。

そして、祥子に言わせれば、それこそが私の射手座らしいところだということだった。


星座を訊いたら、山羊座だとこたえた仁志に、私は言った。

「射手座とは、相性いいのかな?」

さあな、と仁志はぶっきらぼうにこたえた。

彼は、私が必要以上に彼との距離を縮めようとすることを、恐れているようだった。

当然だろう。彼には結婚の約束までした恋人がいるのだから。

彼女は芽衣子《めいこ》というかわいらしい名で、仁志の大学時代のゼミの一年後輩にあたる。私とは同い年だった。

彼女の存在を知ってから、私は、仁志には刹那的な快楽を求めるようになっていた。元々、だれかと将来を誓いあうことなど、私には考えられなかった。人の心は移ろいやすい。守れるかどうかわからない約束なら、交わさないほうが利口に思えた。

いつだったか、祥子は女性誌の占星術特集号を広げ、私に言った。

「射手座の恋愛観は自由奔放で、あまり結婚には関心がないんですって」

「それ、当たってる」

私がこたえたところ、彼女は私の肩に甘えるように頬を押しつけ、言った。

「よかった。美紗が永遠に男のものになってしまうことはないのね」

だが、祥子と永遠の愛を誓うこともないまま、私たちの関係は終わってしまった。

現在、私は、仁志の野性的な魅力に陶酔している。しかし――いや、だからこそ、仁志と情を交わし、彼を愛おしく思う時間を持てるだけで、満足だった。二人で過ごした時間は、後々まで、私の心に美しく結晶していたのだから。

そして私は、仁志が自分の存在を重荷に思うようになったときには、潔く身を引くつもりでいた。疎まれてまで、一人の男に固執したくはなかった。

そんな私に、仁志は芽衣子の話をよく聞かせた。

彼女が、恋愛映画を観て涙を流し、恥ずかしいから今後は感動的な映画には誘わないでくれと、彼に言ったこと。ダイエット中に彼がケーキを買ってくると、抗議するくせに、うれしそうに食べること。無類の猫好きで、いかに猫が犬よりも偉いかを力説し、うるさいほどだということ。鼻の頭のそばかすを、最近、ひどく気にしていること。フリージアの香りが好きで、花束をプレゼントしたら、いつまでも鼻をくっつけていて、傍で見ているとおかしいほどだったということ。

仁志の語る芽衣子は、平凡だが素直でかわいらしい女性だった。

私は、最初、彼が芽衣子のことを語り出したとき、それは私を必要以上に寄せつけないための彼の作戦なのだろうと推測した。

しかし、やがて、そんなことはどうでもよくなってしまった。私もまた、変にひねたところのない芽衣子のことを好もしく感じるようになり、同じ男を愛した「同志」だと思うようになっていたのだ。

ただし、芽衣子が私の存在を許さないということはわかっていたので、その奇妙な好意はいつでも物哀しさを伴っていた。

＊

今日、十一月二十九日、私は二十七になった。

私は仁志と恵比寿駅で待ち合わせをし、彼が予約を入れてくれた代官山のフレンチ・レストランに向かった。

シャンソンが流れる小さな店で、私たちはシャンパンで乾杯した。

「二十七歳の誕生日、おめでとう」

「ありがとう」

「……あっ。もしかしたら、女性に面と向かって歳を言うのは、失礼だった？」

「いいわよ。歳をとるのは、好きだから」

すると、仁志は愛おしげに目を細めて笑った。

「そういう、細かいことにこだわらないところがいいよな。美紗は」

「大雑把《おおざっぱ》なだけよ」

こたえながら、いつもの彼と違う、と思った。

今夜の彼は、私との距離を縮めようと努力しているように思える。話し方も、私を見るまなざしも、妙に温かい。

先日会ったとき、彼にはまだ、近づくと逃げてしまうよその猫のような印象が残っていたはずだ。いくら情事を重ねても、仁志には、自分のテリトリーを守ろうとする緊張感がそこはかとなく感じられていたのだ。

彼は、ポケットから小さな包みを取り出した。

「はい。プレゼント」

「ありがとう！　開けていい？」

「どうぞ」

どうやら、それは、アクセサリーのようだった。私は、ブローチを想像した。

しかし、紙の箱から出てきたビロード張りの小箱を見たとたん、まさかこれは、と思った。

果たして、中で光を放っていたものは——案の定、指輪だった。私の誕生石であるトパーズだ。しかも、結構高価なものではないだろうか。

私は妙な違和感を覚えた。これでは、まるで、ステディな恋人同士ではないか。

それでも私は、その思いを押し隠し、うれしそうな声をあげた。

ありがとう。本当にいただいていいの？　高かったんじゃないの？　サイズ、知ってたの？　え？　私、教えてたんだっけ？　忘れてたわ。

「はめてみて」

仁志に言われ、私は左手の中指にそれをはめようとした。しかし、中指ではなく、それは薬指にぴったりだった。

なにか、いやなものを感じ、私はわざとおどけた口調で言った。

「やだ。左手の薬指にぴったり。困ったわ」

「いいよ。おれ、もう、芽衣子とは別れたんだから」

「…………」

意外な告白に私は驚き、言葉を失った。

沈黙を恐れるように、彼は言葉を続けた。

「結局、あいつ、退屈でさ。なんだか最近、やたらと女房面するようになっちゃって、いちいちうるさいし。それに、やけに嫉妬深くてさ」

聞きたくなかった、と思った。

仁志の口から、芽衣子の悪口は聞きたくなかった。彼の語る芽衣子を、私は好もしく思っていたのだから。

「やっぱり、おれ、美紗のほうが好きだ、って気づいたんだ」

「……それはありがとう」

私の声は、妙に冷静だった。

声だけではなく心も醒めきっていた。

実を言えば、これまでにも何度か、彼が芽衣子よりも私を選んでくれることを頭の中で想像したことはあった。しかし、想像の中では、私は喜びを感じてはいなかったか？

一体、なんなのだろう？　この、重荷を背負わされたような気分は。

会話は滞りがちになった。これではいけないと思うのだが、私の口は重くなったままだ。

祥子の声が、予言のように、頭の中に蘇る。

——射手座はストレートで正直だから、嘘をつくのが苦手なの。すぐ、顔に出るのよ。だったら、なんで、祥子は私が浮気してるって疑って、私を責めたのよ？

——あなたがあたしを狂わせるのよ。

そうなの？　私は、恋人を狂わせるの？

——恋人じゃないわ。獲物なのよ。自分が獲物でしかないってわかってるから、狂ってしまうのよ。

じゃあ、仁志も私の獲物なの？　私は知らず知らずのうちに、彼に向かって矢を放っていたの？

そこまで考え、私は背筋に冷たいものを感じた。

彼の胸と背中に、あの痣は浮き出ているだろうか？　あの、捕らえた獲物の刻印は……。

今夜、彼は私の家に泊まってゆく。痣の存在は、確認できる。焦ることはない。

そう気づいたとたん、ふいに馬鹿馬鹿しい気分になった。

あんな痣がいきなり浮き出てくるわけがない。非科学的だ。私は変な妄想に取り憑かれているだけだ。

パンをちぎろうとしたまま、手が宙に止まっていることに気づき、私はハッとした。仁志に動揺を悟られてはいけない。

私はなにげなさを装い、パンを口に運んだ。

「美紗」

「な、なに？」

いきなり呼ばれ、ドキリとした。

「結婚しようよ」

あやうく、魚料理用のナイフを取り落とすところだった。とっさに私は冗談にして笑い飛ばそうとしたのだが、仁志の表情は真剣だった。

「な、なによ、急に……。冗談？」

「おれ、本気だよ。だからこそ、芽衣子と別れたんだし」

しかし、それこそ冗談みたいな話だった。芽衣子と別れれば、私が感激して彼と婚約するとでも思っていたのだろうか。

少々憮然《ぶぜん》として、私は彼に告げた。

「私、結婚なんて、考えられない」

「わかってるよ。おれも、美紗がその気になってくれるまで、待ってるよ」

これは愛の言葉なのか？　愛は愛でも、自己愛ではないのか？　いくらなんでも、あまりにも強引で押しつけがましい。

そう思ったとたん、彼への思いが嘘のように醒めていった。野性的な魅力で私を魅了した男も、平凡なマイホーム・パパ予備軍の一人だったのだ。しかも、安定指向のくせに自己中心的な、つまらない男……。

やめようと思うのに、私は心で彼を辛辣《しんらつ》に分析していた。

先程まで美味だったはずの料理が、妙に舌にまとわりつくしつこい味に感じられた。

＊

食事を終え、一DKのマンションのドアの前まで仁志と共に帰ってきたとき、彼を泊めることを苦痛に感じている自分に気づいた。

私は彼を寝室兼居間ではなくダイニングキッチンに通し、コーヒーを淹《い》れた。

コーヒーを飲んで落ち着いてから、こちらの思いを素直に告げるつもりだった。話し合いの結果によっては、今夜は彼にはこのまま帰ってもらうつもりでもいた。

そんな私の気も知らず、仁志は、理想の家庭像を語りはじめた。

子供は、二人ほしいんだ。一人じゃ兄弟がいなくてかわいそうだし、でも、三人になると大変だしね。家事は、かなり手伝えると思うよ。特に、皿洗いは好きだし。あと、洗濯物をたたむのとか……。まあ、公平に分担できるほどの時間は、おれにはないけどさ。あと、親と同居するのは、絶対にいやだな。でも、おれ、実家が千葉だから、船橋あたりにマンションを買いたいとは思ってるんだ。そのための貯金もしてるし。あとさぁ、子供にお受験はさせたくないよな。あれって、親が一生懸命になってるだけだろ？　高校までは、公立で充分だよな——。

仁志の夢のお城の設計図は、もう、できているのだ。今、足りない部品は「妻」だ。これさえ手に入れれば、あとはみるみるうちにお城は完成することになっている。

彼は、私がほしいのではない。「妻」がほしいのだ。

設計図の中の「妻」にあてはまる女ならば、だれでもいいのだ。芽衣子をやめて私にしたのも、私が彼女ほど口やかましくなかったという、その程度の理由だろう。

私が一つもあいづちを打たないことを、仁志は怪訝《けげん》には思わないらしい。酔っているのだろうか。

彼は得意げに、自分が描いている未来の設計図を披露しつづける。

女の子の名前には「子」をつけたいな。今は少ないから、かえってかっこいいだろ？　最近よくある、アニメの主人公みたいな変な名前をつけるのは、おれ、嫌いなんだよね。オタクじゃないんだからさぁ——。

もう、いいかげんにして——そう言う代わりに、私は彼に告げた。

「別れようよ。私たち」

「え？」

キョトンとした彼に、私は告げた。

だ。


「私、もう、仁志とは別れるよ。ごめん」

「な、なに、急に言い出すんだよ……」

戸惑う仁志を前に、私はぼんやりと思った。

やっぱり、私は、自由を愛する射手座だったのだ。放たれた矢に象徴される女だったのだ。

「私、仁志の奥さんになる気はない」

「なんで……なんで、そんなふうに決めつけるんだよ。将来のことなんて、わからないじゃないか」

その、わかりもしない私の将来について勝手な計画を立てているのは、だれ？

私が呆れて黙っていると、彼は言い訳のような口調でつけ加えた。

「おれ、もう、芽衣子とは別れちゃったんだしさ」

彼の卑屈な押しつけがましさに、ついに私は怒りをあらわにした。

「そんなこと、私は知らないわよ。仁志が勝手に別れちゃったんじゃないの。私は『彼女と別れて』なんて一言も言ってないでしょ。それを、なによ。恩着せがましく。だいたい、私、芽衣子さんの代わりになんかなりたくない！」

仁志には、予想外の展開だったようだ。表情をなくした彼の顔から、みるみるうちに血の気が失せる。

私はこのとき、初めて気づいた。仁志は、芽衣子を棄て、私を選んであげたつもりでいたのだ。そして、その事実に私が感激するにちがいないと、彼は確信していたのだ。

彼がなぜ、しょっちゅう私に芽衣子のことを話して聞かせていたのか、その理由もわかった。彼は、私が接近しすぎるのを防ごうとしていたわけではない。私を楽しませようとしていたわけでもない。あれは、私を嫉妬させるためだったのだ。そうして、自分が優越感にひたるためであり――。

激しく椅子の音をさせ、仁志が立ちあがった。無言のまま、近づいてくる。私の顔に、彼の影が落ちる。

ふいに、私の頬が鳴った。熱を伴った衝撃の後に、じんわりと痛みが広がる。

抗議する間もなく、腕をつかまれ、床に叩きつけられるように押し倒された。仁志の体重がのしかかってくる。苦しい。

キスしようとした彼の唇をかわし、私は言った。

「帰ってよ」

その怒りを含んだ冷静な声が癇《かん》に障ったのか、仁志の表情が引き歪んだ。私は続けざまに頬に衝撃を感じた。

抵抗しなければと思うのだが、体はこわばり、震えるだけで、力が入らなかった。

ブラウスが乱暴にはだけられ、ボタンが飛んだ。下着が引きおろされ、彼が無理やり押し入ってきたとき、私は痛みに悲鳴をあげた。

なのに、心の中には妙に醒めているもう一人の自分がいた。女を酔わせることもできれば、傷つけることもできる、男の性というものを、私は非常に奇妙なものに感じていた。同時に、相手を傷つけるためのセックスを選んだ仁志を無粋な男だと軽蔑していた。

激しく突きあげられるたびに、私の口からは悲鳴が洩れた。

やめてよ、馬鹿、下手くそ——！

私は心で叫んだ。口にしようにも、言葉は悲鳴に呑み込まれた。

あふれ出した涙は、肉体的苦痛のためだった。悲しみのためでも屈辱感のためでも口惜しさのためでもなかった。肉体は好きにされていても、心は自由だ。仮に鉄格子の中にいたとしても、私の心は天まで飛翔できるだろう。

そう気づいた瞬間、私は草原にいた。

明るい日射しに、思わず目をすがめる。髪に風がまとわりつく。草の香りが鼻をくすぐる。

私はケンタウロス族の女だった。人であり、獣だった。女であり、雌だった。たくましく美しい存在だった。

仁志の姿を見た。ダイニングキッチンで私にのしかかっている彼ではなく、何度も振り返りながら、私から遠ざかろうと草原を必死で駆けている彼だった。

ほしい、と思った。それは激しい衝動だった。恋愛では感じたことのない燃えあがるような独占欲だった。

彼がたまらなくほしい！　彼を手に入れなくては！　彼は、私の獲物だ！

私は、追ったりはしなかった。その代わり、弓をかまえ、矢を放った。弦《つる》が低く鳴る。

矢は、風を切り、裸の彼の背中から胸を貫いた。彼は倒れた。

ああ、これで彼は私のものだ……。

胸が張り裂けそうなほどの喜びと、身震いするほどの安堵に突き動かされ、私は四つの蹄で地面を蹴り、駆けた。

仁志の横に跪き、彼の背から矢を抜いた。傷口から温かい血が吹き出した。その生命の迸《ほとばし》りもまた、私にはたまらなく愛おしかった。

彼は、私の獲物——その思いが、なによりも自分の心を満たすことに、私は気づいた。

そして、悟った。このことに、敏感な祥子はすでに気づいていたのだ。だからこそ彼女はあの痣を恐れ、私から逃れようともがいていたのだ。

私は、仁志の上に屈み込んだ。彼は、時折、弱々しく瞬きをしながら、呆然と宙を見つめていた。口の端からは美しい鮮血がひとすじ、流れ出ている。

「あなたは、私のものなの」

優しく囁き、仁志の唇に、そっと唇を重ねてあげた。彼は無反応だった。

もう一度、私はキスをした。彼のあごをとらえ、舌先で歯茎をなぞり、彼の柔らかい舌を味わった。血の味がした。

彼が小さくうめいた。苦痛と欲望が混じりあった甘い声だった。

私は性的な昂ぶりを感じた。異形の下半身の女の部分が熱く脈打つ。

私は仁志を抱きしめた。彼の血が、私の裸の胸を温かく濡らす。その感覚にも、私は陶酔した。

私の、かわいい獲物……。

そして、幻想の草原で爽やかな風を全身に浴びながら、私は現実を思った。私を犯している彼。彼に犯されている私。それはお互いにとって不幸な関係だった。

これから現実でどう行動すべきかは、すでに私にはわかっていた。

＊

今度は優しく抱いて、と私は電話で仁志に告げた。熱を帯びた甘い声で、少しばかり卑屈に、そして従順さを演出しながら。

あなたの体を忘れられなくなってしまったの。私の体があなたを求めているのよ。我慢できないの。お願い、来て。今すぐにでも――。

私が部屋に招き入れたとき、仁志の表情には、わずかな不安の色があった。罪の意識のせいなのか、まるで、教師に呼び出されてドキドキしている小学生の男の子のような顔だった。

しかし、バスローブ姿の私が切羽詰まったような動作で仁志に抱きつき、唇を重ね、舌を差し入れたときには、彼もそれに応じた。私が熱い息づかいの合間に切ない声をあげるたびに、彼の体が緊張から解放されるのが伝わってきた。

私は、欲望の沼にどっぷりと浸かりつつも、冷静に仁志の様子をうかがっていた。そして、彼をその沼に引きずり込むことに成功したのだった。

シャワーを浴びる間も与えず、私は性急に仁志をベッドに導いた。彼にのしかかると、乱暴にボタンを外し、ジッパーを下ろす。奪うように、服を脱がせる。

「もう、逃がさないわよ」

私は優しく微笑むと、バスローブをするりと脱ぎ捨て、そのベルトで、彼の両手を前で括《くく》った。

彼は戸惑ったようだったが、抵抗しなかった。私は、括った手首を頭の上に上げさせ、紐の端をベッドヘッドにきつく結びつけた。

唇と舌と指とで、思う存分、彼の引き締まった全身を愛撫してゆく。

剝製にしたいほど美しい体だ。

耳朶《じだ》を嚙み、舌を差し入れた。彼がうめく。

首に唇を押しつけながら、胸から腹筋にかけてを指でなぞる。

よく知った彼の肌の匂いに、私はさらなる興奮を感じ、目を閉じた。

すると、まぶしいほどの草原がまぶたの内に広がった。私は湿った土と草の香りに包まれていた。私の下半身はビロードの毛並みを持つ伸びやかで力強い馬と化していた。私から逃れようとしている仁志が遠くに見える。彼はおびえたように、何度も何度も振り返る。

目を開けた。そこは現実だった。私は、仁志の体に指を這わせていた。

片方の乳首を指先で転がし、もう片方には唇を押しつける。キュッと吸ったとき、彼が甘えるような声をあげた。それに刺激され、私の内側もトロリと熱く潤ってくる。

そして、瞬きをするたびに、私は草原を見た。眼球を潤すための一瞬の間、私はそこに戻った。狩るために、仁志を追っていた。

目の前で現実と幻が重なりあい、時として私は平衡感覚を失い、心地よい目眩《めまい》を感じた。

現実感の揺らぎが、ただ単純に面白かった。

私は彼の腹筋に頰を寄せた。縮れた陰毛を指先でつまみ、戯れに引っ張る。太腿の内側に何度も何度もキスをし、舌を這わせ、しばしの間、焦らしてみる。

彼の息づかいに切ない響きが混じってきたのを確認し、私は屹立《きつりつ》しているものを口に含んだ。

しばらくは、そこだけを、たっぷりと愛した。先端の孔を舌先で突き、指で刺激し、口に含んで強く吸い、そうしながら舌で裏側をじっくりとかわいがった。

指で大胆にしごきながら、彼の表情を確認してみる。眉根を寄せ、薄目で宙を見つめ、快感をむさぼるその表情に、私の胸は高鳴った。そこに私は、追われる獲物の諦観を見たのだった。

まぶたの裏の世界では、私は矢筒から矢を取り出していた。彼を追い、疾走しながら。

私は耳元で仁志に告げた。

「あなたにご奉仕しているわけじゃないの。勘違いしないでね。私は、あなたの反応を楽しんでいるのよ」

一瞬、仁志の表情が不安に翳る。

四つの蹄を持つ私は、矢をつがえ、弓をかまえた。風が私の髪をなぶる。

「でも、安心して。あなたはとても美しいわ。……ねえ。もっときれいな表情を、私に見せてちょうだい」

私は彼の片脚をつかむと、彼の腹に押しつけた。

そして人さし指を、彼の性器の後方へと這わせ、小さな洞窟の入り口に押し当てた。それから、一気に貫く。

幻想の草原では、私の放った矢が彼の胸を貫いた。

彼は叫んだ。驚きと不安と興奮の入り混じった声だった。眉間には皺が刻まれた。ギュッと閉じた目が、すっかり観念しているように見えた。

私はうっとりと彼に囁いた。

「目を閉じると、幻が見えるの。あなたを貫く幻影……。あなたを貫いて仕留めるもう一つの世界……。あなたは、私の獲物なの。そして、私もあなたも、とても幸せなの」

みるみるうちに、仁志の左胸に、染みのようなものが浮いてきた——あの痣だ！

私の心は、豊かな満足感で満たされた。

「ねえ、仁志。いやなら、私をベッドから蹴落としてもいいのよ」

しかし、彼はそうしなかった。すでに彼は、新しい悦びに目覚めていたのだ。

私は指を動かした。ギリギリまで外に出し、それから一気に貫く。何度も、何度も。

次第に、彼の叫びには、甘い声が混じってきた。目尻には涙がたまっている。

「ねえ。芽衣子さんと結婚しなさい。あなたは、そうして、繋ぎ留められるの。芽衣子さんは、あなたを繋ぐ杭。そしてあなたは、私の獲物。私はいつまでも自由な存在のまま、好きなときにあなたを抱くの」

私は言うと、彼の内側に指を留め、温かい内壁を前方に向かってギュッと押した。

その瞬間、仁志は欲望を放った。

私はしばらくの間、彼が自分自身の下腹部に放ったものを指先で弄んでいた。それから、彼に告げた。

「指、汚れちゃったわ。あなたの舌で、きれいにして」

彼の舌が私の指に、ねっとりとまとわりつく。なんとも言えずエロティックな感触だった。

それをきれいに舐めさせた後、私は仁志をうつぶせにさせた。

彼の背中には、やはり、あの痣があった。まるで、貫かれたように。

私は、再び、彼に指を埋めた。今度は、二本。

彼の熱を帯びたうめきを聞き、私はひそかに微笑んだ。

目を閉じ、もう一つの世界に戻ってみる。

異形の私は、矢傷から血を流す彼を腕に抱いていた。彼の温かい血が私の腕や胸に幾筋もの跡をつける。私は狩りの喜びに恍惚としていた。

私は狩人だった。半人半馬の賢者ケイローンに象徴される通り、理性も本能も私の大切な要素だ。

今夜、私は、仁志を狩ることに成功した。

彼は、最高に美しい獲物だ。もう、絶対に、逃がしはしない。

二十九日のアパート――加門七海

加門七海（かもん・ななみ）
一月二十日、東京都に生まれる。
一九九二年『人丸調伏令』（全4巻　朝日ソノラマ文庫）で小説家としてデビュー。小説作品に『蠱』『くぐつ小町』など、また都市の呪術機構を解読した『魔方陣』シリーズ（河出文庫）がある。最新刊は『おしろい蝶々』（角川書店）。

磨羯宮《まかつきゅう》

毎年の太陽通過　12月23日頃から1月20日頃
活動の地の宮
支配星　現実の星・土星
鍵言葉　我使用す（I use）
色彩　茶

人体対応　骨格
記号　山羊の顔
長所　堅実さ、野心
短所　因習的

毎年、太陽は冬至《とうじ》の日に磨羯宮に到達する。ホロスコープの上では、この宮は円環の頂点をその定位置とする。神話世界では、牧羊神パーンが怪物に襲われたときに、変身して川に飛び込んだときの姿だといわれる。星座絵で上半身が山羊、下半身が魚という奇妙な図像で描かれているのはそのためである。磨羯宮はホロスコープの頂点にあることから、この世における人間の到達点を意味するという。さまざまな制限のあるこの世界のなかでコツコツと努力を重ね、キャリアを積み上げていく。あるいは、この社会の秩序のなかで何かを成し遂げていくための力を、この宮の生まれの人は与えられているのである。生きることへの意志が人一倍強いのもそのためだろう。一方であまりにも現実的、いきおい悲観的になりやすいことは、磨羯宮の欠点でもあるといえる。理想と現実の間を巧《うま》く生き抜いていくことが課題といえよう。

（鏡リュウジ）

暗いな。夜か。まだ六時半か。冬の夕方は……え？

「六時半⁉」

時計を見て、私は跳ね起きた。しまった。炬燵《こたつ》に寝ころんで、ついつい眠り込んでしまった。今日は実家に帰る日だった。今から支度したとしても、家に着くのは八時か、九時か。夕飯は、

「……ああ、もう面倒臭い」

私は腕を枕にし、もう一度、仰向けに寝ころんだ。

家に帰るのは、明日でいい。いっそのこと、今度の正月はこのアパートで過ごそうか。どうせ家に帰っても、正月の支度だ何だので、こきつかわれるだけだもの。ここでひとりでいた方が、ゆっくりできるはずだしね。

大体、いつもならこの時間、もう家に着いているはずだ。なのにこの時間になっても、向こうからは連絡もない。律儀に帰る必要はなかろう。

炬燵に腰まで浸かったまま、私は部屋を見渡した。

今住んでいるこのアパートは、秋の終わりに越したばかりだ。部屋はきれいに片づいてい

る。お供えのひとつでも飾ったら、十分、正月らしくなる。

(ゴミ出しも今朝、終わったし)

思い、私は吐息をついた。

(なんで、この町はゴミ回収の最終日が二十九日なんだろな)

前のところは二十八日になっていた。

会社の仕事納めの翌日、ゴミ回収車が来るなんて、この町はＯＬの生活をナメているとしか思えない。いつもなら出勤途中にゴミを出すのに、今日はわざわざ起き出して、ゴミを出さなくちゃならなくなった。

せっかくの休みの初日が台無しだ。

(だから、うたた寝しちゃったんだよ)

私は居眠りの原因をゴミ出しの日のせいにして、ひとりで勝手にムカついた。

炬燵で寝ていたせいだろう。首の周りが汗ばんでいる。

(風呂に入るか)

それとも夕飯の支度が先か……いずれにせよ、面倒臭い。

俯《うつぶ》せに寝返りを打って、声を洩らしてノビをする。足が炬燵を蹴飛ばして、上に載ったティーカップが細かい音を立てて揺らいだ。この自堕落も、独り暮らしゆえの特権だ。

口も塞がず、大欠伸をする。

と、涙で滲んだ視界の隅に異様なものが見えた気がして、私は一瞬、硬直した。

——足だ。

毛玉のついた靴下を履いた足が二本、並んでいる。まぎれもない男の足だ。

「泥棒⁉」

言いざま、私は跳ね起きた。亀みたいに背負っていた炬燵が持ち上がり、台と同時にティーカップが転がり落ちる。

良かった。中身は飲み干してしまっているはずだ。床も布団も汚れない……なんて、考えている場合じゃない！

私は足の主を見上げた。

壁の隅に男がひとり、私のことを見下ろしていた。トレーナーにジーパン姿の二十歳ぐらいの青年だ。一体、どこから入ってきたのか。いずれにせよ、そいつは目一杯、陰気そうな顔をしていた。そしてそれのみならず男は——見間違いでないのなら、体が半分、透き通っている。

「誰」

私は炬燵の足の間に縮こまって、囁いた。

「…………」

「誰？　幽霊？」

馬鹿げた台詞と思いつつ、私は言わざるを得なかった。よくわからないけど、幽霊だったら返事なんぞしないだろう。私は生半可な知識でそんなことを思ったのだ。しかし、

「そうだよ」

ゆっくりと男は、頷き返したのである。

……なんて言った？　そうだよ？　そうだよ、ですってえ⁉

幽霊を見たのは初めてだ。しかし幽霊話は知ってるゾ。でも「そうだよ」なんて返事を返す幽霊は聞いたこともない。

(しかも金縛りとかにもならないし、第一、消えないじゃないか、この幽霊)

そんなの、アリか。

私はただ呆然と、半ば透き通っている男をみつめるばかりであった。男は悄然《しょうぜん》と立ち尽くしている。幽霊だけのことはあり、確かに顔は無念そうだ。けれども怖いと言うよりは、何か情けない顔つきだ。立っているだけで何もしないなら、無害とも言えるかも知れない。

(だけど、意志は持ってるんだよね。さっき、質問に答えたもんね。ということは、このオバケ、女独りの部屋に入ってきてるって自覚はあるんだな)

とすれば、やはり気味悪い。エッチな霊だったらどうしよう。

私は幽霊を睨《ね》めつけた。

男は私の眼光に、微かに顔を歪めたようだ。そして、

「睨むことはないだろう?」

彼はまたもや呟いたのだ。

「ナニ……?」

仰天するのは、当然だ。

何か? 私は幽霊に文句をつけられたのか? この不法侵入の、年の瀬に出てきた、陰気な男の霊に?

「だ、だったら、さっさと消えなさいよ!」

私は怒鳴った。恐怖より怒りの方が大きい。私の部屋に入ってきて、借り主の私に文句を言うとは、コイツ、一体、何様だ。しかも、それのみならず男は口答えをしてきたのである。

「やだね」

「なんですって」

「絶対に、やだ。今日は俺の命日なんだ。消えてなんかやるものか」

——絶句。

途端、私は怒りで、カァッと顔が火照るのを覚えた。今日が命日なんて、ふざけてる。コイツの命日に、なんで私がつきあわなくてはならないんだ。

「ふざけんな!」

私は怒鳴った。

「あんたが命日だって言うなら、私は今日、誕生日よ。メデタイんだからねっ。消え失せろ！」

そうなのだ。今日は私の二十七歳の誕生日。そして私は、誕生日はいつも普段の倍は機嫌が悪い。

理由はコイツにはわかるまい。彼は私の剣幕に一瞬、キョトンとした顔をして、それから皮肉な笑みを浮かべた。

「ふーん。誕生日にこんなアパートで、ひとりっきりでうたた寝か。寂しいモンだね」

「……この野郎っ」

私は座布団をぶん投げた。しかし生身のない幽霊に、それが当たるはずはない。

男は笑った。

(くっそおう)

確かに、今日という日に炬燵に潜って寝ている自分は惨めだろう。けれども、それを幽霊男に言われるなんて心外だ。

私は息を大きく吸った。どうやら、こいつは当分の間、消えるつもりはないらしい。ならば、こっちも腹を据えて掛からなければならないだろう。

「あんたね」

畳に座り直して、私は指を突きつけた。

「いい加減にしなさいよ。一体、何の恨みがあって、私の前に出てくるわけ？　この部屋で首でも括ったの？」

「違う」

男は首を振り、

「そこのベランダから飛び降りたんだ」

微かに視線を外に向けた。

やっぱり自殺か。

（どうりでね、家賃が安かったはずだわよ）

三階建ての最上階の割には、ここは破格であった。不審に思って、大家さんに聞いたのだけど……あの人、しらばっくれたわね。

「自殺なんかするような弱虫はさっさと消えなさい」

顎をしゃくって、私は唸る。幽霊さえ消えてしまえば、家賃が安いのは私の儲けだ。二度と出てくるな、幽霊男。

ところが私の剣幕に幽霊男はまた、首を振る。

「自殺じゃないんだ」

彼は語った。

「じゃあ、何」

「事故さ。洗濯物を片づけようと思ったら、干してあったパンツが落っこっちゃって。とっさに拾おうと思ったら……」

呟き、彼は顔を歪める。恥ずかしいのか無念なのか、いずれにしても陰気な様子だ。そしてそれ以上にドジである。

「それで、一緒に落っこちちゃったの？」

「誰かに拾われたら、恥ずかしいだろ」

そりゃそーだけど。

「なのに、みんな、自殺だって思ってて」

「パンツは」

「風で飛んで、前の溝」

アパートの向かいには、細い排水溝がある。殺人ならともかく、自殺とみなされたなら、ドブ浚いまではしてくれまい。

（もしや、こいつはそれが無念で成仏できないんじゃなかろうか）

考え、私は聞いてみた。

「パンツ拾ったら、成仏する？」

「しない」

相手は即答だ。

「どうして」

「だって俺、自殺じゃないのに……。そりゃあね、就職浪人していたし、彼女のひとりもいなかったから、みんな自殺だって思うのは仕方ないかも知れないよ。でもね、自殺なんかじゃないんだ。なのに、みんな」

ああ、うるさい。やっぱり幽霊なんかになるのは、こういうウジウジした性格なのだ。私は段々、イライラしてきた。

「じゃあ、誤解を解いたら成仏できるの?」

「どうやって解く」

「パンツ拾って、あんたの釈明して上げる」

「冗談じゃない! 恥ずかしいだろ? 余計に馬鹿にされるだろ? 大体、あんた、女の癖にパンツ、パンツって連呼するなよ!」

「事実なら、仕方ないでしょう」

「事実ったって」

男は口ごもり、挙げ句にしくしく泣き出した。

参ったね。こういう場合、私が幽霊を慰めるのか? しかし女の幽霊ならば、まだ泣き顔も様になるけど、男のそれは絵にもならない。

「……泣くな」

私はいつの間にやら、腕組みをして男に諭した。幽霊は泣きやむ気配もない。彼は鼻をすすり上げると、またもや幽霊らしい恨めし顔で、私の方に視線を向けた。

「生きている君に何がわかる?」

呟き、彼はすごんで見せた。

「哀れまれて、密かに馬鹿にされ、ああ、アイツは就職難を苦にして死んじまったって、欠席裁判で言われ続けて。挙げ句、こんな忙しい年の瀬に死ななくたっていいだろうってさ。法事どころか、葬式までごく簡単に済まされちゃった俺の気持ちがあんたにわかる?」

へぇ。葬式の様子とか、死んだ後にもちゃんと認識できるんだ。だったら今後、気を付けなくちゃ……。

ふと感心してしまったが、彼自身の言葉には、私はまったく頷けなかった。

「甘いわね」

私はせせら笑った。

「あんた、一体、いつ死んだのよ」

「去年……」

「だったら『この忙しい年の瀬に』なんて台詞、まだ一、二回しか聞いてないでしょ?　私なんてね、今日が誕生日よ。こんな時期に産まれなくたっていいだろうって、二十年以上聞かされてるの。産まれてこの方、誕生日はハンパに扱われ続けているの。それでも、けなげに生きているわよ。一回や二回、法事が手抜きだったからって、文句言うなんて甘いわよ」

「そ、葬式は一生の問題だ」

怒りに、男の声が震えた。

「産まれた日だって、一生よ！」

私は拳を握って、吠えた。甘えるのもいい加減にしろ。死んだ方が生きてる者より不幸だなんて、決まりはない。

「…………」

長い沈黙だ。

男が最初に視線を逸らした。当然である。私に非はない。

私は溜め息をついて、男を見ずに立ち上がった。倒れた炬燵を元に戻して、散らばっているカップと、それから投げた座布団を片づける。

やれやれ、まったく今日は厄日だ。

どうしていつも、誕生日って物事がうまく行かないんだろ。他の人もそうなのかしら。それとも、私だけなのか。

(ともあれ、私の誕生日は、いっつもハプニングがらみなのよね)

経験から慮《おもんぱか》ると、誕生日とその前後一週間は要注意日だ。クリスマスには男に振られる

し、正月には着物に染みを作るし。行事の多い時期だから、こっちも浮かれてドジをするっていうのもあるけど、

（この幽霊は絶対に、私のせいじゃないもんね）

　これこそ、まさに運であろう。

　無言で片づけをしていると、男はしばし黙った後に薄暗い声で呟いてきた。

「なんだよぉ。俺を無視するのかよ」

　こう来たか。まったく甘ったれだ。姿を現すのが精一杯の癖しやがって、恨み言ばかり一人前だ。やっぱり幽霊になる人間って、無念の何のというよりも、生前の人格そのものに問題があるに違いない。

（しかし、それも一興）

　と、私は思うことにした。

　今日が命日というこの男は、今日一杯ここに居続けるだろう。私が部屋から退散すれば、男は着いてこないだろうが（地縛霊ならね）、家賃払っている本人が退散するなんて理に合わない。

　慣れれば、目新しいオブジェと同じだ。

　我ながら良い度胸とは思いつつ、私はこの状況を楽しんでみることにした。

（そう。楽しんでもいいはずよ。私の誕生日なんだから）

冷蔵庫から秘蔵の日本酒を取り出して、私は安いグラスと共にそれを炬燵の上に並べた。

「飲まない？　幽霊」

笑って言うと、男はびっくりした顔で私のことを凝視した。顔が若干、青ざめているのは、驚愕のため——ということはないだろう。

「どうせ、あんた今日一杯、ここに居続けるつもりなんでしょ。だったら命日と誕生日、ふたりでお祝いしましょうよ」

「お祝いというか、供養して欲しいんですけれど……」

「理由はどうだって構わないわよ。ともかく、私は飲むからね」

私はグラスに酒を注いだ。もちろん、半分はやけ酒だ。男の分も注いでやると、男はそろそろと前に座って、グラスを取るよう素振りを見せた。当然、グラスは動かない。

「あ、実体がないから飲めないか」

「いや。なんていうか。酒の霊気っていうのか精気っていうのか、それが飲める気がするよ」

うーん。なるほど。神仏に捧げる供物ってのも、こういう形で「食べられる」わけか。実物を前にすると、勉強になるな。

「それならね、ケーキも食べる？　実は買ってあるんだ。バースディケーキ」

「なんだよ、ひとりで祝う気だったの」

「私、こういう年中行事は、きっちりやらないと気が済まないの」

「というか、そんなのひとりでやったら、余計に寂しくなるだけじゃん」

「いいのよ。いつものことだもの」

言うと、幽霊は少し黙った。参ったね、同情されたみたいだ。

私は構わず、ケーキを出した。いつもは家に持って帰って、みんなで食べるものである。

「日本酒とケーキなんてさぁ」

小さなホールケーキを見て、また幽霊が口を出す。

「いいじゃない。葬式饅頭の方が良かったの？」

「いや、俺、どうも甘いものは」

「酒のつまみは出さないわよ」

我が儘《まま》なヤツめ。私はひとりで酒を飲み、勝手にケーキを頬張った。

男はつくねんと座っている。幽霊に陽気にしろというのは無理な相談かも知れないが、どうにも様子が辛気くさい。

彼をひとことで言うならば、どこにでもいる青年だ。化けて出て来さえしなければ、隣に十年住んでいたって、顔も覚えられないだろう。

（顔立ちは悪くないんだけどね。貧乏そうっていうか、運がなさそうっていうか）

影が薄いのは仕方ない。

「何、ジロジロ見てんだよ」

私の視線に気がついて、幽霊は口を尖らせた。

「あんた、いくつ？」

「三十一」

「ふぅん。まだ若いんだ」

「お前は？」

「今日で二十七」

「ババァだな。四捨五入したら、もう三十か」

（……こいつ、殺す）

いやもう、死んでるか。こういう台詞を女に吐くなら、そりゃ彼女なんかできないだろうね。

「お酒、下げる」

当然、私はムッとして、彼の前のコップを手に取った。

「あ、待って」

男は抑えられもしないコップに手を伸ばし掛け、

「ごめん。言い過ぎた……うん。いいよね、年を取れるっていうのはさ」

急にしみじみと口調を変えた。

今度は泣き落とし作戦か。でも、確かにそうだろう。若いというのも、生きていてこそ意味あることに違いない。死んだらすべてはオシマイだ。そしてそれは若ければこそ、無念なことに相違ない。

しかし私は根が不器用だ。気の利いた慰めなんか出やしない。私はコップの酒をあおった。

「いいよな。ちゃんと酒、飲めて」

幽霊は落ち込んだ様子である。そして自分のコップをみつめ、しみじみとした吐息を漏らした。これもまた、気持ちは十分、わかる。が、

「あんたね。せっかくの誕生日なんだから、もっと楽しそうにしなさいよ」

私はやや火照ってきた頰を撫でて文句を言った。

「お前こそ、俺の命日に楽しそうに酒を飲むなよ」

「何よぉ。あんたにもあげてるじゃん。別にいいのよ？　ジャンジャン、飲んでも」

私は鼻でせせら笑う。……ああもう、私のひねくれ者め。どうして素直になれないのだろう。寂しいなら寂しい。嬉しいなら嬉しいと、もっと素直に語れれば、今日だって違った日になっていたかも。去年の暮れに彼氏とも別れずに済んだに違いない。

だが失言を悔やんでももう、遅い。案の定、幽霊男は怒った。そして立ち上がると罵声を上げた。

「――祟る！」

決め台詞かどうかは知らないが、声と同時に音を立てて電気が消えた。継いで、家中のものがガタガタと地震のように揺れ始める。

コップが倒れた。酒瓶が割れた。雑誌の山が崩壊する。

私は金切り声を上げ、頭を抱えて蹲《うずくま》る……。

どれほどの時間が経ったのだろうか。再び電気の点った部屋で、相変わらず消える素振りも見せない男の声が降ってきた。

「あんまり俺を怒らせるなよ」

恨みがましい声色だ。

やっぱりコイツ、幽霊だ。本気で怖い幽霊なんだ。四肢の震えを止められもせず、私はただ嗚咽を堪えた。

「なんだよ。泣いているのかよ」

「…………」

「お前が悪いんだぞ。無神経なことを言うから」

「…………」

「泣くなよ」

「う、うるさい！」

私は覆い被さってくる男の気配を振りのけた。もう、何がなんだかわからない。割れたグラスをぶん投げて、私は幽霊男に怒鳴った。

「何が無神経よ！　無神経はどっちよ⁉　もう最悪よ。ほっといてっ」

目から涙がぼろぼろこぼれる。かまうもんか。みんな、コイツが悪い。

「今日を何の日だと思っているの⁉　私の誕生日よ？　それなのに。あんたみたいな幽霊になんで、私が気を遣うのよ！　いいわよ。どうせね、私の誕生日なんか世の中の誰も気にしちゃくれないんだからぁっ」

「お、おい？」

「何よ、文句があるの？　自分だけが不幸なつもりなんでしょ！　冗談じゃないわ。不幸は私よ！　いつもいつも……小さいときから、この年の瀬にって、忙しいって、誕生日は放っておかれたし。学校に行ってた時は冬休みで、友達からプレゼントも貰えなかったし、会社に入っても冬休み。せめて前日なら、仕事納めと一緒に同僚と飲むことだってできるのに、二十九日じゃ、それもできない。クリスマスは終わっているし、正月はまだだし、九日《くんち》飾りって言って、正月のお供えも飾っちゃいけない今日は不吉な日だって言うし。そればかりか、こっちに越したら、今日はゴミの最終日！　こんな不幸がどこにあるのよ！」

私は声を上げて、わんわん泣いた。

悲しい。

本当に悲しいったら、ない。

今日は家に帰るつもりだったのだ。そして自分で買ったケーキを出して、少しでもみんなに、今日は私のお祝いだって思ってもらいたかったのだ。それはここのところ毎年の恒例行事みたいなものだ。

なのに私が帰らなくても、家族は電話も寄越しやしない。きっと、忘れてしまっている。ゴミ出しにばっかり、気を取られている。

そりゃあ、二十七にもなって、誕生日がメデタイなんて言う方がおかしいのかも知れない。けれど、私、一度だって、ちゃんと誕生日を祝ってもらったことがない。小学校の時、友達が開いていたような誕生パーティひとつも、やったことない。

幽霊は何をしてるのか。涙で曇って、よく見えない。でも、それだってもう、どうでもいい。私はただただ、嘆き続けた。

「……泣くなよ」

少し経ったのち、小さな声が耳に届いた。

「……ちょっと飲み過ぎたんだよ。な?」

気遣うような、その声は微かに震えているようだ。見上げると、なんと幽霊男は私と一緒に涙ぐんでる。

「なんで、あんたが泣くのよぉ」

「気持ち、少しだけどわかるから」

男は淋しげな顔で笑って、

「そうだよな。あと三日で正月だもんな。ダチも坊さんも慌ただしくて、俺の命日どころじゃないよな」

しみじみとして男は言った。そして私の顔を覗くと、彼は穏やかな口調で続けた。

「いいじゃないか。まだ二十七年。俺なんかこれから何百年も、命日はきっとこんなだぜ」

まるで、ウィンクしそうな感じだ。

「……な、慰めてくれてるの？」

「同病相哀れむってヤツ」

幽霊は笑う。

参ったな。そんな器量のあるところを見せないで欲しい。また、涙が出てくるじゃんか。これじゃ、年上の立場がない。私は気丈な声を作った。

「あなたと一緒にしないでよ。どうせ、すぐに生まれ変わるわ。そうしたら、あんた、命日なんか覚えているわけないじゃない」

「生まれ変わりか。いい響きだね。……で、君も俺を慰めたわけ？」

「ち、違うもの」

「さて、どうだかね」

幽霊は歯を見せて笑った。私も仕方なく微笑み返した。

やっぱり、酔っているのだろうか。それとも久々に泣いたからかな。急に心がスッとした。人生の起点と終点が同じ魂がここにある。なんだか大袈裟な言い方だけど、そういうふたりがここにいるのは悪くないし——ホッとする。

「ごめんね、変な八つ当たりして」

泣いた照れ隠しもあって、私は素直に謝った。幽霊男は驚いて、それこそ照れてしまったらしい。蒼い顔を少しだけ人に近いものにした。

私は顔を袖で拭って、散らかったものをまた片づけた。そして改めて台の上に、水と造花と、誰かから貰った安いお香を立てた。

「何するんだよ」

「やり方、知らないけど。少しだけあんたのこと供養したげるよ」

私は言った。同情だけどね、この幽霊男に少しだけ好意を持ったのはホントのことだ。死に様は飽くまでドジだけど、決して悪い奴じゃない。そして彼が今日という日に、死んでしまったという事も、私が今日、産まれたことと同様に、少しも彼の罪ではない。

「お礼できないぜ?」

男は嬉しいような困惑したような複雑な笑顔を作って見せた。

「お礼なんか、要らないわ。私の誕生日をここまで盛り上げてくれたのは、どんな意味にしろ、あなたが初めて」

「嫌味？」

「違う」

「……ありがとう」

男は私に頭を下げた。今更、堅っ苦しいね。私が苦笑していると、彼はやがて頭を上げて、音もなく両手を打ち合わせた。

「そうだ。名案！　俺が生まれ変わったら、絶対、この日に産まれてやるよ。そして共に不幸を味わい、一緒に誕生日のケーキを食べよう！」

「それが、お礼？　お人好しねぇ」

「いいさ。君ばっかり、この先も——うん、なんか俺、きっぱりと成仏できる気がしてきたよ」

「良かったわね」

言うとおり、さっきより少し男の影は薄くなってきたようだ。

これで、彼が無事いなくなったら……ああ、なんだろう。寂しい気がする。

思った途端、電話が鳴った。一瞬、幽霊を忘れて受話器を取ると、聞き慣れた母の声がした。

『どうして、帰ってこないのよ。今日はあんたの誕生日じゃない。みんなでずっと、待ってるんだよ』

「お母さん……」

私は声を詰まらせ、幽霊男を顧みた。

「良かったね」

私の口振りを真似て、男が笑う。同時に、お香の煙が流れた。幽霊の影が薄くなる。

(行っちゃうの?)

問いかけは、なぜか口に出せない。

私は唇を噛みしめた。

電話の向こうでは、心配そうな母の声が続いている。

男の影が俄《にわか》に崩れる。そして最後に晴れ晴れとした幽霊の声が部屋に響いた。

「あ、言い忘れてたことがある。お誕生日、おめでとう」

バカ!

また、泣けてくるじゃんか!

それが十年前の話だ。

本人が言っていたとおり、男は成仏したらしい。私はあれから、一度たりとも幽霊というものに会わぬまま、家賃の安いアパートで暮らした。

そして二年後に結婚し、そのアパートも引き払った。

なのに、なぜか引っ越し先もゴミの最終日は二十九日だ。

どうして年末というだけで、こんなにゴミが出るんだろう。普段、不用なものをどれほどに溜め込んでいるか、よくわかる。

うんざり。

ぎっちり詰まったゴミ袋の前では、朝っぱらから、ふくれっ面の息子が座り込んでいる。

「ユウ君ちじゃね、お誕生日のパーティやったんだってよぉ。なんで僕んちはやんないの？」

「仕方ないでしょ。年末は忙しいんだから。ホラ、もう小学生になったんだから、ゴミ運ぶの手伝って」

「やだぁ」

息子は泣き出した。

まったく、これぞ年中行事。そして、やっぱり二十九日の誕生日ってのは厄介だ。

私は息子の頭を撫でた。

「ゴミ出しが先。それが終わったら買い物に行ってさ。一緒にケーキを食べましょう」

――約束通りに。

私は息子の尻を叩いて、小さなゴミの袋を持たせた。

あたしのお部屋にいらっしゃい——飯田雪子

飯田雪子（いいだ・ゆきこ）
一九六九年二月一日、静岡県に生まれる。静岡大学教育学部卒。一九九四年『忘れないで - FORGET ME NOT -』で、第1回講談社ティーンズハート大賞を受賞。SF、ファンタジーなど、非日常を描いた分野で活動中。ホームページ「SNOWFLAKE」http://wing.zero.ad.jp/mopet/

宝瓶宮《ほうへいきゅう》

毎年の太陽通過　1月21日頃から2月18日頃
不動の風の宮
支配星　改革の星・天王星
鍵言葉　我解く（I solve）
色彩　電光色

人体対応　くるぶし
記号　流れるエネルギー
長所　個性的、独創的
短所　奇矯、反抗的

　毎年、冬のさなかに太陽は宝瓶宮を通過していく。この時期に北半球はしんしんとした寒さに覆われ、そのなかでさまざまなものが浄化されていく。神話世界においては、この星座宮は神々の王ゼウスの寵愛《ちょうあい》を受けた美少年ガニュメデスが酌をしている姿であるとされる。
　宝瓶宮の原理は個別性と協調性にある。人は誰しもが個別のユニークな存在であるが、しかし同時にヒトは社会的な生き物であるところから、一人きりでは生きていけないという矛盾が存在する。自分が自分でありながら、ほかのだれかと協調し、連帯していくことと。それがいかに難しいか、ということは戦いに満ちた人類の歴史を振り返るだけで容易にわかるだろう。しかし、この難行を成し遂げることこそ宝瓶宮に与えられた使命だともいえよう。高い理想、ユニークな才能などはそのために与えられた能力である。

（鏡リュウジ）

二月の水は冷たい。

ゆるやかに渦を巻く水流に身を晒《さら》しながら、あと何日だろう、と、あたしは指を折る。どれだけその日を待ったことか。ようやく指が折れるほどに、近づいてきたのだ。約束の日が。

やっと、孝史《たかふみ》に逢える。

指を身体中にすべらせて、すべての汚れを拭っていく。冷水はあたしの中にしみわたって、何もかもを清涼に変える。身体も心も。骨の隙間の、かすかなくすみさえも洗い流して。

あたしはもっと綺麗になる。輝くような真珠色になって、孝史に逢うのだ。

二月の水は冷たい。

孝史がいないせいだ、と思う。

彼に逢えばきっと、水の冷たさなんて気にならなくなる。

生き物を育てるのは苦手だと言ったのに、孝史は知らぬ顔で金魚を置いていった。

あれは確か七月のことだから、今からもう半年以上も前になる。あたしの部屋に来るなり、美緒《みお》の部屋は殺風景すぎるよ、と孝史は切り出したのだ。

「シンプルに暮らすのは、悪いことじゃないと思うけど？」

「それだって限度ってもんがあるだろ。前から思ってたんだけどさ、美緒、お前、ずっとこういう部屋にいて息が詰まらないか」

「何で息が詰まるのよ」

あたしは少なからず不機嫌になって、孝史を軽く睨んだ。

モノクロームのワンルームはぬくもりや華やぎとは無縁だけれど、インテリアとしては悪くないし、何よりあたしはその洗練されたシャープな空間が気に入っていた。

可愛らしい部屋だったら簡単に作れる。例えばキャンディ・カラーのポップな部屋。カントリー調の部屋。けれどあたしは、そんなありていな部屋に住みたくはなかった。勿論、そういう可愛い雰囲気があたしには似合わないことを知っていることも理由のひとつではあるけれど。

シンプルにしつらえることの方が、どれだけ大変か判らない。

家具一つ、雑貨一つ買うにしたって、吟味に吟味を重ねて納得のいくものを選んでいる。そうして作り上げたあたしだけの城を、どうこう言われる筋合いなんかない。それが孝史でも、他の誰であっても。

「で、まあ、少しは彩りになるんじゃないかと思ってさ」

あたしの不機嫌を横目に、孝史は金魚の入ったビニール袋を差し出した。

「金魚ぉ？」

あたしは露骨に顔をしかめた。

「何だよ。金魚、嫌いなのか」

「嫌いじゃないけど」

可愛い、とは思う。思うけれど。

「どうせ彩りなら花でも買ってきてくれればよかったのに」

「それも考えはしたけどさ。でも、花はすぐに枯れるだろ」

「金魚だって死ぬわよ」

「美緒」

咎めるように、孝史はあたしを制した。

確かにあたしの言葉は無神経だったかもしれないし、無情だったかもしれない。それでも、素直に喜ぶことのできる訳もなかった。あたしは生き物を育てるのは苦手だから。ちゃんと育てられる自信なんか、少しもないから。

「プレゼントは笑って受け取るのが礼儀ってもんだろ」

「だったらプレゼントらしくリボンくらいかけたら？」

「金魚屋で？　プレゼントだからリボンつけてくれって、そう言うのか？」

その光景の馬鹿馬鹿しさにあたしは少しだけ笑って、それから金魚をビニール袋からブランデーグラスの中へと移し換えた。どうせなら金魚鉢ごとプレゼントしてくれればよかったんだわ、と、ぼんやりと思う。孝史ときたら、気がきかないのか、何も考えていないのか。

鮮やかな朱色のリュウキンは、縁日の金魚すくいで手に入れる弱々しい金魚よりも格段に華やかで、たった一匹でも少しも淋しい感じはなかった。

フリルのような尾鰭《おびれ》が水中でひらりと揺れて、無彩色の空間を鮮やかに彩っている。孝史のセンスも悪くはない、と思う。白と黒とグレーと。その中に落とし込まれた赤は、これ以上ないほどのアクセントだ。

翌日には小さな金魚鉢を買った。すべすべした小石と水草も用意して、サイドボードの上にしつらえると、部屋はさらに華やかになった。モノクロームの中の原色。鮮やかな赤と緑。そしてその中を、細かな気泡が雪のように泳いでいく。

クリスマスみたいね、と言うと、まだ夏になったばっかりじゃないか、と言って孝史は笑った。金魚を見てクリスマスを連想する奴があるかよ、とも。

（——だったら、血の色かしらね）

無意識のうちに浮かんだ、その言葉は、けれど口には出せなかった。

おそらく気づいていたのだと思う。孝史が金魚を連れてきたことは、決して好意の表れではないのだと。

無意識にせよ、金魚を贈ることで、俺はこの部屋は好きじゃない、と孝史はあたしを貫いたのだ。

無彩色の部屋を横切る金魚は、空間を切り裂いて鮮やかな血の色をあたしに見せつける。ひらめく残像は消えても、その赤い色は、いつまでも消えない。

――クリスマスどころか、夏さえも越せなかった。

夏の終りの突然の別れにも、涙は出なかった。ただ金魚鉢を眺めて、まだクリスマスは遠いんだわ、と、ぼんやりと思った。血の色の、クリスマス色の、あたしの水槽。

「美緒が悪い訳じゃない」

お決まりの台詞を、孝史の唇は紡ぎ出す。

「俺は美緒のことは好きだけど、でも、それが恋かって言われると違うような気がする。何ていうか……その」

くつろげないんだよ。その一言を、孝史は絞り出すように口にした。

あたしはただ、じっと孝史を見つめていた。

他に好きな娘ができたのかもしれない。そうじゃないのかもしれない。けれどそれは、どっちだって同じことだ。そんなことを問い詰めたって意味がない。事実を確認したところで、あたしの気持ちが、孝史の気持ちが、変わる訳じゃない。

「もう、此処《ここ》には来ないの？」

責めるつもりはなかった。ただ、訊きたかった。もう此処には来ないの？

「友達としてなら会えるの？　それとも、もう会えないの？」

孝史はしばし返答に惑って、それから小さく、ごめん、と言った。ごめん、と——あたしの顔から視線をそらしたままで。

哀しい場面の筈なのに、むしろあたしは笑いたかった。

何て言ってほしいの？　あたしに何を求めているの？

置いていかれるのはあたしなのに、どうしてあたしが、あなたの望むものをあげなきゃいけないの？

孝史の望むシナリオに乗ってあげられるほど、あたしは優しくなんかない。泣いてすがることも、笑って送り出すことも、きっとあたしには相応しくない。

泣く代わりに、笑う代わりに、あたしはゆっくりと言葉を継いだ。

「……一つだけ、お願いがあるの。年に一日だけ、あたしにちょうだい」

哀願ではなく。むしろ、少しばかり挑戦的な口調で。

そう、きっとこんな態度があたしには一番よく似合う。傷ついたそぶりも何もなく、当然の権利を主張するような顔をして。他の女の子たちとは違う、強烈な存在感で対峙して。

「年に——一日？」

怪訝な顔で、孝史はあたしを見つめ返す。

「永遠にとは言わないわ。あたしに、新しい恋人ができるまでの間だけでいい。年に一度——あたしの誕生日くらい、祝いにきてくれたって、いいでしょう?」

わずか三百六十五分の一。その日だけをあたしにくれれば、他の日なんかいらない。残りの三百六十四日は、孝史は好きな処へ行けばいい。あなたを待つ可愛い女の子のもとへでも。地の果てでも。何処へなりとも。

あたしは、束縛なんかしないから。

一日だけ貰えれば、それでいいから。

「……判ったよ」

別れを切り出した負い目のせいもあるのだろう。孝史は、不本意そうな表情を浮かべながら、それでも静かに頷いた。

「ねえ。あたしの誕生日、憶えてる?」

「憶えてるよ。二月の——」

言いかけて、孝史の表情がわずかに硬くなる。

「——十四日」

これは精一杯の意地悪だ。

二月十四日。バレンタイン・デー。

恋を語る記念日に、あなたを他の女となんか、過ごさせてあげない。

できる限りあでやかに笑ってみせると、孝史は複雑な表情を浮かべて、それからあたしに腕を伸ばした。さよなら、美緒。そう言って、最後にあたしを抱きしめる。今までになかったほどに、強い力で。

そして孝史は部屋を出ていった。

行ってしまうのなら、金魚も連れていってくれればよかった。

言ったでしょう。あたし、生き物を育てるのは苦手だって。

あたしはやっぱり、金魚を育てられなかった。金魚が日毎に弱っていくことを知りながらも、何もできなかった。世話をすることも、餌をあげることも、看取ってあげることも——死骸を埋めてあげることすらも。

埋葬も供養もされなかった金魚は何処へも行くことができず、今は魂だけになって、あたしのまわりを泳いでいる。

二月の、冷たい水の中を。

あたしはたくさんの魚たちと暮らし始めた。

それは育てているというよりも、共存しているといった方が近いような、何処か不思議な感覚だった。明け方の、そして夕暮れの薄暗さの中をふわりと魚影がよぎって、そのたびあたしは安堵の息をつく。誰も訪れることのない冷えきった部屋の中の、わずかなぬくもりに。

水面から差し込む陽射しはゆらゆらと揺れ、鱗は時に虹色の光をきらめかせる。あたしと一緒にいる魚は熱帯魚のような鮮やかさこそないけれど、それでも、部屋を彩るに充分な色彩を備えていた。

あの日を境に、あたしは部屋を移っていた。

今のあたしの部屋には、かつての部屋の面影はない。お気に入りの家具もカーテンも、すべて残してきてしまった。

仕事をやめても、部屋を移って引きこもっても、誰にも気づかれることはなかった。もともと家に呼ぶような親しいつきあいの友人はこの界隈にはいなかったし、ちょうどそれまでのバイトを辞めて新しい仕事先を探していたところだったから——つまり会社組織の何処にも属していない時期だったから——あたしの不在を怪訝に思う人は決して多くはなかっただろう。さすがに郷里の家族は別としても（それとも単に、家を空けてばかりの仕方のない娘だと思っているだろうか？　あたしの不在に訝《いぶか》しさを感じるほどには、実家からの電話は多くない）。

あの部屋から連れてきたのは、あたし自身と、そして約束だけだ。

誕生日に逢おうと。ただそれだけの。

魚たちの棲む新しい部屋は、あの頃のモノクロームとは違う。色褪せているのはあたし自身だけだ。どんな魚たちに囲まれても、どんな色に包まれても、あたし自身は無彩色のままなのだ。

色をつけたい、と思う。

孝史の現在の恋人がどんな娘かは知らないけれど、その娘と比べても遜色のないほどに、美しく鮮やかな色をつけたいと思う。

色をつけたくない、と思う。

誰のことも関係ない。あたしがあたしでい続けるために、かつて憧れた姿のままでいたいと思う。白はより白く。黒はより黒く。グレーは淡く、けれど凛《りん》とした輝きを持って。

「部屋がこんなに変わったから」

ぽつり、と呟きが漏れた。

「あたしまで変わったら、きっと孝史はあたしに気づかないわ」

相反する願いを抱えながら、あたしは無彩色を選びとる。孝史の愛する女の、模造品になったところで仕方ない。あたしはあたしで。あたしのままで。

赤い幻影がひらめいて、あの金魚があたしの傍に来ていることに気づく。

モウスグ逢エルヨネ？

ええそうよ、もうすぐ逢えるわ。そう言ってあたしは微笑む。

彼女も孝史に逢える日のことを楽しみにしている。死んでしまっても、彼女はまだ、孝史を慕っているのだ。金魚屋の大きな水槽から、たった一匹、彼女のことを選び出した孝史を。

今は彼の心が、此処にはなくても。

この想いに、代わりなどないから。

あたしと金魚は、同じ想いで一日をまどろんで過ごす。やがて訪れる約束の日に、とびきりの自分でいられるようにと願いながら。

彼はあたしたちを捨てていった。それは知っている。

あたしは孝史の愛する娘の代わりにはなれない。それも知っている。

それでもあたしは、肌を磨いていく。目指すのは真珠色の肌。白く。もっと白く。

あたしは孝史の指が好きだった。

ほっそりと長い、器用な指先。女のあたしですら羨《うらや》むほどの、整った形の桜色の爪。スレンダーなくせに、わずかも弱々しさのない指。力強く、ピアノの鍵盤を叩く指。

あの指が、あたしの肌を撫でる、その感触が好きだった。

静かに、優しく、時には強く、あたしを絡めとる指。髪に沈み、頬を撫で、輪郭をなぞっていく指。

最後の記憶は、甘やかで、せつない。

「さよなら、美緒」

孝史の指が、愛しいあの指先が、そっとあたしの頬に触れた。頬に、唇に、首筋に。

別れたくなんかなかった。いつまでも、孝史にとって特別の存在でいたかった。

『一日だけ、あたしにちょうだい』

断られてもよかった。いなされても、はぐらかされてもよかった。

馬鹿なプライドだとは思う。ただその言葉を口にすることで、あたしは自分を、特別な位置に据えたかったのだ。

泣けるほどに素直じゃないから。

忘れないでとは言えなかったから。

さりとて、何もなかったような顔をして送り出すことも、できそうになかったから。

『誕生日に、逢って』

断られてもよかった。嫌われても、恨まれてもよかった。

バレンタインは特別な日だ。だからきっと、孝史はあたしの誕生日を永遠に忘れない。他の誰とどれほど幸せなひとときを過ごしていても、孝史はその日、きっとあたしを思い出す。

それは勿論、甘い思い出ばかりじゃないだろう。苦いかもしれない。痛いかもしれない。

少なくとも、あたしの望む形でないことだけは確かだ。彼の記憶の中で、あたしは鬼女にも化物にもなるだろう。

それでも、忘れられてしまうよりはましだ。

憶えていて、と。どんなに変わってしまっても、美緒という名を憶えていて——と。

その想いは、きっと、呪縛のような強さで彼の胸に食い込むだろう。

それだけでよかった。もう二度と逢えなくても。

けれど孝史は断らなかった。逢って——と、その言葉に、判ったよ、と応えた。

だから、これは約束。

あなたはあたしに、逢う義務がある。


冬色の雲は薄く、けれど確かな存在感で天を覆い尽くしている。紗《しゃ》をかけたかのような白々とした空気は、この季節独特のものだ。きんと張りつめた冷気をそっと包み込むヴェール。空気は、雲は、陽の光をも淡く変えてしまう。

どんな色彩を湛えても世界は冷たく白い。色味の違う無数の白は、やがて降る雪と同化してただ一色の白になるのだろう。空気が、大地が、水が、雪に焦がれている。

誕生日の朝は、ゆっくりと目醒めた。

オハヨウ、と、幻の金魚が囁く。今日ダヨ。孝史ニ逢エルヨ、と。

イクツニナッタノ？　金魚が、そして部屋中の魚たちが訊く。

「二十五歳。二回目の」

二回目ノ？

「そうよ、二回目の」

孝史と別れたときから、あたしは年をとることをやめた。けれど誕生日を、あの約束を無視することなどできる訳もなく——だから、今日は、二回目の二十五歳の誕生日。

「迎えにいかなくちゃ、ね」

あたしの住んでいる場所を、孝史だけは知っている。それでも——ただ一度訪れたきりの場所を、彼がきちんと憶えているとは限らない。あのときは夏だったから、今とでは景色も雰囲気も違う。彼を迎えにいかなくちゃ。

孝史は今日も、ピアノを弾くだろう。それが彼の仕事だから。

特別な日だからといって、彼は仕事を休むようなことはしない。孝史は自分の仕事にプライドを持っていて、そして何より、仕事を愛している。あたしはそれを知っているし、そんな孝史のことが好きだった。とても。

レストランの片隅で、彼が静かにピアノを奏でる姿は、いつでもすぐに思い出せる。明るすぎない照明の、落ちついた店。逸品のグランド・ピアノと、ブラック・フォーマルに身を包んだ孝史と、流れるイージー・リスニングと。

仕事中の姿を見られるのは照れくさいな、と、孝史は何度も言った。

「何もわざわざ店に来なくたってさ。うちにだってピアノあるんだから、いつでも弾いてあげられるのに」

「でも、音が違うわ。そうじゃない？」

「どうせ、俺の部屋にあるのはしがないアップライト・ピアノだからね」

あたしは笑った。勿論ピアノのグレードも要因の一つではあるだろう。けれどそれよりも、音の質が驚くほどに違うのだ。それは孝史の感情に起因していたのかもしれない。感情──或いは、緊張感と言った方が正しいんだろうか。リラックスしているせいなのか、部屋の中で聴くピアノは、ただひたすらに穏やかで優しい。部屋で聴くあたたかな音は勿論好きだったけれど、店でしか聴けない、凛とした響きの音も好きだった。孝史が鍵盤を叩くときの、私生活とは違う真剣な横顔も。

あたしは何度となく店を訪れて、隅の席に腰掛けて、孝史のピアノを聴いていた。

ショパンやモーツァルトやリストは定番だけれど、古典的なクラシックはどうも好きじゃない、権威主義は嫌いだ、と言って、孝史は別の曲を選んでいた。穏やかで耳馴染みがよく、美しい曲。決して技巧に走らない、けれど聴く者の心に深くしみる曲。例えば久石譲。例えば立原摂子。アラジン・マシューにジョージ・ウィンストン。

彼の気を散らさないように、あたしはただ、黙ってじっと坐っている。そして彼が仕事を終えて、普段着に着替えて店から出てきたところへ、静かに声をかけるのだ。

今日の演奏も素敵だったわね、と。

「素敵な演奏だったわ」

ショートカットの小柄な娘が、自然な仕草で孝史によりそう。胸に抱えた包みは、おそらくはバレンタインのプレゼントなんだろう。

似ていない、と思う。彼女はあたしと少しも似ていない。髪の長さも、肌の色も、声もそして表情も。殊に一目でそれと判る無邪気さは、あたしとは対極のものだ。或いは、だからこそ孝史は彼女を選んだのか。

それでも、店の片隅でうっとりと孝史のピアノに耳を傾ける、その姿だけは何処か似ていたかもしれない。かつてあたしが坐っていた席に彼女は腰を下ろして、静かにピアノを聴いていた。傍らにあたしが佇んでいることにも気づかずに。

ドアにCLOSEDの札がかけられ、孝史が支度を終えて出てくるのを待つ間、彼女は所在なげに街路樹に背を凭《もた》せかけていた。やがて孝史が現れると、白い息を弾ませて、素敵な演奏だったわ、と微笑んだ。

「何か、照れくさいな。そういう風に言われると」

孝史はそう言って、指先をくしゃりと彼女の髪に沈ませる。

昔と変わらないその仕草に、きり、と胸が痛んだ。

髪に沈む指。頬を撫でる指。愛しいものを、そっと、絡め取る指先。

ねえ。今日が何の日だと思ってるの。あなたの指は、その娘のものじゃない筈でしょう。

今日は。せめて今日だけは。

夜の闇は深い。あとほんの数時間で、日付が変わってしまう。約束が消えてしまう。

孝史、と、あたしは声をかける。駄目よ。今日はあたしの誕生日なんだから。約束の日なんだから。あなたの隣にいていいのは、あたしだけなんだから——。

ぴしゃん、と水の音が跳ねた。金魚か、それともあたしの身体からすべり落ちたものなのか。

その音に気づいてか、孝史はゆっくりと振り向いた。振り向いて、そして。

「——美緒」

その声は、呼びかけというよりは呟きに近かった。そして呟きよりは、風の音に。驚きに息を吸い込んだ、喉をかすめる空気の音に。

「……どうしたの?」

彼女が怪訝そうな表情で孝史を覗き込む。それから孝史の視線を追って、わずかに息を呑む。

その表情で、彼女があたしの存在に気づいたと判った。あたしの立つ場所に、彼女は何を見ていただろう。けぶる白い影か、空気の歪みか、濡れそぼる骨か、それとも金魚の赤い幻影か。

「嫌だ、何なの、あれ」

悲鳴にも似た声を上げて、彼女が孝史の腕にしがみつく。けれど孝史はその問いには答えない。応えられない。

「どうして……美緒、お前……」

孝史の声は奇妙にかすれていた。ごくり、と唾を飲み込む音が響いた気がした。聴覚としてではなく。奇妙にリアルに、あたしの中に。

どうして、と問いたいのはあたしの方だった。静かに微笑んで、あたしは無言のままに問いかける。どうしてそんなに驚くの。約束の日を、あたしのことを、あなたが忘れた筈はないのに。

あたしの骨の上に、孝史はかつてのあたしの面影を乗せている。彼の目に映るあたしは美しいだろう。かつての姿に、骨の白さを肌に重ねたあたしは。

孝史はわずかに後ずさって、街路樹に背中をぶつける。許してくれ、と唇から声が洩れる。

「違う。美緒の筈がない。美緒がこんな処に、いる筈がないんだ——!」

それは絶叫に近かった。

彼は何を怯えているんだろう。たった一日の約束が、或いは永遠に続くことを？　どれほど時が流れても、十年、二十年経っても、決して消えずに残ることを？

けれど、それを選んだのは、孝史だ。

断られてもよかった。いなされてもよかった。なのに孝史はそうしなかった。

あたしには、二度と恋なんてできない。もう二度と、恋人なんてできない。だから孝史との約束は永遠だ。永遠の二十五歳を、あたしは孝史と過ごす。

そうさせたのは紛れもなく彼だ。それは決して、あたしじゃなくて。

ざわ、と風が街路樹を揺らす。葉の落ちきった冬木立は、きしきしと悲鳴のように枝を鳴らす。

他の音は、何も聞こえない。遠く響いていた街の喧噪《けんそう》も、行き交う車の音も、此処にはない。ただ風が吹いているだけだ。風が骨を鳴らしているだけだ。街路樹の骨と、あたしの骨と。

「俺を……恨んでるのか」

その言葉に、あたしは小さく笑った。どうしてあたしがあなたを恨むの。あたしはこんなに、あなたのことが好きなのに。

あたしの傍らで水が動く。つい、と、滑り出した金魚が、孝史のもとへと泳いでいく。

「ねえ。孝史ったら。どうしたの。何なのこれ」

泣き声混じりの彼女の言葉に、けれど孝史は応えない。そう、それでいい。今日はあたしの誕生日だから。あなたはただ、あたしだけを見ていればいいんだから。

孝史の表情は、奇妙に歪んでいた。或いは彼は、泣いていたのかもしれない。それはお世辞にも魅力的な表情とはいえないのに、あたしは不思議な満足感を覚えていた。あたしはこれほどまでに彼の心の中に棲みついている。ただその事実に。

「怖かったんだ。俺は、怖かったんだ、お前の強さが。お前に何もかも奪われていくような気がして、俺が俺でなくなっていく気がして、だから」

「……強くなんかないわ。あたし。あの頃も、そして今も」

空中を泳いだ金魚は、孝史の肩先にひらりとその身体を横たえる。あたしは金魚と一緒だ。捨てられても、置いていかれても、あなたのことがただ愛しい。

あたしがあの部屋に二度と戻らなかったから、だから金魚は死んだ。

金魚はさぞかし飢えただろう。さぞかし痩せただろう。朽ちて、水に溶けて、腐臭を放つどろどろの液体と成り果てただろう。そしてその液体さえも、とうに蒸発して、金魚鉢の底にへばりつく、かさぶたのようなものに姿を変えただろう。

あたしがあの部屋に戻れなくなったのは、孝史のせいだ。

だから金魚は、孝史に殺されたのと同じこと。

それでも生前の姿そのままに、ひらりひらりと金魚は孝史の周囲を泳ぎまわる。ひらり

――ひらりと。生前の想いそのままに。

だから。ねえ。恨んでるなんて思わないで。

あたしは金魚のように、素直にあなたの胸には飛び込めないけれど。

意地っぱりなのは相変わらずで、昔も今も、想いを伝えることは少しも得意じゃないけれど。

闇の底から、雪が降り始める。風に散らされて舞い踊る結晶が、ほのかに光を放つ。何て美しい白。あたしを、あなたを、すべてのものを覆い尽くす白。あたしが何より焦がれていた世界が此処にある。

ねえ。孝史。約束したでしょう。

あたしはそっと手をさしのべる。振りはらうことは許さない。だって約束だもの。最後の、たった一つの、約束なんだもの。

ねえ。孝史。

あたしのお部屋にいらっしゃい。

孝史の指先の感触を、あたしはよく憶えている。

「さよなら、美緒」

最後の言葉とともに、あたしに触れてきた指。頬に、唇に、そして――首筋に。

腕ではなく、指で孝史はあたしを絡め取る。

息もできぬほどに強く、食い込んでいく指先。

あたしはあのときまで、あれほど強く抱きしめられたことはなかった。


二月の水は冷たい。

水面には薄氷が張っているようだ。陽射しの色が、いつもとはわずかに違う。

氷と水とを通して降り注ぐ光が、魚たちの鱗をきらめかせる。それを愛しく思うのは、彼らの中に、血肉に、あたしの命が息づいていると感じるからだろうか。

魚たちはあたしを残さず喰って、あたしを真珠色の骨に変えた。

あたしが抱きしめるモノクロームは、今はこれだけでいい。あたしの根底の、基幹の、すべてを支え続けてきた白。その色が、愛しくない筈がない。

水流はゆるやかにあたしの身体を撫でていく。骨の合間をすり抜ける魚たちの感触が、そのかすかな息遣いが、あたしをうっとりとまどろませる。湖底から時折浮かび上がる気泡は、あたしの骨の表面をついと滑って、遠く水面に消えていく。

「——孝史」

もう日付を進める必要もない。永遠の誕生日を祝いながら、あたしはそっと孝史に呼びかける。湖底は昏いけれど、陽の光が入れば、あたしの真珠色は何より美しく見えるでしょう？

孝史は応えない。

冷たさに凍えているのかしら、と思う。でもね、あたし独りだけのときは、もっとずっと冷たかったのよ。おかしいでしょう。感覚なんて、もうとうの昔に麻痺したと思っていたのにね。

愛しさが水に溶けて、あたしの骨の隅々にまで入り込む。ほら。あなたがいるだけで、水はこんなにあたたかい。

魚たちはやがて、孝史の身体を美しく変貌させるだろう。あたしの命と孝史の命は、同じ魚たちの中で溶け合って、脈々と受け継がれていくだろう。

あたしたちの肉体を溶かし込んだ湖は、幾多の命を育んでいく。

ああ、そうなのか、と思う。この魚たちは、湖は、あたしたちの子供なのだ。あたしと孝史の子供。それが愛しくない筈がない。

そしてあたしたちは、そっと水底に蹲《うずくま》る。よく似た姿で——それはもう、一対のオブジェのように寄り添って。この愛しさを、身体中にまとわせて。

あの日、孝史に抱き上げられて、あたしはこの湖に来た。

きっとあたしは、花嫁だったのだ。抱き上げられて、新居へ招き入れられた花嫁。彼があたしを湖に沈めたのは、この部屋をあたしに与えるため。

ゆるゆると水底へ沈みながら、あたしは約束のことだけを考えていた。

あたしの誕生日は、愛の祝日だから、それに相応しい姿で孝史に逢おうと。

あたしの骨は、美しい白は、そのままウエディングドレスに相応しい。

だからあたしは、磨きをかけた。

朽ちた肉は魚たちに与えて。血も脂も、すべて拭い去って。ゆっくりと時間をかけて浄化する水の中で、あたしは日毎に美しくなった。ただあなたに逢うためだけに。

ねえ。だってそうでしょう？　特別な日だもの。あたしの誕生日で、バレンタインで、そして、それから――。

ひらり、と、目の前を金魚がよぎっていく。

その鮮やかな赤に、あたしは微笑む。愛しい金魚。お前は此処でも部屋を彩ってくれるのねと。

ねえ、孝史。此処は決して華やかな色彩を持ってはいないけれど。くすんだ色合いは、ぬくもりこそあれ、あでやかさとは無縁だけれど。

でも。それでも、あなたはもう、殺風景だなんて言わないでしょう？

だって此処は、あなたがあたしのために選んでくれた部屋なんだから。

あたしはそっと手を伸ばす。あたしの指より早く、揺れる水が、孝史の皮膚を撫でていく。頬を——髪を——唇を。あたしを見つめたまま、動かない瞳のあなた。何て愛しいひと。

小さな泡が、ぷくりと水面に昇っていく。

あなたの髪が、水草のように揺れている。

万華——太田忠司

太田忠司（おおた・ただし）
一九五九年二月二十四日、愛知県に生まれる。
一九八一年、『帰郷』が星新一ショートショート・コンテストで優秀作に選ばれる。一九九〇年、『僕の殺人』で本格デビュー。作品は他に『月光亭事件』『新宿少年探偵団』など。ホームページ「NEW KIDS ON THE TIGHTROPE」http://homepage2.nifty.com/tadashi-ohta/

双魚宮《そうぎょきゅう》

毎年の太陽通過　2月19日頃から3月20日頃
柔軟の水の宮
支配星　夢想の星・海王星
鍵言葉　我信ず（I believe）
色彩　青緑色

人体対応　足
記号　二匹の魚
長所　同情心、自己犠牲
短所　非現実的、自己憐憫

　春の気配が満ちてくるころ、太陽は双魚宮へと毎年進んでいく。神話世界では、この星座宮は愛の女神アフロディーテとその息子キュピドが変身した魚の姿であるといわれている。
　双魚宮は十二宮の最後を飾る星座である。黄道十二宮《こうどうじゅうにきゅう》を魂の旅路ととらえたときには、この宮はその最終地点でもあり、また次の旅への始まりを待つ休息地点であるともいえる。この宮の原理は、あらゆるものの境界を喪失させることにある。現実と夢、我と汝、主観と客観がすべて崩れていく。しかし、そのなかでこそこの世には見いだせないような美しいものがその虚実のはざまで浮かび上がったりもするのである。夢想的で、ロマンチストで、ほかの人の感情がそのまま自分のものとなる双魚宮生まれの人。その優しさは限りない。が、一方で何らかの客観性を発達させることはこの宮の人物の急務だともいえよう。

（鏡リュウジ）

真珠色に艶《つや》めくビロード張りの細長い箱。

眼の前に差し出された瞬間から、わたしの胸の内はにわかに騒ぎはじめた。

「これを、わたしに?」

「ああ」

武彦《たけひこ》伯父様は穏やかな光を湛《たた》えた瞳で、わたしに微笑みかけた。

「誕生日、おめでとう」

窓の外には雪に覆われた新宿の夜景。テーブルの上には琥珀《こはく》色のスパークリングワインと赤い薔薇。そしてプレゼントを差し出してくれるのは、武彦伯父様。

わたしの十九回目の誕生日には、またとないシチュエーションが用意されていた。

「開けても、いいですか」

わたしの問いかけに、伯父様は頷く。

深紅のリボンを解き、箱の蓋を開くと、白い布に包まれたそれが現われた。

布ごと手にすると、意外なほどずっしりとした重みが伝わってくる。

「まさか……」

布を解く指がもどかしい。やがて姿を見せたのは、銀色に輝く金属製の筒だった。

「わあ……」

思わず声が漏れる。

「いいんですか。だってこれ、綾香《あやか》叔母様の……？」

「いいんだよ。これは華ちゃんに貰ってもらうために、この世に生まれてきたんだから」

「わたしに？」

「そう。これは綾香が、君のために作ったものだ。十九年前にね」

「わたしのために……」

筒を手に取る。店内の照明を受けたそれは、瑠璃《るり》色の虹を宿した。一瞬、その筒が生き物のように震えた。そんな気がした。

「気に入らないかね？」

「……いいえ、まさか」

一方の端に開いている覗き穴に、眼をあてがう。

とたんに世界が姿を変えた。

視界はいくつもの断片に切り分けられ、散りばめられる。筒を回せば断片はたちまち姿を変え、きらびやかに変化した。

「素敵……」

「気に入ってくれたかな」

「ええ、とっても」

言いながら伯父様のほうに筒を向ける。

「あ……」

「どうした？」

「伯父様が見えるわ。どういうこと？」

不審げな表情でこちらを見る伯父様の顔が、無数に複製され、花弁のように散らばっていた。

「ああ、それは当然だよ。テレイドスコープなんだから」

「テレイド、スコープ？」

「万華鏡にも、いくつかの種類がある。筒の中に二枚か三枚の長方形の鏡を入れ、先端にオブジェクトを封入したものが一般的な万華鏡——カレイドスコープだ。しかしテレイドスコープというのはオブジェクトを入れる代わりに、先端に透明なガラス玉やレンズが取り付けられている。そのレンズなどを通して見える外の景色が、筒の中の鏡によって変化するんだよ」

「ああ、そうなんですか。じゃあ、カレイドスコープとテレスコープの合体したものなんですね。だからテレイドスコープなんだ」

「華ちゃんは相変わらず、頭の回転が早い」

万華鏡の中で、無数の伯父様が微笑んだ。

「綾香叔母様が、わたしのために作ってくれたって言いましたよね。それって、どういう意味ですか」

「文字どおりの意味だよ。綾香は華ちゃんが生まれた記念に、このテレイドスコープを作った。そして君の十九歳の誕生日に渡してくれと言い残した。これが、綾香の最後の作品なんだ」

「最後の……」

わたしが生まれてすぐに亡くなったという綾香叔母様のことを、わたしは当然のことながら何も覚えていない。当時日本では数少なかった万華鏡作家として一部の好事家に知られるのみだった綾香叔母様は、その作品に評価の光が当てられ法外な値段で取り引きされるようになった現在でも、どこか神秘的な雰囲気を纏《まと》ったまま、わたしの心の中に存在していた。

でも、写真で顔は知っている。どことなく儚《はかな》げだけど、それでいて強い意志を感じさせる眼差し。人形のように整った顔立ち。長く伸ばされた艶やかな髪。何もかも、夢のように美しいひとだった。

眼の前にいる武彦伯父様も、五十歳過ぎとは思えないほど若々しく、端正な男性だった。母の兄妹は、どちらも並外れた美貌を身に纏っていた。もちろん、母も。

母の美しさは、子供の頃からわたしの自慢だった。父兄参観のとき、級友や級友の父母たちから注がれる賛嘆の視線を、わたしは自分のことのように誇らしく受けとめていた。

そのような賛美が、わたし自身に注がれることはなかったのに。

今はもう、母もこの世にはいない。一昨年の秋、母の乗ったタクシーが対向車線から飛び出してきたトラックに轢《ひ》き潰された。ピアノリサイタルのため、ウィーンに向かう途中の事故だった。鉄屑と化した車の中から引き出された母は、胸部を厚さ五センチにまで押し潰されていた。

でも、奇跡的に顔と手だけは、無事だった。

葬儀のとき、棺を覗き込んだ参列者は、生前の美しさが些《いささ》かも損なわれていないこと、そして天使が宿ると評された指が無傷であることに驚き、後々まで話題にした。彼らはみな、花に包まれて見えない首から下の部分が実は存在していなかったことを、知らない。それがよいことだったのかどうか、わたしにはわからなかった。少なくとも、綾香叔母様よりは、よかったのかも。

母は体を傷つけ、顔は無事だった。しかし綾香叔母様は、その逆だったのだから。

「どうか、したのかな？」

武彦伯父様の声が、わたしを現実に引き戻した。

「……ううん、なんでもない。ちょっと嬉しくって、ぼーっとしちゃったの。綾香叔母様の万華鏡……いいえ、テレイドスコープを貰えるなんて、夢みたい」

「夢ではない。これは現実だよ」

「そうよね。夢じゃないのよね。こうして、伯父様とふたりっきりで食事してるのも……」

最後の一言は、勢いに任せて口にした。その言葉に籠めた思いに気づいてくれたのかどうか、武彦伯父様は静かな視線でわたしを見つめているだけだった。

「ねえ伯父様……」

言いかけてから、何を言おうとしていたのかわからなくなった。何も考えずに喋りはじめてしまった、というのが本当のところかもしれない。

「あの……綾香叔母様を殺した犯人って……」

思いついた話題を口にした途端、この場では決して言ってはならないことだと気づいた。しかし、もう遅かった。わたしは、これ以上ないというほどに狼狽《うろた》えた。

「犯人が、どうかした?」

「あの……見つからない、のかしら?」

「……さあね」

しばらく間を置いてから、武彦伯父様は言った。機嫌を悪くしてしまったのかもしれない。わたしは心臓が縮むような痛みを覚えた。しかし武彦伯父様の表情は、今までと変らない。

「僕は、見つからないと思う」

「どうして？」

「十九年間ずっと、手がかりひとつ見つかっていないからね。それに、もう時効が成立している。警察も捜査してはいない。ときに華ちゃん、絵のほうはどう？　納得できるものが描けるようになったかな？」

無理やりに話題《わだい》を変えたような感じだった。でもそのほうが、わたしにもありがたかった。例えそれが、今のわたしには辛い話題だったとしても。

「……駄目。全然駄目なの。わたし、才能ないかも」

「弱音を吐くなんて、華ちゃんらしくないな」

武彦伯父様は微笑みながら、しかしわたしの眼をまっすぐに見つめて言った。

「君に才能がないなんて、とんでもない。君だって魚座生まれじゃないか」

「でも……」

魚座生まれの人間には芸術的才能がある——たしかにそう書かれている本は多い。わたしもそれを信じたいと思う。でも……。

「忘れてはいけない。晴香《はるか》——君のお母さんも綾香も、魚座の生まれだったんだ。そして不肖この藤崎《ふじさき》武彦もね」

ピアニストと万華鏡作家の妹、そして兄は日本画壇に革命的な衝撃を与えたと評される画家。藤崎家の三兄妹は美貌と才能を兼ね備えた、奇跡の一族だった。

「僕も綾香も、結婚しなかった。僕らの血を受け継いでいるのは、華ちゃんだけだ。だからこそ君には、頑張ってもらわないとね」

「でも……」

「僕が君に才能があると断言しているのに、それでも信じられないかな？」

「伯父様……」

武彦伯父様の心遣いに、わたしは胸が一杯になる。潤みかけた瞳を見せるのが恥ずかしくて、綾香叔母様の万華鏡を取り上げ、もう一度眼に宛《あてが》った。

「これ、本当に素敵……あら？」

視界に映るのは、無数に複製された武彦伯父様の姿。でも、何かが違った。

「あまり長く見つめていると、眼が疲れるよ」

そう言われて、万華鏡を下ろす。本物の伯父様の姿が、そこにある。

わたしは言葉をなくしていた。

「明日のパーティは夜からだけど、今日は食事が終わったらゆっくりと体を休めるといい」

「……はい」

武彦伯父様とふたりで東京に来ているというのに、このまま部屋で寝てしまうだけなんて……そう思ったが、心とは裏腹に、わたしは頷いていた。本当に、疲れているのかもしれない。

さっき万華鏡を覗いたとき、伯父様の姿が違って見えた。セラドングレイのジャケットが、もっと赤みのある……バーガンディに見えた。それは、店内の照明のせいだったのだろうか。

伯父様がずっと若返って見えたのも、そうなのだろうか。

武彦伯父様は、わたしのことを「華ちゃん」と呼ぶ。

藤崎華子《はなこ》、それがわたしの名前。伯父様が言うとおり、藤崎家の最後の末裔《まつえい》が、わたし。でも、本当にそうなのだろうか。幼い頃からわたしは、そんな疑問に囚われることがあった。母の血を引き継いだはずのわたしが、どうしてこんなにも凡庸で、取り柄のない人間に生まれついてしまったのか。顔だってまるで似ていないし、才能もない。ひょっとしたらわたしは、母の本当の子供ではないのではないか。本当は父の連れ子だったのではないか。そう真剣に思いつめたことも、一度や二度ではない。それほどまでに、母とわたしは違っていた。

父はわたしが生まれる前に事故で死んだと聞かされている。それが事実なら、わたしが父の連れ子などということは、ありえない。しかし……。

藤崎家の養子に入ったという父の顔を、わたしは知らない。家には写真も残っていなかったので、後から確かめることもできなかった。

——写真を見るのが辛くて、処分してしまったの。ごめんなさいね。

父の顔が見たいとせがむわたしに、母は寂しげな表情で答えた。母を傷つけるのが恐くて、わたしはそれ以上訊くことができなかった。会ったことのない父より、眼の前の母のほうが大切だったから。今でも、その気持ちは変らない。変らないけど……。

部屋のカーテンを開ける。都心の超高層ホテルから見える東京の景色は、光と闇、そして今も降りしきる雪に彩られていた。明日はこのホテルの広間で、盛大なパーティが催される。主役は武彦伯父様だ。画壇だけでない、あらゆる階層の頂点に君臨する人々が、会場を埋めつくすことになっていた。その席でわたしは、伯父様に紹介してもらう。藤崎武彦の姪、半年後に初の個展を開く新進画家として。

髪の毛を掻きむしりたくなる。わたしには、そんな人々に紹介される資格などない。背伸びして美術大学に通っていても、毎日自分の無能を思い知らされるばかりだった。わたしが絵を描きたいと思ったのは、絵が好きだからじゃない。絵を描けば武彦伯父様に少しでも近づくことができるかもしれないと、淡い期待を抱いてしまったからだ。

その報いが明日、訪れる。伯父様の紹介があれば、数多くの著名人がわたしの個展にやってくるだろう。そして彼らはわたしの才能を値踏みし、すぐに取るに足らないものだと判断するだろう。それで、終わりだ。

伯父様とふたりでいたときには、あんなに華やいだ気分でいられたのに、今のわたしは深い奈落を前にしたようだった。

カーテンを引き、衣服を脱ぎ捨てると、浴室に入った。熱いシャワーに身を浸し、何もかも洗い流そうとした。でもどんなに体を泡立てても、一番流し去りたいものは、わたしの心の中にわだかまっていた。

――僕も綾香も、結婚しなかった。僕らの血を受け継いでいるのは、華ちゃんだけだ。

武彦伯父様の声が、甦ってくる。若くして亡くなった綾香叔母様はともかく、どうして伯父様は結婚しなかったのだろう。伯父様ほどの男性なら、結婚相手に恵まれなかったとは到底思えないのに。近くに伯父様のような男がいたなら、わたしなら絶対……絶対……。

体の奥で、熱いものが疼《うず》いた。気がつくと指が、無意識に乳房を撫で回している。ゆっくりと下に、そして体の奥にある疼きの中心を捉えた。自分を苛《さいな》みたい気持ちが高まって、動きが早くなる。浴室の壁に片手を付き、シャワーに背中を打たせながら、奥歯を嚙み締める。堪えきれずに名前を叫んでしまわないように。でも頭の中は伯父様のことで一杯になる。昇りつめ、破裂する。

終わってから、今まで以上の虚しさが襲ってきた。髪から流れ落ちた滴が、涙と混ざって胸元に落ちた。顔を上げると、湯気に曇った鏡にぼやけた自分の姿が映っている。肌色の哀れな牝《めす》。

体を拭きバスローブを着て浴室を出た。ドライヤーで髪を乾かしながら、テレビのリモコンを手に取った。自分の家で観ているのと同じ番組が、ブラウン管に映った。

頭の中では、自分を罵る言葉が続いている。

次々とチャンネルを切り替えた。画像と音が破片となって、わたしの前に散らばった。でも綾香叔母様の万華鏡のようには、美しくない。

バッグの中にしまい込んだビロードの箱を、取り出した。白い布を解くと、あの筒が現れた。スタンドの明かりを反射して、銀色に輝いている。でも、先程見たような瑠璃色の虹は、もうどこにも宿ってはいなかった。

この筒が何で出来ているのか、わたしにはわからなかった。銀、ではないようだ。輝き方が違う。金属的というよりは、何か別の——生き物の殻を思わせる質感があった。

ニュースを流しているテレビに向け、覗き込んだ。

アナウンサーの顔が増殖し、オブジェとなって散りばめられる。次に映し出されたのは青い画面。真ん中に日本地図らしきものがある。天気図だろうか。

筒を持つ手に、微かな震えが伝わった。表面に微かな電流が流れたような、そんな感じがした。

次の瞬間、青い画面をバックにして、男の姿が浮かび上がった。

わたしは思わず万華鏡を下ろした。テレビに映っているのは、間違いなく天気予報だった。関東地方の明日の天気を告げる声が、わたしの耳に届いている。でも、男の姿はなかった。

もう一度、万華鏡を眼に当てた。CMに切り替わっていた。最近よく耳にする化粧品のCMソングが流れてきた。万華鏡の中では、モデルの女性が微笑んでいる。

その傍らに、男が立った。

万華鏡から眼を離しそうになるのを、やっとのことで我慢した。この筒を通さなければ見えないことは、すぐにわかった。

男は暗い赤――バーガンディのジャケットを着ていた。彫りの深い顔立ち、形のいい眉、優雅な物腰……間違いない。武彦伯父様だ。でも髪に白いものは混じっていない。今よりずっと、若く見える。

伯父様は婉然《えんぜん》と微笑むモデルを押しのけ、近づいてきた。瞳に強い光がある。わたしの知っている伯父様が今まで見せたことのない、見る者を圧倒してしまうような、強い輝きだ。

わたしは、その光に射竦《いすく》められ、動けなくなった。

伯父様はわたしを見据えたまま、近づいてきた。ジャケットを脱ぎ、黒のシャツを脱いだ。引き締まった上半身が、わたしの前に晒《さら》される。

声が出なかった。万華鏡を下ろすこともできなかった。

視界一杯に散乱した伯父様が、笑った。白い歯が見えた。獣の牙のようだった。他にはもう、何も見えない。一瞬、伯父様の体が躍った。重力を無視するような動きで一回転する。下半身に、暗い瑠璃色の煌《きら》めきが見えた。

鱗……。

顔が近づいてくる。伯父様の珈琲色の虹彩が、百万の視線をわたしに浴びせかける。頭の中が白くなり、何も考えられなくなった。

唇が触れた瞬間、わたしは意識を失った。

翌日のパーティは、予想したとおり散々なものだった。

わたしは武彦伯父様にエスコートされ、多くのひとの間を渡り歩いた。誰もがみな、藤崎武彦の姪として、わたしを賞讃した。伯父様が個展のことを話すと、ぜひとも伺いますと言った。わたしはどんな言葉にも笑顔で応じ、伯父様を傷つけないようにと心がけた。しかしそれも、しばらくすると限界にきた。伯父様に断って洗面所に向かうと、個室に飛び込んだ。鍵を掛けたとたん、涙が出た。

少し泣いた後、外へ出ようとしたが、誰かが入ってくる音がしたので、ドアを開けることができなくなった。今、他人と顔を合わせるのは辛すぎる。

——いい男ね。

女の声がした。

——でしょ？　五十過ぎてあんなにかっこいいの、そうはいないわよ。

別の女の声が応じる。

——あれでほんとに独身？　信じられない。まさかホモとか？

——そんなことないでしょ。結婚しなかったけど、付き合った女はたくさんいるみたい。

——じゃあ、バイなんだ。

——まさかあ。

笑い声が弾ける。誰のことを話題にしているのか、すぐにわかった。

——一緒にいた子、交通事故で死んだ藤崎晴香の娘だって？　あんまり似てないね。全然あか抜けてない。

——服も似合ってなかったしね。それより知ってる？　藤崎さん、晴香の他にもうひとり、妹がいたんだって。そのひと、殺されたんだって。

——ほんと？　いつ？

——ずっと昔らしいよ。それがさあ……。

——なになに？

——自分の家で、首を切り落とされてたんだって。しかも、その首は犯人が持っていっちゃって、いまだに見つからないんだって。

——いやだあ。ほんと？

——妹はふたりとも、変な死に方してるのよね。

女たちの声が去った後、わたしは個室から出た。彼女たちが化粧を直していただろう鏡に、わたしの姿が映る。胸元が大きく開いた、オレンジ色のマーメイド・ドレス。たしかにわたしのように平凡な顔立ちの女には、似合わない衣装だった。伯父様が今日のためにわざわざ作ってくれたものでなければ、決して着ることはなかっただろう。

わたしは、惨めだった。母や綾香叔母様の死に様までが噂話にされたのも、自分のせいのような気がした。

もう帰ろう。そう思って洗面所から出た。

「どこに行ったのかと思ったよ」

入り口のところに、伯父様が立っていた。

「泣いたね？」

「……ごめんなさい」

言葉と一緒に、また涙がこぼれた。

「でもわたし、やっぱり駄目なの。伯父様やお母様や、綾香叔母様のようにはなれない」

「焦ってはいけない」

伯父様が言った。

「まだ、始めたばかりだ。これからだよ」

「でも……」

わたしの言葉を遮《さえぎ》るように、伯父様の手がわたしの剥き出しの肩に置かれた。

「僕らも、最初からこうだったわけじゃない。時が必要だった。華ちゃんも同じだ。君は、これからなんだ」

伯父様の顔が近づいた。頬に唇が触れた。

「今日はもう、部屋に戻っていなさい」

わたしが返事をするより早く、伯父様は踵を返していた。

頬の火照りを掌で覆いながら、わたしはエレベーターに向かった。

部屋に戻るとドレスを脱ぎ捨てた。シャワーを浴びてバスローブを着ると、ベッドの上に腰を下ろし、しばらくモネの複製画が掛けられた壁を見つめていた。何もする気になれなかった。

視線を動かすと、バッグの口から真珠色の箱が覗いていた。無意識に手を伸ばし、蓋を開けた。持ち重りのする銀の筒が、スタンドの光を受けて虹の輝きを放った。

まただ。

覗き込んだとき、自分の体に微かな漣《さざなみ》が立ったような気がした。

テーブル脇のスタンドが複製され、幾十幾百もの光を放っている。それ以外は、特に面白いものは見えない。でもわたしは、待った。

スタンドの向こうから、伯父様が姿を見せた。例のジャケットを着た、若い伯父様だ。万華鏡を持つ手に、自然と力が入った。

伯父様はわたしに微笑みかけ、昨夜のように服を脱ぎ捨てた。でも、近づいてはこない。そのまま万華鏡の視界の外に、眼を向けている。わたしは思わず、そちらに筒を向けた。

女性が、いた。長く艶やかな髪、彫像のような鼻梁、肉感的な唇。彼女は伯父様のいるほうを見つめている。口許に笑みが浮かんだ。

「お母様……」

コンサートのパンフレットで好んで使っていたポートレートそのままの、艶やかな母の姿だった。写真はモノクロだったので気づかなかったが、母が着ていたドレスは、オレンジ色だった。わたしが今夜着たのと同じ色、同じデザイン。

ふたたび伯父様が視界に入ってきた。母と向かい合い、その肩に手をかける。そして、一気にドレスを引き下ろした。

露になった母の胸に、伯父様はゆっくりと顔を埋める。母は伯父様の頭を抱きしめ、眼を閉じた。

伯父様の唇が母の乳房の上を這い、舌が乳首を転がす様を、母が全身を震わせて聞こえない声をあげる様を、わたしは石のように硬直したまま、見ていた。立ったままの姿勢で伯父様が動き、その律動に合わせて母が昇りつめていくところも、わたしは見ていた。眼を逸らすこともできなかった。抱き合うふたりの肌は、光に包まれているように美しかった。

事実、ふたりは自ら放つ光に包まれていた。瑠璃色の光沢が全身を覆い、別の存在へと変貌させていた。宝石のような鱗を身に纏った、世にも美しい生き物。

魚座の、生き物。

母の全身が震え、力を失ったように崩れ落ちた。伯父様は母の体をゆっくりと視界の下に下ろし、立ち上がった。そして、わたしを見た。わたしがよく知っている、あの優しい笑みが浮かんでいた。

こちらに近づいてきた。次に何が起こるのか、わたしは知っていた。わたしの体は、もう準備をしている。体の奥底から沸き上がる疼きが、伯父様を求めていた。

視界一杯に伯父様の顔が広がる。

——君は、これからなんだ。

伯父様の声が、はっきりと聞こえた。

——これから始まるんだ、綾香。

違う、わたしは綾香じゃない。そう言おうとする前に、伯父の手がわたしからバスローブを剝《は》いだ。扉を開くようにわたしの膝を割り、入ってきた。熱い塊が、わたしの疼きの中心を引き裂いた。

昨夜のように意識を失うことはなかった。わたしは最後まで見届けた。痛みと歓喜に攻めたてられ、伯父様の名前を呼びつづけたことも、両足を大きく広げられ、伯父様の視線に全身を曝け出したまま犯されつづけたことも、伯父様の動きに翻弄されながら、別の細く白い指がわたしの胸を弄び、柔らかな乳房がわたしの唇にあてがわれたことも、覚えていた。

——あなただけをひとりにしないわ。

声がした。

——綾香、あなたもわたしたちと一緒に……。

「お母様……」

言葉を声にするかわりに、母の乳首を咥《くわ》えた。母の体を抱きしめ、伯父様が巻き起こす嵐に耐えようとした。無駄だった。母はわたしの体をまさぐり、言い知れない快感を打ち込んでくる。

「……違うの。わたし……綾香じゃない」

——君は、綾香だ。綾香になるんだ。

——そう、あなたはわたしの娘、そして、わたしの妹。そうなるように、生まれてきたの。

なぜ、という問いかけの言葉は、次に襲ってきたより強い波に呑まれて霧散した。体はばらばらになり、地平の果てに吹き飛んだ。

そして、粉々に砕け散ったわたしの意識の狭間に、何かが入り込んできた。

「……だれ？」

呼びかけたとたん、眼の前に無数の色と光が飛び散った。結晶のような、花のような模様が広がり、それが次々と変化していく。

瑠璃色の光だ。

光の中心に、ひとりの女性が立った。その顔を見極めるより早く、彼女がわたしの中に飛び込んできた。

わたしは悲鳴をあげた。彼女の中にある悲しみと怒り、そしてより強い意思の力が、はっきりと自分のものになった。

彼女は兄を愛していた。兄の子供を生みたかった。だが、兄の子供は、別の女が生むことになった。彼女は嘆き、怒った。なぜ自分が生めないのか、なぜあの女なのか。彼女は決心した。兄の子を生めないのなら、それではわたしは、兄の子になろう。わたしはあの女が生む子供になろう。兄は、赦してくれた。そしてあの女も。ふたりとも、わたしを愛してくれている。だからわたしも、あのふたりを赦そう。赦して、ふたりの子供になろう。器は、用意した。わたしを封じておく銀の筒。時が経てば、わたしが見たものを、あの子が見ることになる。そして、あの子はわたしになる。血に濡れた筒。血に濡れたわたし。こうして封印は終わった。そして最後の仕上げ。後始末は、兄がやってくれる。そう約束してくれた。さようなら兄様、さようなら、姉様。あの子を丈夫に育ててね。あの子が、わたしになるまで。わたしは父の形見の日本刀を手にする。刃を首にあてがい、両手で――。

衝撃に、わたしは震えた。血溜りの中に沈む女。転がっている首。伯父様は女の首と銀の筒を取り上げた。

愛おしげに首を撫で、わたしに見せた。

——君だよ。

女の首は真っ赤に染まっていた。抉り取られた右の眼窩から、今も血が滴り落ちている。

——そして、これも君だ。

伯父様は銀の筒を差し出した。わたしはそれを受け取った。

その瞬間、わたしは悟った。この筒の中に、何が入っているのか。

わたしが万華鏡を通して見たものは、何であったのか。

「綾香叔母様……」

——綾香は、ここにいる。

伯父様がもう一度、首を見せた。

わたしの首だった。

悲鳴をあげたかどうか、わからない。そのときになってやっと、わたしは意識を失うことができた。

ドアをノックする音が、聞こえる。わたしはベッドから起き上がり、ドアを開けた。

「終わったね？」

武彦伯父様が、立っていた。

「終わった……と思う」

わたしは伯父様を招き入れる。伯父様はスタンドの明かりにわたしを近づけ、上から下まで、験すように見つめた。

「なるほど、今ならあのドレスも似合うだろう。着てごらん」

わたしは伯父様の前でバスローブを脱ぎ、素肌の上にドレスを着けた。

「ご覧」

バスルームの鏡の前に、わたしを立たせる。

わたしの顔、わたしの肩、わたしの腕に、瑠璃色の虹が走った。煌めく鱗が息づくように波打ち、皮膚の下に埋もれた。

わたしは、ドレスに負けていなかった。鮮やかなオレンジ色のドレスは、わたしを際だたせるのに、ちょうどよかった。内なる瑠璃色の輝きが、わたしを別の生き物に変えていた。

「完璧だ」

「わたし、絵も巧くなる？」

「もちろん。君は藤崎の人間なのだからね」

「伯父様も綾香叔母様も……お母様も、こうしてきたの？」

「時を得れば、我々は本来の姿となる。容貌も才能も、秘めていたものが花開く。僕たちは、そうしてきたんだよ」

伯父様はベッドに転がっていた万華鏡を拾い上げた。

「これはもう、無用だ。処分しよう」

「きれいなのに、もったいないわ」

「役目は終えた。もうすぐ中のものが腐りはじめるだろう。ホルマリンを封入しておいたが、さして役には立つまい」

「ねえ伯父様、綾香叔母様の眼って、きれいだった?」

伯父様は、わたしを見つめて答えた。

「ああ、君と同じようにね。それより、まだパーティは終わっていない。もう一度顔を出すかね。もう気後れすることはない。君があの場の女王になるだろう」

「そう……それもいいわね。でも、その前に……」

わたしはドレスを脱ぎ捨てた。両手を広げ、伯父様の視線に全身を晒《さら》した。

「見て。確かめて。わたし、お母様や綾香叔母様みたい? わたしの鱗、きれい?」

「時の洗練は素晴らしいものだ。君は、誰よりも美しい」

伯父様はわたしの前に跪《ひざまず》いた。わたしは笑った。笑いながら、彼を抱きしめた。

彼の手から万華鏡が転がり落ちた。わたしが踏みつけると、銀色の万華鏡は錆ついたように輝きを失った。

口上に代えて　インターネット・ウェブ上で公開された『所詮幻覚』より

津原　泰水

九月九日　『十二宮12幻想』は、十二星座それぞれに生まれた十二人の小説家が、自分と同じ星座生まれの女性を一人称形式で描いて腕を競いあうという、いささか突飛な競作集であり、擦れ枯らしの読み手や小説家志望者、また逆に怪奇小説幻想小説にこれまで無縁であった人々にも面白い読みものであること請合いなのだが、発案者である僕自身、まさかあと十一人が揃うとは思っていなかった。その原稿が出揃った。
　いやじつのところ僕だけがまだ原稿を完成させていないのだ。他の方々には無理を強いておきながら大変申し訳ないことである。言い訳のつもりではないが、小説出版への暗さを自認している版元から、いかにすれば小説で世間の注目を集めうるかとの相談を受け、僕は当初アイデアのみを提示したつもりだった。するとさまざまな書類に発案者として名前を記しておく必要が生じて、また執筆者を求める段においても、僕が思いつく先に電話をかけてみるというのが、とにかく手早かった。そういう事情で監修者になった。

他人の原稿を組上に載せたり、カバーをイメージして絵描きを指定したりという作業は、愉しいうえに、自分独りではなく執筆者全員のことという大義名分もあって、つい優先的に時間を費やしてしまう。全体像が見えてくるに順い一冊としての傾きにも気づきはじめ、最後には自作で重心を整えようと思うから、筆はひたすら慎重になる。しょせん短篇一本書くだけの仕事と思い甘く見ていたら、他の仕事に多大に皺を寄せてしまった。

結果を見ずに決断するのは性急だとも云われたが、このさき『エロティシズム12幻想』そして『血の12幻想』と続け、その後は単行本の監修に携わるつもりはない。いつか気が変わるかもしれないが、今のところはない。同等に力強いコンセプトをあと幾つも思いつく自信はないし、無から小さな説を生むのみの、一次的な生産者でいるほうが僕には性に合っていると思う。

＊

九月二十五日　十二宮に関する鏡さんの文章が上がってきた。平易でかつ深遠。企画発案者である立場上、同種の文献をいろいろと当たってきたが、これほどのものには一度もお目に掛かっていない。転送されてきたファックスの束を幾度となく眺め返して、未だすこしも飽きずにいる。

星座ごとの解説が、作家それぞれの実像や、寄せてもらった作品の内容と見事に一致していて面白い。むろんそのような小説を書いてもらったわけだが、作家自身は逸脱のつもりであろう箇所すら、星星による周到な予言の範疇であるかに見えるのだ。こう、あたかも全体を俯瞰しているかのような僕の態度もまた、あまりに乙女座的で、人目には噴飯ものなんだろう。

僕が星占いに好意的なのは、それが美しい象徴に満ちて、かく誇り高くあれと誰に対しても告げるからだ。象徴は力として人を満たす。乙女座の鍵語は「I analyze」。我分析す。せっかくだから他も記述しておこう。次の天秤座が「I balance」、蠍座は「I desire」、射手座「I explore」、山羊座「I use」、水瓶座「I solve」、魚座「I believe」、牡羊座「I am」、牡牛座「I have」、双子座「I think」、蟹座「I feel」、そして獅子座が「I create」である。当たっていますよ、僕の分析によれば。

精華集か競作集か――アンソロジー管見

東 雅夫（アンソロジスト）

本書に先立って文庫化された『エロティシズム12幻想』を矯《た》めつ眇《すが》めつしていて、たいそう感心させられたことがあった。

カバー見返しに掲げられた「《12幻想》叢書の文庫化に寄せて」という監修者の一文はもとより、カバー裏の内容紹介や帯文などのどこにも「アンソロジー」という言葉が見あたらないのである（唯一の例外は、滝沢解氏による解説の冒頭――「この本《アンソロジー》は挑発的でじつに面白い」という一文のみ。ま、これは許容範囲でしょう、ルビ扱いだし）。

既存の類書が、これまで一片のためらいもなく誤用、といって悪ければ無神経に濫用してきた「アンソロジー」というタームに代わるものとして、本叢書では「競作集」という、より的確かつ直截《ちょくせつ》にその内実を指し示す表現が採用されている。

そもそもアンソロジーとは、「花々を集める」という意味のギリシア語「アントロギア anthologia」に由来し、「詞華集」「精華集」さらには「名作集」「傑作選」など、さまざまに意訳されてきた。いずれにせよ、過去の文学作品の中から、ある編纂方針に沿って選りすぐられた名作佳品を収載する書物の謂《いい》であることは論を俟《ま》たない。

してみると、この《12幻想》叢書に代表されるようなタイプのいわゆる「書き下ろしアンソロジー」が、本来の語義におけるアンソロジーとは似て非なるものであることは、これまた自明であろう。

その語源になぞらえて申せば、書き下ろしアンソロジーとは、まだ苗や蕾《つぼみ》の状態にある花々を一所に集めて開花をうながすような営みなのであり、いかなる色合い、形状の花が咲くのかは神のみぞ知る……くすんだ色づき、いびつな姿の花が混在する不ぞろいな花束にならないことのほうが、むしろ稀《まれ》なのではないかとすら思われる。

このことは、洋の東西を問わず、古来アンソロジーの主流となってきた詩歌を例にとれば、ずっと分かりやすいだろう。日本で最も人口に膾炙《かいしゃ》したアンソロジーといっても過言ではない『万葉集』や『小倉百人一首』に対して、書き下ろしアンソロジー＝競作集は、和歌における歌合《うたあわせ》や中世に盛行した連歌のような、即興に遊ぶ「座の文芸」に、より近しい試みなのである。

アンソロジーという言葉が、その本質的理解を欠いたまま流布しつつある現状に、日本でアンソロジストを自称している数少ない人間の立場から憂慮の念を抱いてきた私としては、本書の監修者が「競作集」という言葉にこめた細心なる配慮と自負の念に、満腔の敬意を表する次第である。

誤解のないように申し添えておくならば、私は精華集と競作集の優劣を云々しているわけでは決してない。精華集には精華集の、競作集には競作集の、それぞれ美点と役割があるのであって、ときに両者は、あたかも車の両輪さながらに機能する。とりわけ、この「怪奇幻想小説」という分野にあっては。

優れた精華集が、同時に最良の入門書でもあることは、多言を要しないであろう。近世怪談集中、必携の名品を集成した歴史的大冊『怪談名作集』（山口剛解説）や、記録的大部数と相俟って、戦前における海外ホラーのイメージを決定づけた『世界怪談名作集』（岡本綺堂編訳）の昔から、ハイパージャンルな日本幻想文学の一巻本選集として今尚その頂点に君臨する『暗黒のメルヘン』（澁澤龍彦編）、わが国におけるテーマ・アンソロジーの偉大なる先駆『ドラキュラ・ドラキュラ』（種村季弘編）、現代日本文学に恐怖小説＝ホラーという領域が潜在することを初めて白日のもとに示した『異形の白昼』（筒井康隆編）、名作でたどるミニマムな英米ホラー変遷史というべき『幻想と怪奇』（都筑道夫編）、怪奇小説翻訳の名匠が慈しむように編み上げた、たおやかな白鳥の歌『こわい話・気味のわるい話』（平井呈一編訳／現行版は『恐怖の愉しみ』と改題）等々にいたるまで、国内で編纂刊行されたものに限っても、読者の初心な魂を魅了しさり、幻想と怪奇の沃野遥かへと誘《いざな》った名著は枚挙にいとまない。

これに対して、競作集という形式が、その真価を発揮するようになったのは、こと怪奇幻想小説の分野においては比較的近年——一九八〇年代中盤以降といってよい。

具体的には、敏腕出版エージェントとして鳴らしたカービー・マッコーリーが一九八〇年に編纂刊行した『闇の展覧会』の成功を一契機として、『カッティング・エッジ』（デニス・エチスン編）、『プライム・イーヴル』（ダグラス・E・ウィンター編／邦題は『ナイト・フライヤー』）、そして《ナイトヴィジョン》シリーズ（クライヴ・バーカーほか序文）等々、八〇年代後半から九〇年代初頭にかけて、英米モダンホラー作家による競作集が、それこそ雨後の筍《たけのこ》さながら陸続と刊行されたのである。

「オリジナル・アンソロジー」という、いかにも米国的な鷹揚さと鮮度重視の商業主義を感じさせるネーミングが一般化し、アンソロジーの概念に混乱が生じたのは、実のところ、当時のめざましい出版ラッシュに起因するとおぼしい。この時期を境に、アンソロジーのパブリック・イメージは、洗練と調和の美を重んじるスタティックな「名作の殿堂」から、玉石混淆だが祝祭的活気にあふれた疑似雑誌メディアへと大きく変貌を遂げたのだ。

スティーヴン・キングやディーン・クーンツの長篇モダンホラーが華々しい成功を収める陰で、作品発表の場にすら事欠くありさまだった短篇ホラーの書き手にとって、大部数を約束されたペーパーバック形式のオリジナル・アンソロジーは、願ってもない晴れ舞台となり、新人たちにとっては恰好の登龍門ともなった。

また、〈スプラッターパンク〉における『ブック・オヴ・ザ・デッド』（C・スペクター&J・スキップ編／邦題は『死霊たちの宴』）、〈ポストモダン・ゴシック〉における『ニュー・ゴシック』（P・マグラア&B・モロー編／邦題は『幻想展覧会』）など、革新的ホラー・ムーヴメントの旗艦たる役割を競作集が担った点というも見のがすことはできない。

ちなみに、ほぼ時を同じくして日本でも、『幻視の文学1985』（幻想文学編集部編）という先駆的競作集が刊行されているのは、興味深い偶然の一致といえよう。これは、澁澤龍彦と中井英夫を選者に迎えて『幻想文学』誌が公募した「第一回幻想文学新人賞」の入選作七編に、天沢退二郎、山尾悠子、菊地秀行、竹本健治らの「招待作品」七編をカップリング収録するという、その着想からしていかにも雑誌的な異色の試みであった。

同書の謳い文句――「幻想と怪奇とファンタジーの饗宴」を標榜する競作集の系譜は、その後も《奇妙劇場》シリーズ（太田出版編集部編）、『かなわぬ想い』（角川ホラー文庫編集部編）、『悪夢が嗤う瞬間《とき》』（太田忠司編）、《異形コレクション》シリーズ（井上雅彦監修）などへと受け継がれ、そして二〇〇〇年に本書『十二宮12幻想』を第一弾として刊行された《12幻想》三部作（津原泰水監修）に到達するのである。

先に私は、本叢書の監修者である津原泰水が、アンソロジーの本質に十二分に意識的であることを称揚したけれども（アンソロジーという表現の濫用を戒める姿勢は、初刊時から徹底していた）、彼が企画監修にあたって発揮した創意とこだわりは、実はこれのみにとどまるものではなかった。

いや、それどころか、かくも周到にしつらえられた趣向と仕掛けの数々で、参加作家たちを幾重にも雁字《がんじ》搦《がら》めにするかのような競作集は、私の知るかぎり、ちょっと先例がないように思われる。

まず、なんといっても着想が秀逸である。西洋占星術における黄道十二宮――十二の誕生星座それぞれに実際に該当する十二人の作家たちが、自分と同じ星座をもつ女性を主人公に一人称形式で競作する……こう聞かされただけで、果たしてどのような物語が紡ぎ出されてゆくのか、おのずと期待に胸ときめくではないか。

とはいえ、胸中にきざしたのは、期待ばかりではない。果たしてお誂《あつら》え向きに、異なる星座に属する現役作家たちが十二人も、都合よく勢ぞろいするものだろうか……ところが実際にふたを開けてみれば、ホラー・SF・ファンタジー・ミステリーなど各分野で活躍している中堅気鋭の書き手たちが十二人、しかも見事に男女六人ずつ参戦するという陣容が、手品のように調えられていたのであった。監修者の端倪《たんげい》すべからざる人脈ゆえか、はたまた、これぞまさしく天の配剤と申すべきか。

「自分と同じ星座をもつ女性を主人公に一人称形式で競作する」という踏み込んだ縛りは、

参加作家の技倆と独創を容赦なく、相互に際立たせずにおかない。その意味では、まことに意地の悪い、しかしながら闘技場《コロセウム》の観覧席に陣取った、われわれ物見高い観衆=読者にとっては堪えられないエキサイティングな仕掛けである。

しかも本書の監修者は、占星術研究の当代における第一人者といってよい鏡リュウジを「星座解説者」に起用することで、おそらくは作家本人もあずかり知らぬ各作品のシンボリックな意味合いを浮き彫りすることにまで成功している。かつてない競作集と評するゆえんである。

結果的に本書は、そのモチーフたる星座宮=「宇宙の森羅万象をとりこむ大いなるマンダラ」（鏡の序文より）を紙上に投影したかのような「小さなマンダラを形成し、12の星座の像を1冊のかたちに結んでいる」（同前）——コスモグラフィカルな一巻となった。

監修者の最新長篇『少年トレチア』をすでにお読みになった読者諸賢は、私がそれを「摩《マ》伽《カ》羅《ラ》の夢」になぞらえることに、賛同してくださるのではあるまいか。

最後にもうひとつだけ、私がいたく感心させられた点を指摘しておきたい。

この種の競作集において、監修者となった作家自身が競作に参加するというのは、本来タブーにも等しい行為である。自分で自作を「監修」することは、厳密にいえば不可能だからだ。

そして、敢えてその禁を破るからには、監修者自身の寄稿作品には、誰が観ても、他の収録作と互角かそれ以上と感じられるだけの圧倒的な出来映えが要求されることになる。

この難関をクリアしえたケースは、実のところ極めて少ないのだが、本書はその稀なる一例であると、私は思う。

本書は二〇〇〇年二月に、エニックスより
刊行されたものに加筆・訂正したものです。

十二宮《じゅうにきゅう》12幻想《げんそう》

津原泰水《つはらやすみ》 監修《かんしゅう》

© 津原泰水他 2002

講談社文庫

定価はカバーに
表示してあります

2002年5月15日第1刷発行

発行者——野間佐和子
発行所——株式会社 講談社
東京都文京区音羽2-12-21　〒112-8001
電話 出版部 (03) 5395-3510
　　 販売部 (03) 5395-5817
　　 業務部 (03) 5395-3615

デザイン—菊地信義
製版——豊国印刷株式会社
印刷——豊国印刷株式会社
製本——株式会社国宝社

Printed in Japan

落丁本・乱丁本は小社書籍業務部あてにお送りください。送料は小社負担にてお取替えします。なお、この本の内容についてのお問い合わせは文庫出版部あてにお願いいたします。 (庫)

ISBN4-06-273443-5

本書の無断複写(コピー)は著作権法上での例外を除き、禁じられています。

講談社文庫刊行の辞

二十一世紀の到来を目睫に望みながら、われわれはいま、人類史上かつて例を見ない巨大な転換期をむかえようとしている。

世界も、日本も、激動の予兆に対する期待とおののきを内に蔵して、未知の時代に歩み入ろうとしている。このときにあたり、創業の人野間清治の「ナショナル・エデュケイター」への志を現代に甦らせようと意図して、われわれはここに古今の文芸作品はいうまでもなく、ひろく人文・社会・自然の諸科学から東西の名著を網羅する、新しい綜合文庫の発刊を決意した。

激動の転換期はまた断絶の時代である。われわれは戦後二十五年間の出版文化のありかたへの深い反省をこめて、この断絶の時代にあえて人間的な持続を求めようとする。いたずらに浮薄な商業主義のあだ花を追い求めることなく、長期にわたって良書に生命をあたえようとつとめるところにしか、今後の出版文化の真の繁栄はあり得ないと信じるからである。

同時にわれわれはこの綜合文庫の刊行を通じて、人文・社会・自然の諸科学が、結局人間の学にほかならないことを立証しようと願っている。かつて知識とは、「汝自身を知る」ことにつきていた。現代社会の瑣末な情報の氾濫のなかから、力強い知識の源泉を掘り起し、技術文明のただなかに、生きた人間の姿を復活させること。それこそわれわれの切なる希求である。

われわれは権威に盲従せず、俗流に媚びることなく、渾然一体となって日本の「草の根」をかたちづくる若く新しい世代の人々に、心をこめてこの新しい綜合文庫をおくり届けたい。それは知識の泉であるとともに感受性のふるさとであり、もっとも有機的に組織され、社会に開かれた万人のための大学をめざしている。大方の支援と協力を衷心より切望してやまない。

一九七一年七月

野間省一

講談社文庫 最新刊

大崎善生　聖《さとし》の青春
夭折した将棋界の鬼才・村山聖の一生を、家族愛、師弟愛を通して描く。**新潮学芸賞受賞作。**

一志治夫　僕の名前は。〈アルピニスト野口健の青春〉
不良少年は、いかにして人生の道標にめぐりあったのだろうか。感動のノンフィクション。

大下英治　手塚治虫〈ロマン大宇宙〉
漫画の神様の誕生秘話と壮絶な創作活動を、関係者への取材をもとに描く。秘蔵写真付き。

豊福きこう　矢吹丈25戦19勝(19KO)5敗1分
永遠の伝説『あしたのジョー』を徹底解析、新たな感動が沸き上がるファン必読の一冊。

中島らも　さかだち日記
酒類《アルコール》依存から脱すべく断酒に挑む異才の大変&爆笑な日常。野坂昭如との対談二本も収録。

馬場啓一　白洲次郎の生き方
人としての魅力、備えるべき品格とは何か。本当の「カッコよさ」を教えてくれる男の真実。

ハービー・山口　女王陛下のロンドン
山崎まさよし、福山雅治、ゆず、bird他、彼らの素顔を貴重な写真とエッセイで綴る。

勝目梓　地獄の狩人
父母姉弟の復讐を果たすため、無期懲役囚・関敏彦が脱獄した。すさまじいエロスの嵐！

菊地秀行　懐かしいあなたへ
妻のとんでもない奇行を描いた「何処へ」他、平凡な日常にぽっかり開いた14篇の〝異世界〟。

神崎京介　女薫の旅 衝動はぜて
同級生、新任の先生、レコード店の夫人など山神大地の〝旅〟はつづく。シリーズ第6弾。

津原泰水 監修　十二宮 12幻想
各星座生まれの12人が、思いをこめて描く怪異と幻想の競作集。《12幻想》叢書、第3弾。

シェルドン・シーゲル 古屋美登里 訳　検事長ゲイツの犯罪〈ドリームチーム弁護団〉
少年売春殺人の容疑者は検事長。真相を追う曲者弁護士集団の活躍を描くシリーズ第2弾。

赤川次郎　三姉妹、呪いの道行〈三姉妹探偵団16〉
師匠に呪われたピアニスト。彼とその恋人に襲いかかる怪異に、三姉妹が巻きこまれる！

講談社文庫 最新刊

著者	書名	内容
中山可穂	感情教育	那智と理緒。傷つくことにすら無器用な二人に燃えあがる純愛。山周賞作家の傑作長篇。
半村良	飛雲城伝説	女城主・鈴女を中心に戦国乱世の国造りを描き、新原稿も加えた未完の時代伝奇ロマン。
多田容子	双眼	将軍隠密として西国へ下った隻眼の剣豪・柳生十兵衛を待つ善と悪の相克。長篇時代小説。
大橋歩	すてきな気ごこち	時代に合った新鮮さを着るヒントと、いま時流行の用語解説も付いたお得なおしゃれ読本。
岸本葉子	家《うち》もいいけど旅も好き	温泉に出かけたり、健康ランドでのんびり。遠い旅、近くの旅、そして愛しい日常生活。
桜木もえ	ばたばたナース 秘密の花園	男子禁制の産婦人科を、現役看護婦が案内。笑いと感動の妊娠・出産記！〈書き下ろし〉
林丈二	フランス歩けば…	パリ、リヨン他18都市を29日で42万3086歩。歩いて出会ったおもしろ路地裏観察記。
平野恵理子	おいしいお茶、のんでる？	紅茶や中国茶もいいけど、見直したい日本茶。道具や種類、知れば奥深い平野流日本茶発見。
向山昌子	アジア〈ごはんを食べに行こう〉	私の元気の源はアジアのごはん！ 心とからだに優しい、アジアの食べ物と暮らしを探る。
ジーニー・ブルーワー 矢沢聖子 訳	愛は永遠の彼方に	未来への希望に満ちた二人の生活は、彼の突然のエイズ感染で激変する。純愛悲恋小説。
グロリア・ホワイト 加地美知子 訳	サンセット・ブルヴァード殺人事件	正体不明の被害者。女探偵ロニーが遭遇した殺人事件が、二十年前の謎を呼び起こした。
堀田力	壁を破って進め(全二冊)〈私記ロッキード事件〉	検察二十年の威信をかけて、特捜検事たちは戦後最大の疑獄事件に立ち向かっていった！
北海道新聞取材班	検証・「雪印」崩壊〈その時、何がおこったか〉	集団食中毒の教訓に学ばず、再び消費者と生産者を裏切った牛肉偽装。腐敗の構造を抉る。

津村秀介　海峡の暗証〈函館着4時24分の死者〉
津村秀介　裏　　街
津村秀介　孤　　島
津村秀介　東北線殺人事件〈久慈・熱海殺人ルート〉
津村秀介　伊豆の死角
津村秀介　飛騨の陥穽〈高山発11時19分の死者〉
津村秀介　山陰の隘《あい》路
津村秀介　迂回の殺意〈米子発9時20分の死者〉
津村秀介　巴里の殺意〈伊東着16時27分の死者〉
津村秀介　逆流の殺意〈ローマ着18時50分の死者〉
津村秀介　仙台の影絵〈水上着11時23分の死者〉
津村秀介　真夜中の死者〈佐賀着10時16分の死者〉
霍見芳浩　脱・大不況
霍見芳浩　日本の再興〈生き残りのためのヒント〉
司　凍季　さかさ髑髏は三度《たび》唄う
綱島理友　全日本なんでか大疑問調査団
綱島理友　街のイマイチ君
綱島理友　それマジ!?〈話のネタに困ったとき読む本〉
角田　實　サブリミナル英会話

津島佑子　「伊勢物語」「土佐日記」を旅しよう〈古典を歩く2〉
弦本將裕　12動物60分類完全版マスコット占い
津原泰水　妖　　都
津原泰水監修　エロティシズム12幻想
司城志朗　心はいつも荒野
土屋賢二　哲学者かく笑えり
塚本青史　呂　　后
出久根達郎　本のお口よごしですが
出久根達郎　佃島ふたり書房
出久根達郎　人さまの迷惑
出久根達郎　踊るひと
出久根達郎　面一本
出久根達郎　たとえばの楽しみ
出久根達郎　逢わばや見ばや
出久根達郎　おんな飛脚人
出久根達郎　いつのまにやら本の虫
伴野朗　元　　寇
戸川幸夫　ヒトはなぜ助平になったか
豊田穣　英才の家系〈鳩山一郎と鳩山家の人々〉

ドウス昌代　水爆搭載機水没事件〈トップ・ガンの死〉
童門冬二　坂本龍馬の人間学
童門冬二　織田信長の人間学
童門冬二　小説蜂須賀重喜〈阿波藩財政改革〉
童門冬二　小説海舟独言
童門冬二　人を育て、人を活かす〈江戸に学ぶ〉
童門冬二　江戸管理社会反骨者列伝
童門冬二　冬の火花〈上田秋成とその妻〉
童門冬二　水戸黄門異聞《でん》
童門冬二　偉《えら》物《ぶつ》伝
藤堂志津子　マドンナのごとく
藤堂志津子　あの日、あなたは
藤堂志津子　さりげなく、私
藤堂志津子　きららの指輪たち
藤堂志津子　蛍　　姫
藤堂志津子　プワゾン
藤堂志津子　目《め》醒《ざ》め
藤堂志津子　彼のこと
藤堂志津子　絹のまなざし

講談社文庫　目録

藤堂志津子　せつない時間
藤堂志津子　さようなら、婚約者
藤堂志津子　白い屋根の家
藤堂志津子　海の時計(上)(下)
藤堂志津子　ふたつの季節
藤堂志津子　われら冷たき闇に
藤堂志津子　夜のかけら
藤堂志津子　愛犬リッキーと親バカな飼主の物語
藤堂志津子　淋しがり
藤堂志津子ほか　誘惑の香り
豊田行二　秘書室の殺人
鳥羽　亮　警視庁捜査一課南平《なんぺい》班
鳥羽　亮　広域指定127号事件〈警視庁捜査一課南平班〉
鳥羽　亮　刑事魂〈警視庁捜査一課南平班〉
鳥羽　亮　切り裂き魔〈警視庁捜査一課南平班〉
鳥羽　亮　三鬼の剣
鳥羽　亮　隠《おぬ》猿《ざる》の剣
鳥羽　亮　鱗光の剣〈深川群狼伝〉
鳥羽　亮　蛮骨の剣
鳥羽　亮　妖鬼の剣
鳥羽　亮　秘剣　鬼の骨
鳥羽　亮　幕末浪漫剣
鳥羽　亮　浮舟の剣
鳥越　碧　萌がさね〈藤原道長室明子相聞〉
東郷　隆　架空戦記　信長〈覇王の海〉
東郷　隆　続・架空戦記　信長〈覇王暗殺〉
戸塚真弓　パリ住み方の記
戸塚真弓　パリからのおいしい旅
富岡多惠子　「とはずがたり」を旅しよう〈古典を歩く9〉
戸田郁子　ソウルは今日も快晴〈日韓結婚物語〉
ドリアン助川　湾岸線に陽は昇る
豊福きこう　水原勇気1勝3敗12S〈「超」完全版〉
夏目漱石　こころ
夏樹静子　黒白の旅路
夏樹静子　二人の夫をもつ女
夏樹静子　女の銃
夏樹静子　駅に佇《た》つ人
夏樹静子　そして誰かいなくなった
夏樹静子　クロイツェル・ソナタ
中井英夫　虚無への供物
永井路子　「平家物語」を旅しよう〈古典を歩く7〉
長尾三郎編　サハラに死す〈上温湯隆の一生〉
長尾三郎　マッキンリーに死す〈植村直己の栄光と修羅〉
南里征典　道玄坂濃蜜夫人
南里征典　山手《やまのて》背徳夫人
南里征典　金閣寺秘愛《ひあい》夫人
南里征典　新宿爛蕩《らんとう》夫人
南里征典　肉体の狩人
南里征典　箱根湖畔欲望殺人
南里征典　六本木芳熟夫人
南里征典　銀座魔性夫人
南里征典　欲望の仕掛人
南里征典　秘命課長狙われた美女
南里征典　秘命課長獣たちの野望
南里征典　秘命課長黄金の情事
永倉萬治　黄金バット
中島らも　しりとりえっせい

2002年3月15日現在